五四文學：新與舊

張中良　著

大陸學者叢書 CG0019

總 序

1992 年，兩岸開放探親後的第五年，我在埋首撰寫論文〈大陸的台灣文學研究概況〉過程中，驚覺對岸對於台灣文學研究的投入成果，並在種種因緣之下，開始關注對岸文學，一頭栽進大陸文學的研究與教學。

多年來，心中一直記掛著應該把台灣的大陸文學研究情況也整理出來。因為台灣和大陸是現代華文文學研究的兩大陣地，除了兩岸學界的本土文學研究之外，還須對照兩岸學界的彼岸文學研究，才能較完整地勾勒現代華文文學研究的樣貌。去年，我終於把這個想法，部分地呈現在〈台灣的「大陸當代文學研究」觀察〉一文中。但是，這個念頭的萌發到落實，竟已倏忽十年，而在這期間，仍有許多想做和該做的事，尚未完成，不禁令人感慨韶光的飛逝和個人力量的局限。

回顧過去半世紀以來的現代華文文學研究，兩岸都因政治環境和社會文化的變遷，日益開放多元；近年更因大量研究者的投入，產生豐盛的研究成果，帶起兩岸文學界更加密切的交流。兩岸的研究者，雖在不同的歷史背景下成長，但透過溝通理解、互動砥礪，時時激盪出許多令人讚嘆的火花。

「大陸學者叢書」的構想，便是在這樣的感慨和讚嘆中形成的。從文學研究的角度來看，成果的交流和智慧的傳遞，是兩岸文學界最有意義的雙贏；於是我想，應從立足台灣開始，將對岸學者的文學研究引介來台，這是現階段能夠做也應該做的努力。但是理想與現實之間，常存在著難以克服的主客觀因素，台灣出版界的不景氣，更提高了出版學術著作的困難度。

感謝秀威資訊公司的總經理宋政坤先生，他以顛覆傳統的數位印製模式，導入數位出版作業系統，作為這套叢書背後的堅實後盾，支持我的想法和做法，使「大陸學者叢書」能以學術價值作為出版考量，不受庫存壓力的影響，讓台灣讀者有更多機會接觸到彼岸的優質學術論著。在兩岸的學術交流上，還有很多的事要做，也還有很長的路要走，我相信，這套叢書的出版，會是一個美好開端。

宋如珊

2004 年 9 月　於士林芝山岩

目 次

小 引

五四運動至今已 90 年，「五四」前後萌生的新文學早已長成參天大樹。今人用白話文寫作彷彿成為「天賦權利」，殊不知這「天賦權利」的收穫有賴於幾千年文化厚土的滋養，有賴於先驅者篳路藍縷的開墾，有賴於五四文學革命春雷轟鳴的催生，有賴於數代人的辛勤播種和培育！俗話說，「前人栽樹，後人乘涼」，當我們今天在白話文的天地盡情馳騁時，不能不對五四文學革命、新文學先驅者乃至中國文化傳統懷著深深的感恩心情。

但凡革命難免有矯枉過正之處，所以，從當初直到今天，五四文學革命及其成果——新文學，斷斷續續地遭遇到各種各樣的質疑。然而，五四文學革命是一段複雜的歷史過程，其中波瀾起伏，跌宕多姿，激進派、守成派、調和派與反對派共同參與了歷史進程，各派之間有對峙、衝突，也有交織、融會，絕非兩軍對壘、刀光劍影那樣簡單；新文學對傳統有挑戰、突破與摒棄，也有汲取、承續與變異，是揚棄與發展，而非決裂與告別。簡單化的線性進化論與絕對化的二元對立思維方式，曾經影響到人們對五四新文學的全面認識。筆者力求回到歷史現場，以實事求是的態度還原新舊交錯的複雜性，呈現出新文學的豐厚底蘊與勃勃生機。

第一章　新文學的發生

第一節　新文學的命名

1917 年 1 月，胡適的《文學改良芻議》（《新青年》第 2 卷第 5 號）發難在先，2 月，陳獨秀在同一刊物上發表的《文學革命論》旗幟更為鮮明，一場旨在打破既定秩序、開創全新格局的文學革命揭竿而起，給中國文學帶來了翻天覆地的震動。儘管最初面世的胡適白話詩還帶有一點小腳剛剛甩掉裹腳布時的笨拙、蹣跚，但白話文畢竟堂而皇之地步入了書面文學的大雅之堂。等到 1918 年 5 月，魯迅那鋒芒犀利、形式特別的《狂人日記》在《新青年》第 4 卷第 5 號上橫空出世，緊接著《孔乙己》、《藥》等一發而不可收；繼胡適之後，沈尹默、劉半農等人、尤其是郭沫若「立在地球邊上放號」般氣勢磅礴、形式自由的新詩陸續登場；在此前後，以《新青年》「隨感錄」為代表的雜文、周作人、許地山、冰心、朱自清等所代表的「美文」與陳大悲、田漢、洪深、歐陽予倩等所代表的話劇嶄露頭角。為成功的喜悅所陶醉的文學革命陣營自不必說，即使是憤憤不平的保守派，抑或對激進態度有所保留的調和派，也不能不承認：一種從語體文體到精神意蘊、從作家的文學觀念到讀者的審美效應，都煥然一新的文學形態已經確立，於是「新文學」的命名就成為歷史的必然。

問題在於「新文學」的命名始於何時，這一命名有著怎樣的內涵與歷史意義以及局限性。《文學改良芻議》並未提出「新文學」這個概念，在這篇文學革命的檄文中，相類意義用「今日之文學」來表徵。態度比胡適更為激烈與明朗的陳獨秀，在其《文學革命論》擎起的大旗上，用來指稱期待目標的是同「雕琢的阿諛的貴族文學」相對的「平易的抒情的國民文學」，同「陳腐的鋪張的古典文學」相對的「新鮮的立誠的寫實文學」，同「迂晦的艱澀的山林文學」相對的「明瞭的通俗的社會文學」。這場文學革命中最先使用新文學概念的是錢玄同，他在 1917 年 2 月 25 日致陳獨秀信中認為，蘇曼殊「思想高潔，所為小說，描寫人生真處，足為新文學之始基乎。」而「梁任公實為創造新文學之一人。雖其政論諸作，因時變遷，不能得國人全體之贊同，即其文章，亦未能盡脫帖括鬘徑，然輸入日本新體文學，以新名詞及俗語入文，視戲曲小說與論記之文平等，（梁君之作《新民說》，《新羅馬傳奇》，《新中國未來記》，皆用全力為之，未嘗分輕重於其間也。）此皆其識力過人處。鄙意論現代文學之革新，必數梁君。」[1]錢玄同在此觸及了新文學的內涵，如「思想高潔」，實寫人生，輸入日本新體文學，以新名詞及俗語入文，提高戲曲小說地位的文體觀念等。但以蘇曼殊與梁啟超為「新文學」的代表，其「新」只是近代過渡意義上的「新」，而非現代意義上的根本變革之「新」。饒有意味的是，信中同時提出了「現代文學」概念，這裡的「現代」涵義，在於時段而非性質。也就是說，錢玄同在這裡尚未給出新文學的正式命名。

1　《新青年》第 3 卷第 1 號，1917 年 3 月 1 日。

1917 年 5 月 1 日，劉半農在《新青年》第 3 卷第 3 號上發表《我之文學改良觀》。文章闡釋文學的性質、功能、文體、語體及技巧（「本領」）時，在同「舊文學」、「老文學」對立的意義上提出了「新文學」的概念，並且強調「吾輩意想中之白話新文學，恐尚非施曹所能夢見」，因為其宗旨是「作自己的詩文，不作古人的詩文」。這樣，就使得「新文學」成為表示文學革命建設目標的新興文學的正式名稱。此後，無論是先驅者努力創造，還是支持者積極擁護，抑或對立面竭力反對，新文學都成為一個公認的共名。1918 年 4 月 15 日，胡適在《建設的文學革命論》（《新青年》第 4 卷第 4 號）裡，把自己的「建設新文學論」的宗旨歸結為「國語的文學，文學的國語」。在相當長時期內，胡適的論斷被指責為重形式而輕內容的形式主義。實際上，「國語的文學」所指涉的不止於語體本身，同時包含著文學的平民性與鮮活性，而這正是文學生命的題中應有之義；「文學的國語」則指涉文學的社會文化功能，國語水準的提高必然促進整個社會精神文明、制度文明與物質文明的全面發展。文中援引義大利、英國等國家國語之於民族國家的統一與社會進步的重要作用，即意在說明國語的意義不僅僅是一種語言形式而已。作為杜威的及門弟子，胡適深受杜威實驗主義哲學的影響，十分看重工具的作用，一再強調活的語言才能表達活的思想，把白話視為啟動國民思想、表達現代精神、推動社會進步的重要工具。如果說胡適對新文學的闡釋側重於語言方面的話，那麼，留日歸來的周作人則更多地受到日本「人的文學」，尤其是白樺派所代表的人道主義文學的影響，更側重於新文學的內涵及其意義的闡釋。1918 年 12 月 15 日出刊的

《新青年》第 5 卷第 6 號上，周作人發表《人的文學》，把新文學的性質闡明為「人的文學」，即人道主義文學。他把人道主義解釋為「個人主義的人間本位主義」，具體說來，包含個人的權利、人性的權利、兒童與女性的權利與人類的博愛。1919 年 1 月 19 日，周作人在《每週評論》上又發表的《平民文學》，將「人的文學」觀念與前述陳獨秀、胡適的文學觀念做了進一步的生發。1919 年 12 月 8 日，李大釗在《星期日》「社會問題號」上發表的《什麼是新文學》裡，在認同「社會寫實」、「博愛心」的同時，亦提出了文學的自足性要求——「是為文學而創作的文學，不是為文學本身以外的什麼東西而創作的文學」。在他看來，「剛是用白話作的文章，算不得新文學；剛是介紹點新學說、新事實，敘述點新人物，羅列點新名詞，也算不得新文學」；我們所要求的新文學，不僅要以白話文表現新精神，而且本身須是「優美的文藝」，即「真愛真美」的文學。1921 年周作人宣導藝術性的「美文」，「給新文學開闢出一塊新的土地來」[2]；1923 年成仿吾把「對於文學本身的使命」與「對於時代的使命」、「對於國語的使命」一道列為新文學的三種使命，希望新文學能夠給人以「美的快感與慰安」，以「美的文學來培養我們的優美的感情」[3]。至此，五四時期關於新文學的命名及其內涵、意義的闡釋基本完成。新詩集《嘗試集》（胡適）、《女神》（郭沫若）；小說集《沉淪》（郁達夫）、《吶喊》（魯迅）；書信集《三葉集》（田壽昌、宗白華、郭沫若）；散文集《餓鄉紀程》（瞿秋白）、《自己的園

2 《美文》，《晨報副刊》，1921 年 6 月 8 日。

3 《新文學之使命》，《創造周報》第 2 號，1923 年 5 月 20 日。

地》（周作人）；話劇《幽蘭女士》（陳大悲）、《咖啡店之一夜》（田漢）、《趙閻王》（洪深）；易卜生劇作翻譯《娜拉》（羅家倫、胡適譯）、《國民之敵》（陶履恭譯）、《小愛友夫》（吳弱男譯）；泰戈爾詩、小說與劇本翻譯（鄭振鐸、許地山、瞿世英等）等創作與翻譯的問世，昭示出新文學的勃勃生機與遠大前景。

新文學的命名與確立，是 20 世紀初葉最重要的文學現象。在通常視為現代文學史研究發軔之作的胡適《五十年來中國之文學》[4]裡，新文學運動得到了應有的席位。二三十年代，由於新文學的歷史尚短，在文學史敘述中所占的篇幅不算大，但已經成為文學史不可或缺的部分。不少著述在書名上就標識出新文學概念，如周作人的《中國新文學的源流》（人文書店 1932 年 9 月），王哲甫的《中國新文學運動史》（傑成印書局，1933 年 9 月），伍啟元的《中國新文化運動概觀》（現代書局 1934 年 3 月），王豐園的《中國新文學運動述評》（新新學社 1935 年 9 月），吳文祺的《新文學概要》（亞細亞書局 1936 年 4 月）等。1935 年，上海良友圖書公司出版第一套規模巨大、影響深遠的文學史資料就叫《中國新文學大系》（1917-1927），更是推動了新文學經典化的進程。

隨著新文學的茁壯成長，其作品逐漸進入課堂。如中華書局 1923 年版沈星一編、黎錦熙與沈頤校的中學教科書《初級國語讀本》三冊，收入冰心、王統照、葉紹鈞、劉復（半農）、沈

4　1922 年 3 月 3 日撰成，收商務印書館出版的《申報》館五十周年紀念特刊《最近之五十年》，又收《胡適文存》第 2 集第 2 卷，上海亞東圖書館，1924 年 11 月版。

尹默、胡適、蔡元培、徐志摩、周作人、魯迅、俞平伯等人的作品。朱自清從 1929 年起在清華大學開設「中國新文學研究」，並曾在北京師範大學和燕京大學講過此課。三十年代初，楊振聲、蘇雪林也分別在燕京大學、武漢大學開設過「現代文學」或「新文學」課。[5] 1949 年 10 月中華人民共和國成立之後，新文學史作為一門新興學科進入高等教育時的正式命名即為「中國新文學史」，李何林等著《中國新文學史研究》（新建設雜誌社 1951 年 7 月 1 日），收老舍、蔡儀、王瑤、李何林受命草擬的《〈中國新文學史〉教學大綱（初稿）》，李何林的《五四時代新文學所受無產階級思想的影響》、《左聯成立前後十年的新文學》、《由「七・七」到延安文藝座談會講話的新文學》等。六篇正文中題目裡包含「新文學」概念的就有四篇，但對新文學性質的認定卻同文學革命以來的主流認識有了重要區別。《〈中國新文學史〉教學大綱（初稿）》緒論第二章「新文學的特性」明確提出，「新文學」不是「白話文學」、「國語文學」、「人的文學」、「平民的文學」，而是「新民主主義文學」。這種認識，源於毛澤東在《新民主主義論》中關於五四以後，中國的新文化「是新民主主義性質的文化」的論斷。更具文學史規模與形態的王瑤著教材亦叫《中國新文學史稿》（上卷，開明書店 1951 年 9 月；下卷，新文藝出版社 1953 年 8 月），同樣以新民主主義性質的認識來統轄文學史的敘述。這種性質的認定一直延續到 20 世紀八十年代。進入八十年代中期以後，關於新文學史的性質又有「現代性」、「民族國家文

---

5 參照黃修己：《中國新文學史編纂史》，北京大學出版社，1995 年版，第 30-39 頁。

學」等多種說法。無論是政治性的投射，還是文化性的觀照，抑或「民族國家」觀念的移植，視角的差異並不能改變文學歷史的真實，無法顛覆新文學這個已為歷史所驗證了的基本命名。

除了「新文學史」之外，敘述五四以來文學的文學史著作，還有「現代文學史」的叫法。1933 年 9 月世界書局版錢基博《現代中國文學史》裡，「現代」是個時間概念，從 1911 年講到 1930 年，由於著者持有貶低新文學的學術眼光，新文學的敘述分量大約只占二十五分之一，且多有貶詞。到了 1944 年 5 月，河南前鋒報社出版的任訪秋著《中國現代文學史》（上卷），「現代」同樣是時段的表徵，但新文學已經成為主體內容，而且著者是站在新文學的立場上，對新文學的歷程做出清晰的梳理與肯定性的評價。從五十年代中期開始，以中國現代文學史為書名的文學史著述逐漸多了起來，但截止八十年代中期，實際上仍是新文學史。因為新文學是在同舊文學的對峙中誕生、在衝突中成長的，所以，在二元對立思維模式占主導地位的時期，凡是堅持新文學立場的文學史敘述，無論是以新文學命名，還是以現代文學命名，都把五四文學革命以來的文學史敘述成新文學史，而傳統文學觀念與帶有傳統文體形式的文學作品，諸如舊體詩詞、傳統戲曲劇本、新舊交織的通俗小說、文言小說以及碑文、楹聯等，則要麼當作批判的對象來敘述，要麼乾脆視而不見。

隨著始於 20 世紀七八十年代之交的思想解放運動的展開，二元對立思維模式逐漸為多元思維所取代，清一色的新文學史敘述局面被打破。楊義《中國現代小說史》[6]第三卷為張恨水的通

---

[6] 楊義：《中國現代小說史》第一、二、三卷，人民文學出版社，1986、1988、1991 年初版。

俗小說設立專章。1985 年，黃子平、陳平原、錢理群提出的「20 世紀中國文學」[7]概念影響頗大，尤其到 20 世紀末，世紀文學的探討成為文學研究中的一道流行色，以「20 世紀中國文學史」命名的文學史著作就有好幾種。舊體詩詞與通俗小說等在世紀文學的時間框架內，得到重新認識。1999、2000 年，江蘇教育出版社出版范伯群主編的《中國近現代通俗文學史》上下卷。2006 年 3 月，高等教育出版社推出范伯群、湯哲聲、孔慶東著《20 世紀中國通俗文學史》（教育部人文社科重點研究基地重大專案「中國文學古今演變研究」的子專案之一）。黃修己主編的《20 世紀中國文學史》（中山大學出版社 2004 年 11 月第 2 版），除了將 20 世紀通俗文學列為專章之外，還以附錄形式加上了《「五四」後中華詩詞發展概述》與《20 世紀中國戲曲發展概述》。

無論文學史觀念怎樣開放，對新文學的性質如何認定，也無論對 20 世紀上半葉乃至整個世紀的文學如何敘述，五四文學革命誕生的新文學之命名的準確性是毋庸置疑的，新文學作為 20 世紀上半葉主流文學的巨大成績是無可爭議的。但是，新文學發端於何時，卻是眾說紛紜，莫衷一是。

第二節　新文學的發端

通常的看法是把《新青年》大力宣導文學革命的 1917 年視為新文學的開端。的確，1917 年，前驅者不僅論證了文學革命

[7] 黃子平、陳平原、錢理群：《論「二十世紀中國文學」》，《文學評論》，1985 年第 5 期。

的必要性與迫切性，而且探討了可否用典、怎樣用典、詩與小說的精神革新及新詩、短篇小說、戲劇等文體問題，為新文學的出場造足了聲勢，開闢了道路。從 1918 年起，在理論探索繼續進行的同時，創作上開始見出建設性的成果。

一是自由體新詩。雖然從 1917 年 2 月 1 日《新青年》第 2 卷第 6 號起，胡適即公開發表白話詩詞，其中不乏清新喜人的新詩，如《他》：

你心裡愛他，
莫說不愛他。
要看你愛他，
且等人害他。
倘有人害他，
你如何對他？
倘有人愛他，
更如何待他？

但這一年發表的白話詩或是取五言七言，或是照舊調填詞。經錢玄同的批評，胡適努力從舊格式中掙脫出來，放手作長短無定的自由體詩，同時，也帶動一些友人加入到新詩的陣營。從 1918 年 1 月 15 日第 4 卷第 1 號起，《新青年》連續多期刊登新詩，作者除了胡適之外，還有沈尹默、劉半農、陳獨秀、唐俟（魯迅）、俞平伯、常惠、陳衡哲、沈兼士、李大釗、李劍農、周作人等。1919 年 8 月至 9 月，魯迅散文詩《自言自語》發表於《國民公報》。

二是小說。1917 年 6 月，陳衡哲白話小說《一日》發表於《留美學生季報》新 4 卷夏季 2 號上，一則此篇像是留學生一日生活的流水賬，藝術韻味與思想深度均未能產生令人震撼的效果；二則刊物係在海外發行，因而在國內影響甚微；1918 年 5 月，魯迅《狂人日記》發表於《新青年》第 4 卷第 5 號，方顯示出文學革命在小說方面的實績。

三是散文。《新青年》第 4 卷第 1 號發表胡適白話散文《歸國雜感》。該刊第 4 卷第 4 號開闢「隨感錄」專欄，刊出短小精悍的雜感。這一年，胡適的《貞操問題》、陳獨秀的《偶像破壞論》、唐俟（魯迅）的《我之節烈觀》等較長的雜文與袁振英的《易卜生傳》等，也在《新青年》上先後發表。

四是話劇。1918 年翻譯話劇先行面世，1919 年 3 月，第一部創作話劇——胡適獨幕劇《終身大事》發表於《新青年》第 6 卷第 3 號。

五是翻譯文學。1917 年 2 月由中華書局出版的周瘦鵑譯《歐美名家短篇小說叢刊》，白話譯文約占三分之一。1918 年 1 月，《新青年》開始發表周作人的白話翻譯，先是評論《陀思妥夫斯奇之小說》，繼而有《古詩今譯（古希臘詩「Thcokritos 牧歌第十」）》（第 4 卷第 2 號）、《童子 Lin 之奇蹟》（第 4 卷第 3 號）等。1918 年 6 月出刊的《新青年》第 4 卷第 4 號為「易卜生號」，刊出易卜生劇作翻譯《娜拉》、《國民之敵》、《小愛友夫》。

六是發表白話文學的陣地逐漸多了起來。《新青年》第 4 卷第 1 號開始全部改用白話與新式標點之後，刊登新文學作品的《每週評論》、《新潮》等相繼問世。據估計，1919 年，至少出了 400 種白話報刊，影響頗大的《星期評論》、《建設》、《解放與改造》、《少年中國》即在其中。不久，向來持重的大型刊物《東方雜誌》、《小說月報》等開始白話化，從前往往記載戲子妓女的報紙附張，也多改登白話的論文譯著小說新詩了。《晨報副刊》、《民國日報》副刊《覺悟》、《時事新報》副刊《學燈》影響尤大。[8]

據此看來，1917 年新文學發端說是有歷史根據的。所以，自 20 世紀二十年代胡適《五十年來中國之文學》到 21 世紀初的文學史著述，多數持這種看法。

但是，斷定一種新生事物具體的發端時間並非易事，因為新生事物不是像隕石一樣突然從天而降，而是有其複雜的原因，也有其明顯的徵候。既然文學革命是由《新青年》發起的，而《新青年》的前身《青年雜誌》創刊於 1915 年，這一刊物發起的新文化啟蒙運動的確醞釀成了文學革命爆發的氛圍。所以，陳子展在《最近三十年中國文學史》中認為文學革命運動發端於 1915 年，而全盛於 1919 年五四運動以後。王瑤《中國新文學史稿》雖然在分期時把起始時間定為五四運動發生的 1919 年，但在實際論述中，還是從《青年雜誌》創刊談起。

香港司馬長風《中國新文學史》[9]敘述文學革命也是從 1915 年講起。不過，他在肯定《新青年》作用的同時，對胡適留學美國期間「文學革命的孕育和醞釀」給予充分的關注。他徵引胡適《逼上梁山——文學革命的開始》裡的追述，來論證 1915 年文學革命啟錨的確切性。最初，胡適對清華學生監督處書記鍾文鼇印發宣傳品中「廢除漢字，取用字母」之類的口號十分不滿，回信批評言猶未盡，又作長篇論文探索漢文究竟能否作

8　參照胡適：《五十年來中國之文學》。
9　司馬長風：《中國新文學史》，昭明出版社，1975 年 1 月初版，1980 年 4 月 3 版。

為傳授教育的利器，結果發現文言乃是半死之文字，而且缺少標點符號，不利於傳授教育。1915 年 6 月，胡適撰寫《論句讀及文字符號》，繼續語言文字改革的探討。這年夏天，任鴻雋（叔永）、梅光迪（覲莊）等與胡適一起度假，常常討論中國文字與中國文學問題。梅光迪的強烈反駁，越發激起胡適從事文學革命的決心，要以白話取代文言作為文學載體。9 月 17 日，他在寫給梅光迪的長詩中首次提出了文學革命的口號：

> 梅生梅生毋自鄙！神州文學久枯餒，百年未有健者起。新潮之來不可止；文學革命其時矣！吾輩勢不容坐視。且復號召二三子，革命軍前杖馬箠，鞭笞驅除一車鬼，再拜迎入新世紀！……

友人以為這不過是狂言、戲言，而胡適則立志躬身實踐，從「作詩如作文」的「詩國革命」開始，理論在爭論中走向明晰、成熟。1916 年 4 月 13 日，胡適作《沁園春・誓詩》表達自己的信念與激情：

> 更不傷春，更不悲秋，以此誓詩。任花開也好，花飛也好，月圓固好，日落何悲？我聞之曰，「從天而頌，孰與制天而用之」？更安用，為蒼天歌哭，作彼奴為！文學革命何疑！且準備搴旗作健兒。要前空千古，下開百世，收他臭腐，還我神奇。為大中華，造新文學，此業吾曹欲讓誰？詩材料，有簇新世界，供我驅馳。

詞作好後，胡適為口氣之「狂」而有點不安，遂反覆修改，到了第三次修改，刪掉「為大中華，造新文學，此業吾曹欲讓誰」，下半闋改為：「文章要有神思，到琢句雕詞意已卑。定不師秦七，不師黃九，但求似我，何效人為！語必由衷，言須有物，此意尋常當告誰！從今後，儻傍人門戶，不是男兒！」鋒芒掩飾了，但文學革命的方向已定，理論與創作在探索中前行。

文學革命的思想主張在與友人的相互砥礪中孕育成熟，待《新青年》一聲呼喚，《文學改良芻議》便呱呱墜地。胡適最初的白話詩詞，正是此時為了驗證白話可以進入門禁森嚴的詩國殿堂而作。如 1917 年 2 月《新青年》刊出的第一批白話詩中的《朋友》，即是胡適單槍匹馬文學革命感到先驅者的寂寞，1916 年 8 月 23 日觸景生情寫成：

兩個黃蝴蝶，
雙雙飛上天。
不知為什麼，
一個忽飛還。
剩下那一個，
孤單怪可憐，
也無心上天，
天上太孤單。

從上述文學革命在海外醞釀的過程來看，把新文學的歷史從 1915 年算起確有服人之處。臺灣周錦主編的三輯十本「中國現代文學研究叢刊」（臺灣成文出版有限公司 1980 年 5、6、7 月出版）的《編印緣起》稱：「中國新文學運動，是隨著中華民國的誕生而來。」但在這套叢刊之一的陳敬之著《中國新文學的誕生》的論述中，卻是從五四新文化運動說起，新文化運動則同樣述及胡適在留學期間的「文學革命」醞釀。

1915 年之所以值得注意，除了上述原因之外，還應該看到這一年《甲寅》雜誌刊出的黃遠生寫給編者章士釗的信中，即明確提出應當宣導新文學：

> 愚見以為居今論政，實不知從何處說起。洪範九疇，亦只能明夷待訪。果爾，則其選事立詞，當與尋常批評家，專就見象為言者有別。至根本救濟，遠意當從提倡新文學入手。綜之，當使吾輩思潮如何能與現代思潮相接觸，而促其猛省。而其要義，須與一般之人，生出交涉。法須以淺近文藝，普遍四周。史家以文藝復興，為中世改革之根本。足下當能語其消息盈虛之理也。[10]

信中所說「新文學」，宗旨是與「現代思潮」接軌，與「一般之人，生出交涉」，形式為「淺近文藝」，以求「普遍四周」之效；且把西方文藝復興引為參照系。這種新文學的構想已經超越近代「小說界革命」、「詩界革命」與「文界革命」的目標，與五四新文學旨趣相同，有所差別的只是尚未明確指出白話語體。

黃遠生有此遠見卓識，並非突發奇想，而是源自他不止一日的深思熟慮和活躍而踏實的啟蒙實踐。黃遠生，原名為基，字遠庸，又字遠生，以字行。1904 年中甲辰科進士，被授知縣，辭官不就，後東渡日本留學，1909 年畢業於日本中央大學法

---

10 《致甲寅雜誌記者．其一》，收《黃遠生遺著》，臺灣華文書局據 1938 年鉛印本影印，第 360 頁。黃遠生著述原文均用句讀，本章引文新式標點為引者所加。

科，回國後先在郵傳部任員外郎，後為參議廳行走兼編譯局纂修官。辛亥革命後脫離官場，先後任《申報》、《時報》、《東方日報》、《少年中國》、《庸言》、《東方雜誌》、《論衡》、《國民公報》等報刊特派記者、主編、撰述，成為名氣很大的記者、政論家。與劉少少、丁佛言並稱「新聞界三傑」，其政論可與梁啟超、章太炎、章士釗媲美，而又比梁啟超凝練，比章太炎明快，比章士釗質樸。

黃遠生雖然以記者與政論家聞名於世，但實際上是新文學的早期宣導者與實踐先行者。正如林志鈞在《黃遠生遺著・序》裡所說，早在 1914、1915 年間，黃遠生「就很主張文藝改革之必要。他以為歐洲新文化，全從文藝復興時代發生。文藝是一切文化之母。」黃遠生在《朱芷青君身後徵賻序》中說，當友人來信告訴他，朱芷青在報上見到黃遠生「在某報所論新文學文，甚欲得全稿觀之，且謂芷青研求此道甚精，何時可共一談。」當時，黃遠生還自謙說「不知所謂新文學，特抄譯而傳以意會以求食而已。」但實際上，他對新文學的必要性與迫切性了然於心，對新文學多有探索。譬如《新劇雜論・說腳本（二）》就說「新戲乃文學革新之一種，國命民魂所繫」11，並援引海外資源展開具體論述。在《朱芷青君身後徵賻序》中，充分表現出黃遠生深諳文藝之三昧。「名人之作，或刺觸一世之思潮，或刺觸一社會之思潮，或刺觸一人之思潮，乃至刺觸一動物一剎那之思潮。人世之深遠複雜，惟文藝能寫之。寫之之道有二：一視其情之能感，一視其術之能達。故觀其所感，而作者之人

11　《黃遠生遺著》，第 370 頁。

格見焉；觀其所達，而作者之技巧見焉。故文藝家之能獨立者，以其有人生觀。……文藝家第一義在大膽，第二義在誠實不欺。技之工拙，存乎其人，天才亦半焉。」他批評「吾國人之道學家，好稱文以載道。其道既不可方物，而文人之為文，則專計工拙，而其中無有。故即有人讀盡中國之古書，而其於人生之道之無所得如故。以於人生之道無所得，故舉世混濁隨流，而渺然無與於精神之事。有一精神之人出，則其人若崖岸之立乎橫流，必受舉世之戮辱，或自戮辱之。故凡中國文人之稍能傳者，必其文於思潮有所接觸，而其人必窮。於是有傅會之者曰：窮而後工。又有為之悼歎者曰：蒼天不弔。皆不知人生與社會之故者也。」

他希望能有一種貼近人生與社會的新文學救治傳統的弊端。1915年所作《晚周漢魏文鈔序》中就清楚地表露出這一意向：

> 今欲發揮情感、溝通社會潮流，則必提倡新文學。今欲浚發智慮，輸入科學，綜事布意，明白可觀，則必提倡一種近世文體，使之合於文法及名學。吾國既公認為文學之國，自古著作若干萬卷，殆無一不有文學之趣味，其足供吾人之咀嚼而涉獵者，或畢生莫能盡。必將條分縷析，發揮光大。此亦文藝復興之說也。近世以來，學者病國群文質之俱敝，舊者重文詞而謬於理解，新者重學說而拙於詞章，故改革文體，菲薄古人之風，頗複潛滋暗長。

他認同晚清包慎伯（1775-1855）的看法，批評奉韓愈為宗師的古文派，「其所謂道，大抵言忠孝節義，所謂是非不謬於聖人者也，以故義淺文薄，徒托於道統以自雄，氣味神理以自晦。質而言之，專制之遺蛻，一孔之謬見而已。」對編輯《晚周漢魏文鈔》的梁漱溟稱賞有加：「竊觀西史，文藝改革，為彼土滌瑕蕩穢，日月光華之首基，即文學之事，亦將重有賴於梁君也。」[12]黃遠生對傳統文學缺乏寫實精神與平民精神、充滿官場氣息與鬼怪氛圍、大團圓、模式化等弊端之入木三分的批評，對文學應該反映真實的生活與真切的感情之切中肯綮的論述，對不拘格套、實事求是、探索真理之希臘精神的由衷推崇，對新思潮新文藝的熱切召喚，對新文學的人道精神、社會功用與小說、戲劇等文體問題的深入探究，可以說代表了新文化啟蒙者、新文學前驅者的先鋒姿態。

黃遠生不僅宣導新文學，批評舊文學，而且在創作與翻譯實踐中展現出新文學的新姿。《遊民政治》裡關於辛亥革命後官名改變而官場習氣依舊的揭露，與後來魯迅在《阿 Q 正傳》等作品中所描寫的情形有異曲同工之概。其政論與通訊不僅眼光獨到、犀利、深邃，膽識過人，而且感情酣暢淋漓，常有別致而貼切的比喻，富於幽默感，新文學雜文應該說繼承了其遺緒。其通訊有人物素描，有時事追蹤，有社會現象剖析，生動、形象，富於文學色彩，給當時的報界帶來了一股清新之風，深受讀者好評，開了現代報告文學之先河。他雖然在通訊與政論的寫作上一直用簡潔、生動的文言，但在翻譯外國文學時卻能夠運用相當成熟的白話。據林志鈞說他的白話譯文有好幾種，《黃遠生遺著》所收法國梅利曼（現通譯為梅里美）小說《韃鞭哥小傳》，其神韻的傳達、白話的純熟，幾乎可以與 1919 年周作人翻譯的《賣火柴的女兒》相媲美。正當黃

12　初載《國民公報》，日期不詳，收《黃遠聲遺著》，第 356-358 頁。

遠生要在新文化啟蒙新文學宣導上大顯身手之時，袁世凱逼迫他撰文為帝制張目，幾番推拒不得，胡亂搪塞亦不成，無可奈何只好遠渡重洋赴美，暫避鋒芒。不幸的是，1915 年 12 月 27 日，黃遠生竟被暗殺於三藩市。[13]不然的話，以他的敏銳感覺與深厚造詣，一定會在新文學事業中書寫更為輝煌的篇章。

對新思潮的共同嚮往使得黃遠生與一批同道相互靠近。他認為朱芷青堪稱與近世思潮有接觸者，所以「每見芷青，則一見一心醉，見即與談所謂新文藝者。芷青亦泠然善焉，空谷聞足音跫然而喜者，以其聲類爾。」[14]不僅黃朱二人由新文學而結緣，而且他們還同梁仲異、黃哲維等與近世思潮有所接觸者一道交談「精神之事」，可見當時探討新文學與精神啟蒙者是一批仁人志士。以黃遠生的犀利見解、出色文筆，對於同道乃至文化界，不會沒有影響。何況章士釗 1914 年 5 月 10 日在日本創辦的《甲寅》月刊，更是把陳獨秀、李大釗、黃遠生等人匯聚在一起，如第 4 號就同時刊出李大釗的《國情》、陳獨秀的《愛國心與自覺心》、胡適的翻譯小說《柏林之圍》，前引黃遠生宣導新文學的通信則刊登在《甲寅》的最後一期（1915 年 11 月，第 10 號）上。他們同聲相應、同氣相求，可以說事實上成為一個新文學的尖兵班。陳獨秀離開《甲寅》回到上海，

13 當時輿論以為暗殺係袁世凱指使。另外，據說，20 世紀 80 年代，真凶劉北海在臺灣去世前說，因黃遠生對孫中山等革命黨人的活動也冷嘲熱諷，故中華革命黨美洲支部策畫並實施了暗殺。此係一樁歷史疑案。

14 初載《論衡雜誌》，日期不詳，初收商務印書館 1920 年版《遠生遺著》，轉引自臺灣華文書局 1968 年版《黃遠生遺著》，第 352-353 頁。以下凡黃遠生著述均引自此書。

才有《青年雜誌》的問世。《青年雜誌》創刊伊始，即刊載屠格涅夫小說的翻譯，第 1 卷第 3、4 號連載陳獨秀《現代歐洲文藝史譚》，介紹歐洲近代文藝思潮從古典主義到理想主義（浪漫主義）再到寫實主義進而又到自然主義的演進趨勢，與左拉、龔古爾、福樓拜、都德、屠格涅夫、易卜生、托爾斯泰等代表作家。1915 年 12 月出刊的第 1 卷第 4 號上，陳獨秀在答張永言信中，明確表示了文學改革的願望：「吾國文藝，猶在古典主義、理想主義時代，今後當趨向寫實主義。文章以紀事為重，繪畫以寫生為重，庶足挽今日浮華頹敗之惡風。」1916 年 10 月 1 日第 2 卷第 2 號刊出胡適致陳獨秀信，透露出文學革命的資訊。隨之而來便有胡適、陳獨秀發動文學革命的兩篇檄文。1916 年 8 月 15 日出刊的《晨鐘報》創刊號上，李大釗在《「晨鐘」之使命》中也說：「由來新文明之誕生，必有新文藝為之先聲，而新文藝之勃興，尤必賴有一二哲人，犯當世之不韙，發揮其理想，振其自我之權威，為自我覺醒之絕叫，而後當時有眾之沉夢，賴以驚破。」[15]這些見解，與黃遠生是英雄所見略同，還是受到黃遠生的影響，或許兼而有之。1920 年 9 月，羅家倫在《近代中國文學思想的變遷》一文中，談到國語文學的精神、批評舊文學的形式主義時，援引黃遠生在《國民之公毒》裡對「顧字一承，而字一轉」的「烏龜八股」的斥責，緬懷「遠生於民國三四年之際，頗有新文藝思想發現；惜其未能充分發表，即已早死。」林志鈞在《黃遠生遺著・序》裡說五四新文藝潮流並不受黃遠生思想的波動，恐怕難以如此斷言。

15　《青春中華之創造》，《晨鐘報》創刊號，1916 年 8 月 15 日。

第三節　新文學的源頭之一：白話文學

現代意義上的新文學，其最初宣導是在 1915 年，但若追根溯源，可謂源遠流長。源頭之一，就是古已有之、尤其是近代漸成氣候的白話文學。

胡適在美國醞釀文學革命期間，就曾經從「宋朝的大詩人的絕大貢獻，只在打破了六朝以來的聲律的束縛，努力造成一種近於說話的詩體」受到鼓舞，主張「詩國革命何自始？要須作詩如作文。」他重新審視中國文學史，「認清了中國俗話文學（從宋儒的白話語錄到元朝明朝的白話戲曲和白話小說）是中國的正統文學，是代表中國文學革命自然發展的趨勢的。」[16] 他用這一新的體認努力去說服對其文學主張持有異議的友人。

文學革命在國內揭竿而起之後不久，他在《歷史的文學觀念論》[17]中指出：

> 愚縱觀古今文學變遷之趨勢，以為白話之文學種子已伏於唐人之小詩短詞。及宋而語錄體大盛，詩詞亦多有用白話者。放翁之七律七絕，多白話體。宋詞用白話者更不可勝計。南宋學者往往用白話通信，又不但以作語錄也。元代之小說戲曲，則不待論矣。此白話文學之趨勢，雖為明代所截斷，而實不曾截斷。……故白話之文學，自宋以來，雖見屏於古文家，而終一線相承，至今不絕。

16　胡適：《逼上梁山》。

17　胡適：《歷史的文學觀念論》，《新青年》第 3 卷第 3 號，1917 年 5 月 1 日。

《建設的文學革命論》[18]則追溯得更遠：「自從《三百篇》到於今，中國的文學凡是有一些兒生命的，都是白話的，或是近於白話的。」《白話文學史・引子》裡又說「白話文學史就是中國文學史的中心部分」[19]。尋繹白話文學的悠長脈絡，並確認其生命力與歷史地位自然是合理的，但把它說成「中國文學史的中心部分」，並且絕對否定文學史上文言文學的生命力，其偏頗顯而易見，要證偽簡直易如反掌，譬如屈原的《離騷》，誰敢說沒有藝術生命力？不過，想到胡適是要通過強調白話的生命力來論證取代文言文的合理性，也就只能給予「同情之理解」了。

胡適在追溯白話文學淵源時，關於時段的長短，只是一個概數，時而說一千多年，時而又說一二千年。《白話文學史・引子》說：「一千多年的白話文學種下了近年文學革命的種子；近年的文學革命不過是給一段長歷史作一個小結束；從此以後，中國文學永遠脫離了盲目的自然進化的老路，走上了有意的創作的新路了。」[20]《中國新文學大系・建設理論集導言》裡又說：「若不靠這一千多年的白話文學作品把白話寫定了，白話文學的提倡必定和提倡拼音文字一樣的困難，決不能幾年之內風行全國。」而 1921 年給教育部第三屆國語講習班講授《國語文學史》，則是從漢、魏、六朝講到南宋。《五十年來中國之文學》裡也是把白話文學上溯到漢魏時期，認為中國的

---

18 胡適：《建設的文學革命論》，《新青年》第 4 卷第 4 號，1918 年 4 月 15 日。

19 胡適：《白話文學史》上卷，新月書店，1928 年 6 月版，轉引自《胡適文集》第 8 冊，北京大學出版社，1998 年版，第 150 頁。

20 胡適：《白話文學史》上卷，新月書店，1928 年 6 月版，轉引自《胡適文集》第 8 冊，北京大學出版社，1998 年版，第 152 頁。

白話文學可以分為五個時期：第一時期由漢魏六朝樂府所代表。第二時期由中晚唐的元稹、白居易等詩人、禪宗大師講學說法的白話散文所代表。第三時期以五代白話詞、北宋柳永、歐陽修、黃庭堅、南宋辛棄疾的白話詞、南宋陸游、楊萬里、范成大的白話詩所代表。第四時期以金元時代的白話小曲、雜劇所代表。第五時期以明清白話小說為代表。沈兼士、凌獨見等對從漢魏講起曾表示異議，認為應該再向前上溯。胡適接受了這種意見，1924 年在一次講演中就說：「白話的文學，完全是平民情感自然流露的描寫，絕沒有去模仿什麼古人。記這種平民文學的古書，第一部當然是《詩經》。」[21]在黎錦熙在《國語文學史・代序》裡指出：「不得已而求其比較的接近活語言，又足以表達出一般平民的悲歡哀怨的，來補充這個長時代的國語文學史，《風詩》，自然是很可寶貴，應該首當其選的了，這是北部和中部的民間文學；南部的就是《楚辭》，如《九歌》之類，也可入選。至於先秦諸子的學術文，和《左傳》《戰國策》等記事文，雖不是純文藝，但多富於文學的趣味；文體雖不能與當時語言密合，但確是當時流行的一種普通文體，絕非秦、漢以後勉強保持強迫摹仿的死文學可比，而且所用的詞頭也大都是從當時語言中直接採取的；把它們算作近語的散文，實無不可。再往上推，《尚書》中的《盤庚》、《大誥》之類，也可說為上古的語體散文。」[22]可是，因為古今口語變化甚大，上古的語體散文在今人看起來竟變得佶屈聱牙了。

21　胡適：《〈國語文學史〉大要》，趙並懽、呂一鳴記，演講時間、地點不詳，原載《國語月刊》2 卷 2 號，1924 年 9 月 20 日。

22　轉引自《胡適文集》第 8 冊，北京大學出版社，1998 年版，第 7 頁。

由於教育部講習班沒有繼續辦下去，加上其他緣故，胡適的《國語文學史》南宋以後的國語文學只是以概論形式寫了一章。據此修改、擴充的《白話文學史》也只有上卷，寫到唐代。但在《國語運動的歷史》、《國語運動與文學》等著述裡，胡適多次回顧白話文學歷史，一直延及清末民初。胡適追溯白話文學的歷史，以便確認文學革命的歷史合理性，可他又認為，以前的白話文學只是自在發展的，而他所宣導的文學革命則是第一次自覺的主張與實踐，「白話文的局面，若沒有『胡適之陳獨秀一班人』，至少也得遲出現二三十年。這是我們可以自信的。」然而，這一自信未免有點言過其實。

五四新文學的白話語體源頭除了歷史悠久的白話文學之外，還有與此密切相關的國語——白話。夏、商、周尚屬原始國家的形態，天子大一統的象徵意義大於實際意義，到了秦國吞併其他六國，贏政建立秦朝，稱始皇帝，中國才進入了君主帝國的國家形態，天子的大一統具有了實際意義。秦始皇政治上實行郡縣制，為了便於大一統的統治，不僅車同軌、書同文，而且統一的國語也就有了現實的政治需要。直到今天，粵語裡仍然保留了中國中部地區早已失傳的部分古音，就是國語統一的一個例證。在此後兩千餘年的歷史中，統一多於分治，尤其是漢、唐、元、清四朝，疆域廣闊，中央集權力量強大（個別時期例外），無疑有利於國語的推廣。由於國語的基礎雄厚，即使在南宋與金等對峙分治期間，國語也仍然作為多數地區的官方共同語。胡適在《中國新文學大系・建設理論集導言》中注意到這一點：「我們的老祖宗在兩千年之中，漸漸的把一種大同小異的『官話』推行到了全國的絕大部分：從滿洲里直到雲南，從河套直到桂林，從丹陽直到川邊，全是官話區域。若沒有這一大塊底盤的人民全說官話，我們的『國語』問題就無從下手了。」鴉片戰爭以來，民族危機日益加重，救亡圖存成為朝廷與廣大仁人志士的共識。經歷了物質文明方面的洋務運動、制度文明方面的變法維新之後，精神文明方面的啟蒙正式提到了歷史的議事日程。而要啟蒙，就要充分利用國人所宜於接受的形式，於是出現了白話運動的呼聲。

裘廷梁在 1898 年 7 月所作《白話叢書代序——論白話為維新之本》一文中說：「使古之為君者崇白話而廢文言，則吾黃人聰明才力無他途以奪之，必且另為有用之學，何至暗沒如斯矣。吾不知夫古人之創造文字，將以便天下之人乎？抑將以困天下之人乎？人之求通文字，將驅遣之為我用乎？抑將窮老盡氣，受役於文字，以為文字之奴隸乎？……切夫文言之美，非真美也。漢以前書，曰群經、曰諸子、曰傳記，其為言也，必先有所以為言者存，今雖以白話代之，質幹俱存，不損其美。漢後說理記事之書，去其膚淺，刪其繁複，可存者百不一二。此外汗牛充棟，效顰以為工，學步以為巧，調朱傅粉以為妍，使以白話譯之，外美既去，陋質悉呈，好古之士，將駭然而走耳。……故曰辭達而已矣。後人不明斯義，必取古人言語與今不相肖者而摹仿之，於是文與言判然為二。一人之身，而手口異國，實為二千年來文字一大厄。」鑒於文言弊端之重、白話益處之多（省日力、除憍氣、免枉讀、保聖教、便幼學、煉心力、少棄才、便貧民），裘廷梁提出「崇白話廢文言」。1899 年，陳子褒發表《論報章宜改用淺說》，明確主張報紙改用白話。嚴復、夏曾佑亦在《國聞報館附印說部緣起》提倡用日常口語著書撰文。由於啟蒙的強烈需求，掀起了白話報的熱潮。據臺灣學者李孝悌考察，20 世紀初第一個十年，「白話文已經有非常蓬勃的發展，並且在本質上和 1910 年代的白話文運動是連續一貫的。」[23] 1897 年，就出現了兩份白話報，進入 20 世紀後，白話報數量猛增，截止 1911 年，白話報至少有過 131 種以上。有些大報常年附刊白話專欄，如天津大公報 1902 年創刊以後，就經常性地附有白話論說一欄，1904 年 4 月將部分白話論說結集出版，名為《敝帚千金》，1905 年 8 月 21 日開始定期出版白話附張，沿用《敝帚千金》之名，免費隨報附送，另外也單張出售。不久之後，這些白話附張又以同樣的名字結集出版，到 1908 年初已出到 30 冊。[24] 1902 年 6 月 23 日，北京最早的白話畫報《啟蒙畫報》問世，以開通蒙學、啟迪蒙稚為宗旨，設有倫理、掌故、地輿、格致、算術、動植物等欄目，講述科學知識、歷史故事、風土人情等。1904 年出版《京話日報》，行銷北方各省，東到奉天黑龍江，西到陝西甘肅，銷量達一萬份。南方有《安徽俗話報》、《競業旬報》、《杭州白話報》、《中國白話報》、《蘇州白話報》、《寧波白話報》、《紹興白話報》等。

雨後春筍般的白話報在民眾啟蒙中承擔了不可或缺的角色，也鍛煉與培養了一批白話文學作家。後來五四文學革命的弄潮兒，頗有幾人早年曾經在白話報上歷練過身手。陳獨秀在他主編的《安徽俗話報》上，發表過多篇文章，精神主旨與白

---

23 李孝悌：《清末的下層社會啟蒙運動》，中央研究院近代史研究所專刊（67），臺灣中央研究院近代史研究所，2003 年 12 月第 2 版，第 5 頁。

24 李孝悌：《清末的下層社會啟蒙運動》，中央研究院近代史研究所專刊（67），臺灣中央研究院近代史研究所，2003 年 12 月第 2 版，第 16 頁。

話語體都同五四時期息息相通。如 1904 年 5 月 15 日第 3 期的《惡俗篇・第一篇婚姻上》抨擊安徽「一種最可恨可殺可憐可哭的壞風俗」——「等兒媳」：

> 這等兒媳的規矩，是因為沒有兒子，就娶下一位媳婦，等著兒子。若是等到二十多歲兒子還不來，那媳婦才可以擇配他人，算是開籠放雀了。最可慘的是那媳婦一直等到十八九歲，那兒子到來了，只是「十八歲大姐周歲郎」，那媳婦也少不得守十幾年青春活寡，才能夠成親婚配。你道這是天地間何等不合情理的慘事哩！現在世界萬國結婚的規矩，要算西洋各國頂文明。他們是男女自己擇配，相貌才能性情德性，兩邊都是旗鼓相當的，所以西洋人夫妻的愛情，中國人做夢也想不到。

五四時期抨擊封建婚姻也不過如此，只是這時的文章多少有一點說書人的口吻罷了。1906 年，胡適在上海中國公學讀書期間，曾在《競業旬報》第一期上發表他的第一篇白話文章《地理學》，其中說到地球是圓的：

> 譬如一個人立在海邊，遠遠的望這來往的船隻。那來的船呢，一定是先看見它的桅杆頂，以後方能看見它的風帆，它的船身一定在最後方可看見。那去的船呢，卻恰恰與來的相反，它的船身一定先看不見，然後看不見它的風帆，直到後來方才看不見它的桅杆頂。這是什麼緣故呢？因為那地是圓的，所以來的船在那地的低處慢慢行上來，我們看去自然先看見那桅杆頂了。

從第三期開始，胡適連載長篇章回體白話小說《真如島》。1908 年開始，《競業旬報》第 24 至 38 期，胡適既編又寫，發表了許多文字，有抨擊迷信的，也有反對過繼兒子的。他後來在《四十自述》中回顧說，「這幾十期的《競業旬報》，不但給我了一個發表思想和整理思想的機會，還給了我一年多做白話文的訓練。……這一年多的訓練給了我自己絕大的好處。白話文從此形成了我的一種工具。七八年之後，這件工具使我能夠在中國文學革命的運動裡做一個開路的工人。」的確，胡適後來宣導文學革命的行動與「無後主義」等反傳統主張，都與早期白話啟蒙實踐密切相關。

白話啟蒙運動的成果被政府所看重，「各級政府出示、印行的白話文告、傳單，私人寫的宣傳、告誡性文字，也大量出籠。」[25] 1903 年，四川總督岑春煊為了回應 1902 年 2 月 1 日（光緒二十七年十二月二十三日）勸戒纏足的諭旨，發佈了一份白話告示，其中論及纏足的害處：

> 第一樣關係國家眾人的弊病，沒得別的，皆因女子纏足，一國男子的身體都會慢慢軟弱起來，國家也就會慢慢積弱起來。這個緣故，又沒別的，皆因人生體子強弱，全看父母體子如何。中國當父親的，接親太早，體氣先就不足；當母親的，又因少時纏足之故。方纏足時業已受過許多痛苦，你們曉得的。那個女孩把足纏好，不弄得面黃皮瘦？既纏之後，因為行步艱難，所以中國女人害

---

[25] 李孝悌：《清末的下層社會啟蒙運動》，中央研究院近代史研究所專刊（67），臺灣中央研究院近代史研究所，2003 年 12 月第 2 版，第 31 頁。

癆病的最多。就不害病，身子強壯的也少。所以養的兒子，在胎裡已先受單弱之氣，生下地自然個個單弱。祖傳父，父傳子，子傳孫，傳一層單弱一層。傳到今日，雖然中國丁口有四萬萬之多，無論士庶工商，舉目一看，十之八九，都是弱薄可憐不堪的樣子。推求這個緣故，……都由纏足。因為我的百姓個個單弱，所以人家敢來欺負。……所以如今要想把中國強起，必先把百姓強起來；要想把將來的百姓強起來，必先把養將來百姓的母親，現在的女兒強起來。

皆因女子纏足，天下男子的聰明，慢慢就會閉塞起來，德行慢慢就會喪壞起來，國家慢慢也就閉塞喪壞起來。這又沒得別的緣故，凡人的聰明德行，全靠小的時候慢慢的教導指點。……十歲以前，當父親的多半有事在外，全靠母親在家，遇事教導指點。所以人的第二期教育，是學堂裡先生的責任，第一期教育，全是當母親的責任。如今的女子，七八歲以前，還有讀書的；十歲以後，因為纏了足，行動不便，就不好上書房了。從此天天關在屋裡，世界上的事，一點也不明白，聰明就會一天一天閉塞起來。……等到嫁與人家，養了兒子，母親先是沒聰明沒德性的，拿什麼來教導兒子？指點兒子？小的時候聽的沒見識的話，看的沒道理的事，既已弄慣脾氣，大來如何會有聰明？如何會有德性？

一層傳一層，傳到如今，舉眼一看，十之八九，論身體既是薄弱可憐了，論知識也都是糊塗，論德行也都是荒

> 唐。我們既已糊塗荒唐，外人自然看我們不起，要欺負我們。還有一樣，不是別的，因為一人纏足，就少一人用處；少一人用處，就少一人力量，天下就會弱起來。……如今人人羨慕中國有四萬萬人，卻不曉得裡頭有一半是女子。這二萬萬女人中，鄉下窮苦大腳的，尚可以做下等勞動的事；至於仕宦城市的，個個小腳，個個一站就要人扶，一走就要人牽，吃飯張口，穿衣伸手。……可見得女人是無用了。

由於這份白話告示流傳甚廣，所以四川人停止纏足的要比其他省份多。在其影響下，浙江、山東、房山等地亦有相類告示。此外，禁煙、勸學、防疫、勸募、憲政、安定民心、移風易俗（如勸戒燒紙陋俗、打擊迷信、講究衛生、公園遊憩）等，也用白話告示。北京外城巡警局的告示從 1906 年起一律改成白話。御史杜彤還曾經奏請學部，把中國歷史及各種時務演成白話，頒發各省蒙小學堂作為教科書。也有大臣建議學部編纂立憲白話講義，令各地宣講。學部為了推廣通俗教育，在 1908 年頒佈的宣講用書章程中，也鼓勵用白話和小說體裁編寫講本。[26]這些白話文本屬於應用文性質，但其中不乏文學色彩，就文學的廣義而言，有些宣傳單、告示可以納入文學範疇。

周作人在《中國新文學的源流》裡對清末的白話文評價不高，認為其主要弱點有兩種：第一，不是「話怎麼說便怎麼寫」，而是「作者用古文想出之後，又翻作白話寫出來的」，因而仍

26　李孝悌：《清末的下層社會啟蒙運動》，中央研究院近代史研究所專刊(67)，臺灣中央研究院近代史研究所，2003 年 12 月第 2 版，第 31-41 頁。

然保留著古文裡的格調。第二，作文的態度不是一元的——凡文字都用白話寫，而是二元的，只是為一般沒有學識的平民和工人才寫白話。「古文是為『老爺』用的，白話是為『聽差』用的。」這些批評有一定道理，不要說清末與民初，即使是文學革命揭起「活的文學」旗幟之後一段時間裡，有些新文學作品也仍然留有文言文學或傳統平話的語調，這是新舊交替時期很難避免的事情。但是，周作人把清末白話文學運動的起因完全歸結為「出自政治方面的需求，只是戊戌政變的餘波之一」，又斷定「和後來的白話文可說是沒有大關係的」[27]，則大可質疑。白話文運動並非只是政治變革的需求，而是反映了物質文化、政治文化與精神文化由傳統向現代全面過渡的歷史要求；至於說和後來的白話文「沒有大關係」，則顯然不符合歷史事實。白話文不僅傳播了新理念、新知識、新風俗，而且為日後新文學的迅速崛起培養了作者與讀者。如果陳獨秀、胡適等人未曾在白話文運動中經受歷練，怎麼會驟然間發起文學革命？如果民眾沒有經過清末民初的白話文薰陶，怎麼會那麼快就接受新文學？

清末民初，白話文的成績絕非僅有報刊上的白話文章與告示宣傳品而已，也在文學園地綻放出絢麗的花朵。黃遵憲在1890年廣州富文齋刊《日本國志》卅二《學術志》中說：

> 周秦以下，文體漸變，逮夫近世，章疏移檄，告諭批判，明白曉暢，務期達意，其文體絕為古人所無。若小說家

27 《中國新文學的源流》，為周作人1932年2月25日至4月28日在北平輔仁大學講演的整理稿，北平人文書店，1932年9月版；引自止庵校訂周作人自編文集《兒童文學小論：中國新文學的源流》，河北教育出版社，2002年版，第50-52頁。

> 言，更有直用方言以筆之於書者，則語言文字幾幾乎復合矣。余又烏知夫他日者不更變一文體為適用於今，通行於俗者乎！嗟乎，欲令天下之農工商賈，婦女幼稚皆能通文字之用，其不得不於此求一簡易之法哉！

短短幾年，「語言文字幾幾乎復合」的白話文學追求得到回應。梁啟超《劫灰夢傳奇》的《楔子》裡，主人公杜如晦說道：

> （自語介）我想歌也無益，哭也無益，罵也無益。你看從前法國路易第十四的時候，那人心風俗，不是和中國一樣嗎？幸虧有一個文人，叫做福祿特爾，做了許多小說劇本，竟把一個國的人，從睡夢中喚起來了。想俺一介書生，無權無勇，又無學問可以著書傳世；不如把俺眼中所看著那幾樁事件，心中所想著那幾片道理，編成一部小小傳奇，等那大人先生，兒童走卒，茶前飯後，作一個消遣。總比讀那《西廂記》、《牡丹亭》強得些些。這就算盡我自己面分的國民責任罷了！

《西廂記》、《牡丹亭》的人性與個性內涵其實正是啟蒙的指歸，不過此時啟蒙者關注的是社會意識國家意識，而人性與個性啟蒙尚未提到日程上來。不過，這番話的確表達了啟蒙者欲借白話文學啟發民智的意向。當時，白話文學成績主要表現在小說方面。除了報紙連載小說之外，還出現了專門的小說刊物，如《新小說》、《繡像小說》、《月月小說》、《小說林》、《新新小說》。譴責小說（時稱社會小說）、言情小說、科學小說、偵探小說等此起彼伏，其中代表性的作品有李伯元的《官場現形記》、《文明小史》，吳趼人的《二十年目睹之怪現狀》、

《痛史》，劉鶚的《老殘遊記》，曾樸的《孽海花》（1905 年出版前二十回，1907 年《小說林》發表二十一至二十五回，1927 年後完成後十回）等。作品運用白話文的能力，景物描寫、人物刻畫等藝術技巧，已相當成熟，如劉鶚《老殘遊記》第二回寫白妞說大鼓書的一段：

> 王小玉……唱了幾句書兒，聲音初不甚響；……唱了十數句之後，漸漸的越唱越高；忽然拔了一個尖兒，像一線鋼絲拋入天際，聽的人不禁暗暗叫絕。哪知他於那極高的地方，尚能迴環轉折；幾囀之後，又高一層；接連有三四疊，節節高起。恍如由傲來峰西面攀登泰山的景象；初就傲來峰削壁千仞，以為上與天齊；及至翻到傲來峰，才見扇子崖更在傲來峰上；及至翻到扇子崖，又見南天門更在扇子崖上。愈翻愈險，愈險愈奇。那王小玉唱到極高的三四疊後，陡然一落，又極力騁其千回百折的精神，如一條飛蛇在黃山三十六峰半中腰裡盤旋穿插，頃刻之間，周匝數遍。

這樣的文字，即使放在新文學中，也難以區分，未必遜色。話劇以對白、獨白取代傳統戲曲的歌舞，這一本質特徵即要求臺詞的白話化。清末民初話劇劇本的創作雖然數量不多，但畢竟已經開始了新的歷程。

近代的白話文學，植根於幾千年的白話文學傳統，其中，就有敦煌千佛洞唐五代俗文學的發現帶來的積極影響。1898 年左右在敦煌發現的唐五代小說寫本，最初未見重視。1907 年、1908 年，英國斯坦因、法國伯希和相繼帶走共 8000 多卷，遂引起學部的重視與學術界、創作界的關注。小說用文言與白話雜糅的語體或全用白話寫成，把人們常識中的白話小說歷史提前了幾百年，這不能不給小說家以鼓舞，唐五代尚且能用白話寫小說，何況今人？[28]

此時白話文學創作的發展，先是受白話翻譯文學的影響，跟進後緊相呼應，互動共進。最早的白話翻譯，出自西方傳教士的《聖經》翻譯。大約在 1750 年到 1800 年，耶穌會傳教士魯士波柔在清廷裡當了多年的翻譯官，工作之餘用白話翻譯了《新約》的全部與《舊約》的大部分。這可能是中國最早的《聖經》白話譯本。[29]到鴉片戰爭以後，隨著傳教士人數的增加與西方文化傳播領域的擴大，《聖經》的白話譯本逐漸多了起來。翻譯水準也在不斷提高。如 19 世紀七十年代翻譯的《聖經》裡一段讚美詩：

> 兩隻小眼，要常望天；兩個小耳，愛聽主言；兩個小足，快奔天路；兩個小手，行善不住。耶穌我主，耶穌我主；耶穌我，耶穌我，善美榮耀之耶穌。
>
> 有位朋友，別人難比，愛何等大，勝似兄弟，疼愛兄弟，愛何等大；世上朋友，有時離你，今日愛你，明日恨你，只有這位，總不誤你，愛何等大！[30]

再如《小孩月報》1880 年第 5 期載文璧《讚美聖詩》：

28　參照陳炳堃：《最近三十年中國文學史》，第八、九章。

29　參照袁進：《中國文學的近代變革》，廣西師範大學出版社，2006 年 6 月版，第 90 頁。

30　狄就烈：《聖詩譜序》，1873 年濰縣刻印。轉引自袁進：《中國文學的近代變革》，廣西師範大學出版社，2006 年 6 月版，第 80 頁。

我眼睛已經看見主的榮耀降在世
是大衛子孫來到敗了撒旦魔王勢
應古時間聖先知預言將要來的事
聖徒高興進步
諸異邦在黑暗如同帕子蒙著臉
遠遠地領略到了一個伯利恒客店
忽見有吉祥兆頭東方耀耀的顯
聖徒高興進步

這些翻譯或是仍舊帶有一點文言味，或是有點彈詞似的句式，但基本上是白話，而且不求平仄，不講格律，後者的節奏以雙音節為主，這些均與新詩的追求相同，或者可以說預示了後來新詩的發展方向。聖經中散文體文字的翻譯，不像傳統平話那樣俗白，也超越了日常話語的俚俗，屬於帶有歐化句法的提純了的書面體白話。

周作人曾經注意到聖經翻譯與新文學的影響，他說：「我記得從前有人反對新文學，說這些文章並不能算新，因為都是從《馬太福音》出來的；當時覺得他的話很是可笑，現在想起來反要佩服他的先覺：《馬太福音》的確是中國最早的歐化的文學的國語，我又預計他與中國新文學的前途有極大極深的關係。」[31]可惜，持有這種認識的新文學作家少而又少，連與基督教關係密切的許地山、林語堂、老舍與冰心也似乎沒有談過他們成長過程中怎樣受到傳教士白話翻譯的影響。為何如此？大概是因為新文學作家思想是反叛型的，與其承認自己

31 周作人：《聖書與中國文學》，《小說月報》第 12 卷第 1 號，1921 年 1 月。

的宗教（含思想、文學）影響源頭，毋寧強調自己的革命性與開創性，更何況經歷了庚子事變之後，基督教在中國的公信度大受影響。

傳教士的白話翻譯與創作提供了歐化風格的白話，同中國本土作家口語風格與平話風格兼而有之的白話文學共同匯成了新文學創造的白話源頭，也影響到大批基督教信徒與接觸到傳教士白話翻譯文本的廣大讀者，為後來新文學的接受奠定了一定的基礎。對於這一點，基督教傳播研究者自始至終都有清醒的體認。20 世紀三十年代，就曾有人指出：「那些聖書的翻譯者，特別是那些翻譯國語《聖經》的人，助長了中國近代文藝的振興。這些人具有先見之明，相信在外國所經歷過文學的改革，在中國也必會有相同的情形，就是人民所日用的語言可為通用的文字，並且這也是最能清楚表達一個人的思想與意見。那早日將《聖經》翻譯國語的人遭受許多的嘲笑與揶揄，但是他們卻做了一個偉大運動的先驅，而這運動在我們今日已結了美好的果實。」[32]今日的宗教史學者自然也注意到這一點，說雖然「官話土白」為當時外界所詬病，「卻不料這種官話土白，竟成了中國文學革命的先鋒。」[33]問題在於現代文學史界，相當長時間裡總是有意無意地迴避這一動因，要麼視而不見，要麼一筆帶過，彷彿一旦承認傳教士的影響，就會玷污新文學的源頭一樣。倒是近代文學研究者能夠勇於正視歷史，如實地復原歷史。2006 年，袁進在《中國文學的近代變革》中指出：「西方傳教士在文學觀念、文學內容、文學功能、文學形式、文學

[32] 賈立言、馮雪冰：《漢文聖經譯本小史》，廣學會，1934 年版，第 96 頁。
[33] 王治心：《中國基督教史綱》，上海古籍出版社，2004 年版，第 254 頁。

語言、文學與現實的關係以及傳播文本、傳播方式、讀者對象、教育培訓等諸方面都曾對中國文學的近代變革產生影響，它的力量遠遠超出了現代學術界對它的估計。在某種意義上，我們甚至可以說：中國文學的近代變革，首先是由西方傳教士推動的，他們的活動是五四新文學的源頭之一。」[34]應該說，這些論斷是符合歷史真實的。

除了聖經之外，傳教士也翻譯一些寓言、小說等作品。如西班牙耶穌會士龐迪我《七克》（1614 年）[35]中為了闡述自己的觀點，引用自己翻譯的伊索寓言《大鴉和狐狸》（今譯《烏鴉和狐狸》），1857 年，耶穌會士將《七克》轉為白話本，其中的這段寓言為：

> 古賢為愛受讚美者立一比方，曰：有一烏鴉，口銜一塊肉，歇在樹上吃。樹下有一狐狸，思吃烏鴉口中的肉，不得到手，無奈只得奉承他說：「別人都說烏鴉很黑很醜，但我看烏鴉是最白最美，可算得是百鳥之王，但我從來未聽見他的好聲音。」烏鴉很喜歡狐狸的話，就開口大聲叫給狐狸聽，一張口，肉就落在樹下。狐狸得了肉，看著烏鴉大笑，笑他黑，笑他醜，又笑他蠢。又對他說：「我不奉承你，哪裡有肉吃？」

---

[34] 袁進：《中國文學的近代變革》，廣西師範大學出版社，2006 年 6 月第 1 版，第 91 頁。

[35] 《七克》共七卷，為講修身養德的傳教之書，「七克」指：「一謂謙讓以克驕傲，二謂捨財以克慳吝，三謂絕欲以克色迷，四 謂含忍以克憤怒，五謂單薄以克飲食迷，六謂仁愛人以克嫉妒，七謂忻勤於天主之事以克懈惰於善。」（《七克》目錄），轉引自郭延禮《中國近代翻譯文學概論》，湖北教育出版社，1998 年 3 月版，第 199 頁。

> 當面奉承你的人，亦是如此。若他知道你是明智人，必定也知道你不受奉承，他就不敢奉承你；他若知道你是一個愚蠢可欺之人，他開出口，就奉承你，後來又譏笑你。再者，奉承你的人，大概多是想你的東西，不然，誰肯奉承你呢？等東西到了他的手，他又笑你是愚人。[36]

小說方面，如賓威廉1865年所譯的班揚《天路歷程》開篇第一段：

> 世間好比曠野，我在那裡行走，遇著一個地方有個坑，我在坑裡睡著，做了一個夢，夢見一個人，身上的衣服，十分襤褸，站在一處，臉兒背著他的屋子，手裡拿著一本書，脊樑上背著重任。又瞧見他打開書來，看了這書，身上發抖，眼中流淚，自己攔擋不住，就大放悲聲喊道，「我該當怎麼樣才好？」他的光景，這麼愁苦，回到家中，勉強掙扎著，不教老婆孩子瞧破。但是他的愁苦，漸漸兒地加添，忍不住了，就對他家裡的人，歎了一口氣說，「我的妻，我的子呵，你們和我頂親愛的，現因重任壓在我身上，我將死了。而且我的確知道我們所住的本城，將來必被天火焚毀，碰著這個災殃，我和你們都免不了滅亡。若非預先找一條活路，就不能躲避，但不曉得有這活路沒有。」他的老婆孩子聽了這話，詫異得很，害怕得很，不是把他的話當作真的，是怕他要瘋。那時天將晚了，指望他一睡，或者可以心定，就急忙催

---

[36] 據郭延禮：《中國近代翻譯文學概論》，第199-200頁，郭轉引自《中國比較文學》1985年第1期戈寶權文。

他去睡。無奈他夜裡如同白日一樣，心裡不安，總睡不著。整天長吁短歎，又不住的流淚。到了天亮，他們來問他，見好沒有？他說越久越覺得苦，又把昨兒那些話，說了一番。他們忽略不肯聽，心裡想好好的待他不行，不如惡惡的待他，他的病或者可以好。所以要譏笑就譏笑，要怒罵就怒罵，有時全不理他。他遇見這個，走到自己屋裡，一半悲痛自己的苦處，一半可憐家裡的人癡迷不悟，替他們祈禱。又常獨自走到田中，忽然看書，忽然祈禱。過了幾天，都是這樣。有個時候，我瞧見他在田中行走，仍舊看書，心裡憂愁得了不得，看書的時候，照舊發大聲喊道：「我應該做甚麼，才可以得救。」[37]

這些白話同中國的傳統平話與近代章回小說的白話相比，已經呈現出新的特色。傳教士在翻譯的同時，還用白話寫作遊記、議論文，並創辦白話報刊，在漢語句式的複雜性、表意上的精細化、明確化等方面有所貢獻，對中國白話文的發展提供了本土資源所沒有的新鮮養分，為白話文的發展提供了助動力。與此同時，傳教士的白話翻譯與白話創作也就在中國文學史上獲得了一種獨特身份，換言之，成為中國文學的特殊成員。

中國人的白話文學翻譯，也在悄然萌生與成長。從 1903 年周桂笙譯《毒蛇圈》到 1905 年覺我（徐念慈）譯《黑行星》再到 1907 年（君朔）伍光建譯《續俠隱記》，白話翻譯水準逐漸提高。到 1914 年前後，黃遠生翻譯的《韃靼哥小傳》，語彙和語調的翻譯都相當傳神，說書腔大為減弱，如下面一段：

---

[37] 約翰·班揚：《天路歷程》，賓威廉譯，清同治四年（1865）刻本。

喂喂。全都出來！跳舞跳舞！船長拿著鞭子，像雷響的一樣的吶喊一聲。慘痛的黑奴，馬上就跳的跳，舞的舞。韃蠻哥因為傷痛，好久閉在艙裡，這會卻出來到甲板上。在這一群膽小兒的當中，他仍是昂昂的抬著頭，帶著又悲苦而又沉靜的眼光，眺望那捲擁著船體無邊的海水。一會兒就橫躺下了。哪裡是橫的躺下，直是隨意將他的身子放在甲板的板上便了。他就是想轉弄他的手銬，動一動也是不能夠的。（原文只有句讀，標點為引者所加）

歷史悠久的古代白話文學，根基深厚的國語基礎，方興未艾的白話文浪潮，氣象日新的近代白話文學，歐化風格的近代白話翻譯等，為新文學的白話語體奠定了堅實的基礎。

第四節　新文學的源頭之二：近代文學革命

五四文學革命的成功之迅捷，不要說反對派感到不可思議，就連文學革命的先驅者都有幾分意外之感。於是，搴旗者不禁有幾分自得，誇耀自己登高一呼的功績。其實，正如要追溯辛亥革命的成功之因，不能不看到此前一系列起義造成的革命聲勢一樣，五四文學革命的勢如破竹，在一定程度上也得力於此前文學革命的鋪墊。

周作人在《中國新文學的源流》裡把新文學運動一直追溯到明末清初：「要說明這次的新文學運動，必須先看看以前的文學是什麼樣。現在我想從明末的新文學運動說起，看看那時候是什麼情形，中間怎樣經過了清代的反動，又怎樣對這反動起了反動而產生了最近這次的文學革命運動。」[38]「那一次的文學運動，和民國以來的這次文學運動，很有些相像的地方。兩次的主張和趨勢，幾乎都很相同。更奇怪的是，有許多作品也都很相似。胡適之，冰心，和徐志摩的作品，很像公安派的，清新透明而味道不甚深厚。好像一個水晶球樣，雖是晶瑩好看，但仔細的看多時就覺得沒有多少意思了。和竟陵派相似的是俞平伯和廢名兩人，他們的作品有時很難懂，而這難懂卻正是他們的好處。同樣用白話寫文章，他們所寫出來的，卻另是一樣，不像透明的水晶球，要看懂必須費些功夫才行。然而更奇怪的是俞平伯和廢名並不讀竟陵派的書籍，他們的相似完全是無意中的巧合。從此，也更可見出明末和現今兩次文學運動的趨向是相同的了。」在漫長的歷史上，每一次文學革新雖然各有其特點，但總是有相通、相承的地方，譬如魏晉文學的獨立，唐代的新樂府運動、古文運動，北宋的詩文革新，元代的文學解放，明末的性靈小品等。就廣義而言，歷史上的文學革新對於五四文學革命都有或多或少的影響，即以周作人強調的「明末的新文學運動」來看，作為其思想基礎的李贄「童心說」，作為其創作代表的公安派「獨抒性靈，不拘格套」的小品文，都為五四新文學的崛起提供了文學傳統資源。但是，對於五四文學革命來說，更為直接的傳統資源，除了前面述及的白話文學之外，當屬近代文學革命。

中國文學史上的革新，每每從詩界開始，而且引人注目。這大概是因為：一則詩歌在發展中形成一定的格律，久而久之，

38 《兒童文學小論：中國新文學的源流》，第19頁。

就會對思想與感情的表達產生較大的束縛，新的表達需求與趨新的藝術本能勢必要衝破束縛；二則詩歌是感情最易藉以噴發的火山口，詩人的情愫急於尋找新的表達方式，個體的嘗試衍成群體的追求，便釀成了文學革命的氣象。早在 1868 年，黃遵憲就曾在《雜感》其二中吟道：「……俗儒好尊古，日日故紙研；六經字所無，不敢入詩篇。古人棄糟粕，見之口流涎，沿習甘剽盜，妄造叢罪愆。黃土同摶人，今古何愚賢？即今忽已古，斷自何代前？明窗敞流離，高爐爇香煙；左陳端溪硯，右列薛濤箋；我手寫我口，古豈能拘牽？即今流俗語，我若登簡編，五千年後人，驚為古斑斕。」在創作實踐中，他以「善變」[39]的筆法納入大量新鮮的海外景物與血淚斑斑的中國近代時事，表現出新的天下觀與歷史觀，為詩壇增添了一種「以舊風格含新意境」的「新派詩」。他還用「流俗語」創作頗得民間竹枝詞真傳的《山歌》，如：「一家女兒做新娘，十家女兒看鏡光。街頭銅鼓聲聲打，打著心中只說『郎』。」黃遵憲的詩歌主張與實踐可謂詩界革命的先聲。

甲午戰爭敗於日本之後，中國興起變法維新的浪潮，新學隨之流行開來。大約 1896 年前後，夏曾佑、譚嗣同、梁啟超為時潮所激，作所謂「新學詩」。後來，梁啟超在《飲冰室詩話》裡說：「蓋當時所謂『新詩』，頗喜撏扯新名詞以自表異」。[40]如夏曾佑《無題》中有：「冰期世界太清涼，洪水茫茫下土方。

39 黃遵憲：《酬曾重伯編修》中有：「風雅不亡由善變，光豐以後益矜奇。」轉引自張永芳：《詩界革命與文學轉型》，中國社會科學出版社，2004 年 12 月版，第 24 頁。

40 梁啟超：《飲冰室詩話》，人民文學出版社，1982 年版，第 49 頁。

巴別塔前分種教，人天從此感參商。」新語彙、新詩料，新則新矣，但生澀難懂，詩味清淡，行之不遠。

戊戌政變後流亡到日本的梁啟超，從日本所用「思想革命」、「宗教革命」受到啟發，於 1899 年 12 月 25 日在《夏威夷遊記》中正式揭起了「詩界革命」的旗幟：「故今日不作詩則已，若作詩，必為詩界之哥倫布、瑪賽郎（現通譯麥哲倫）然後可。……要之，支那非有詩界革命，則詩運殆將絕。雖然，詩運無絕之時也。今日者，革命之機漸熟，而哥倫布、瑪賽郎之出世，必不遠矣。」梁啟超為新詩設定了三條標準：「第一要新意境，第二要新語句，而又須以古人之風格入之，然後成其為詩。」從梁啟超主持的《清議報》「詩文辭隨錄」專欄和《新民叢報》「詩界潮音集」專欄所刊發的新詩來看，「新意境」當指西方的新學說、新思想、新事物與詩人的新體驗、新感悟。「新語句」不同於「新學詩」的「新名詞」，所謂新名詞多為佛、孔、耶經典中的詞語，且多用音譯、象徵，晦澀難解，而「詩界革命」的「新語句」則是社會生活中已較流行的詞語。如浪公的「冷月淒涼平等閣，陰風慘澹自由旗」，「通義千秋《民約》在，中原何日主權伸」（《挽汫澼子六律用星洲寓公原韻》），自由齋主人的「野蠻例應文明換，進化原從冒險來」（《傷時事》），鄭西鄉的「太息神州不陸浮，浪從星海狎盟鷗。共和風月推君主，代表琴樽唱自由。物我平權皆偶國，天人團體一孤舟。此身歸納知何處，出世無機與化遊。」[41]

---

[41] 初刊《清議報》第 33 冊，1899 年 10 月 21 日；轉引自梁啟超《夏威夷遊記》，吳松等點校《飲冰室文集點校》（三），雲南教育出版社，2001 年版，第 1827 頁。

「以古人之風格入之」，有繼承傳統的形式、格調之意。新詩雖然沒有完全放棄五七言古詩、律詩、絕句，但多用雜言體，其中有的帶有散文化色彩；有的則屬句式或長或短的「新體詩」，亦稱「雜歌謠」，即語體的通俗歌詞，如黃遵憲的《軍歌》二十四章、《幼稚園上學歌》十章、《小學生相和歌》十九章。詩人有意向民歌學習，趨於格式多樣化、語言通俗化，[42]為五四新詩開了先河。

梁啟超在《夏威夷遊記》中提出「詩界革命」的同時，亦提出了「文界革命」，主張以「流暢銳達之筆」表現「歐西文思」，啟發民智。在此之前，他在擔任 1896 年創刊的《時務報》總撰述時，就以思路敏捷、語言暢達、激情澎湃的政論散文聞名於世。當時反對維新的胡思敬後來追述時也說：「當《時務報》盛行，啟超名重一時，士大夫愛其語言筆札之妙，爭禮下之。自通都大邑，下至僻壤窮陬，無不知有新會梁氏者。」[43]變法失敗後，梁啟超痛感民眾的愚昧落後，先後創刊《清議報》、《新民叢報》與《新小說》，提倡「新文體」，並身體力行，發表了大量以增民德、啟民智、鼓民氣為主旨的新體散文。如《少年中國說》、《新民議》、《新民說》、《論中國國民之品格》、《說希望》等，視野開闊，意深辭淺，擅長比喻，文采飛揚，感情飽滿，酣暢淋漓，其精神氣勢澤被一代，陳獨秀、胡適、魯迅等五四新文學先驅者無不受其深刻影響。梁啟超在《清代學術概論》中把自己所作「新文體」的特點概括為：「務

---

42 參照郭延禮：《中國前現代文學的轉型》，山東大學出版社，2005 年 10 月版，第 242 頁。

43 胡思敬：《戊戌履霜錄·黨人列傳》，1913 年刊。

為平易暢達，時雜以俚語，韻語，及外國語法；縱筆所至不檢束。學者競效之，號新文體。老輩則痛恨，詆為野狐。然其文條理明晰，筆鋒常帶感情，對於讀者，別有一種魔力焉。」鄭振鐸稱之為五四以來「文體改革的先導」，「像那樣不守家法，非桐城亦非六朝，信筆取之而又舒卷自如，雄辯驚人的嶄新的文筆，在當時文壇上，耳目實為之一新。」[44]

隨著時事的變遷，梁啟超的文章風格由濃烈漸趨清淡。章士釗別具一格的政論文與黃遠生的政論、通訊次第登場。胡適肯定了章士釗在此時的貢獻，稱其文章的長處在於「文法謹嚴，論理完足」，「有章炳麟的謹嚴與修飾，而沒有他的古僻；條理可比梁啟超，而沒有他的堆砌。他的文章與嚴復最接近；但他自己能譯西洋政論家法理學家的書，故不須模仿嚴復。嚴復還是用古文譯書，章士釗就有點傾向『歐化』的古文了；但他的歐化，只在把古文變精密了；變繁複了；使古文能勉強直接譯西洋書而不消用原意重作古文；使古文能曲折達繁複的思想而不必用生吞活剝的外國文法。」[45]黃遠生、張東蓀、李大釗、李劍農、陳獨秀、高一涵等，同氣相求，異軌同奔，成就了一種文法複雜、邏輯嚴密而不失文采的文體。胡適在肯定其長處的同時，又說 1916 年以後這種「政論文學」「忽然消滅」[46]，而實際上，這一文體不僅在後來的文學批評、文

---

44 鄭振鐸：《梁任公先生》，載鄭振鐸編：《中國文學論集》，開明書店，1934 年版，第 122、123 頁。

45 胡適：《五十年來中國之文學》，引自《胡適全集》第 2 卷，安徽教育出版社，2003 年版，第 305-306 頁。

46 胡適：《五十年來中國之文學》，引自《胡適全集》第 2 卷，安徽教育出版社，2003 年版，第 308 頁。

學研究以及篇幅較長的雜文中有所繼承，而且對於陳獨秀、李大釗、毛澤東等人的政論文章的影響更為明顯。1949 年以後，毛澤東對章士釗給予很高的禮遇，除了政治上的考慮及湖南鄉誼等因素之外，抑或還有他對於章士釗政論文學的師承感恩之心。

早在 1897 年，梁啟超在《變法通議・論幼學》裡就注意到小說對於社會改革和移風易俗的作用。1902 年，他在《論小說與群治之關係》中正式提出「小說界革命」的口號，在理論上把小說從不登大雅之堂的「小道」「末技」抬高到「文學之最上乘」，強調小說的社會功用：「欲新一國之民，不可不先新一國之小說。故欲新道德，必新小說；欲新宗教，必新小說；欲新政治，必新小說；欲新風俗，必新小說；欲新學藝，乃至欲新人心，欲新人格，必新小說。」他在小說創作與翻譯方面雙管齊下，雖然藝術上均可挑剔，但是對於小說地位的提升頗有率先垂範之功。他創辦的《新小說》，成為重要的小說園地，並帶動起《繡像小說》、《新新小說》、《月月小說》、《小說林》、《新小說叢》、《小說時報》、《小說月報》、《中華小說界》等紛紛問世，小說創作衍成風氣，尤其是前面提及的白話小說取得了相當可觀的成績。

梁啟超在《中國唯一之文學報〈新小說〉》中曾表示：「欲繼索士比亞、福祿特爾（今通譯莎士比亞、伏爾泰）之風，為中國劇壇起革命軍」，並在《新民叢報》上相繼發表《劫灰夢傳奇》、《新羅馬傳奇》、《俠情記傳奇》等。誠然，在梁啟超等人的宣導與帶動下，戲劇界在戲劇改良方面做出了不少努力，但對於中國戲劇發展來說，更具革命意義的還要屬話劇的引進。一般的文學史著述將中國話劇的歷史只是追溯到 1907 年春柳社在日本開始的演劇活動，實際上，在此之前，中國大陸已有話劇演出活動，不過當時叫新劇，後來又稱文明戲。鴉片戰爭後，進入中國口岸的西方僑民逐漸增多，在上海組織起業餘演劇團體——浪子劇社和好漢劇社，1866 年，兩個劇社合併擴充，組成上海西人業餘劇團，並建起了正規的劇場——蘭心戲院，每年公演數次。日本新派劇團也常到中國旅行演出，在上海還專門建了一個有二百餘座席的小劇場，稱為「東京席」。教會學校設置「形象藝術教學」，由學生用英語或法語演出根據聖經故事編成的劇本或世界名劇。這些演出活動，使得國人領略到話劇這種迥異於中國戲曲的新鮮事物，培養起鄭正秋、徐半梅、汪優游（仲賢）等先驅者的話劇興趣，也帶動起非教會學校師生的話劇編演活動。1900 年，上海已有了用漢語演出的中國時事劇。汪優游聯合幾個學校的同好組成的新劇業餘演出劇團——文友會，被認為「實開今日各劇社之先聲」[47]。到 1906 年前後，上海等地湧現出一批劇社，如上海滬學會演劇部、上海群學會演劇部、上海學生會演劇部、上海青年會演劇部、開明演劇會及其南京分會等。李叔同在上海主持滬學會演劇部期間，演劇部上演過他所編寫的新劇《文野婚姻》。1906 年冬，正在東京美術學校留學的李叔同與同班同學曾孝谷共同發起成立了文藝社團春柳社，歐陽予倩、陸鏡若等先後加入。此時，正值日本新劇興盛之際，春柳社有了就近觀摩學習的機會，1907 年 2 月公演兩幕《茶花女》，同年 6 月公演《黑奴籲

---

[47] 朱雙雲：《新劇本・本紀》，新劇小說社，1914 年版。

天錄》，此後又上演《天生相憐》、《畫家與其妹》、《鳴不平》、《熱淚》等。除了春柳社之外，留學生中還有尹昌衡組織的陽春社等戲劇團體。演出劇碼的人道主義與反抗專制反抗民族壓迫的主題，喚起留學生與其他旅日華人的強烈共鳴，加上演劇活動的聚眾性質，引起清廷留日學生監督的恐慌。清廷駐日公使館頒佈公告以取消官費資格相要脅，禁止留學生演劇。1910 年前後，春柳社成員大多陸續歸國。1910 年夏，陸鏡若與王鐘聲、徐半梅合作，以「文藝新劇場」的名義，在上海演出陸鏡若編譯的《奴隸》、《猛回頭》等。1912 年初，陸鏡若又先後組織「新劇同志會」、「文社」，在上海、蘇州、常州、無錫、杭州、長沙等地演出。在春柳社享譽東京的同時，1907 年 6 月，中國話劇的發祥地上海成立了一所旨在培養新劇演員的通鑑學校，王鐘聲受聘主持，9 月，通鑑學校以「春陽社」的名義公演《黑奴籲天錄》。而後，春陽社還上演了《迦茵小傳》、《宦海潮》、《官場現形記》、《孽海花》、《愛國血》、《秋瑾》、《徐錫麟》等。1910 年，任天知在上海發起組織了職業性新劇團——進化社，劇團中有此前即已開始了話劇事業的汪優游，也有後來成為五四話劇重要代表的陳大悲等。進化社到南京、蕪湖、上海、寧波、鎮江、揚州、武漢、開封、長沙等地，演出《血蓑衣》、《東亞風雲》、《恨海》、《愛之花》等劇碼。此外，辛亥革命前後，上海、廣州、香港、天津、北京、紹興、福州、貴陽、東三省等地，還有亦社、仁社、天義社、慈善會、文藝新劇場、改進社、社會教育團、醒世新劇團、女子參政會、開明社、自由演劇團、流天影新劇團、醒社、新劇促進會、振天聲白話劇社等演劇團體與南開、清華等學校的業餘劇團活躍在新劇舞臺上。[48]劇本有的來自翻譯，有的來自改編移植，有的屬於新創，內容有歌頌愛國志士的，有反抗政治專制與家庭專制的，有宣揚婚姻自由與人道同情的。儘管新劇在劇本構成、演出形式等方面，還存在著幼稚粗疏之處，但無疑已經跨上了走向現代話劇的新路，無論是精神內涵，還是演出形式，抑或話劇人才與觀眾群體的培養，以及在大中城市所產生的影響，都堪稱五四話劇的序幕。

與近代文學革命密切相關的是翻譯文學的興盛。近代翻譯文學最初出自在華外國人的手筆，如《意拾喻言》（即《伊索寓言》，1840 年）、《天路歷程》（1853 年）與聖經讚美詩（1870 年）等。1871 年始有國人獨立完成的翻譯文學問世，如 1871 年王韜與張芝軒合譯的《普法戰紀》中的法國國歌《馬賽曲》與德國的《祖國歌》，1872 年 4 月《申報》登過《談瀛小錄》與《一睡七十年》（前者為斯威夫特《格列佛遊記》中的小人國部分，後者為美國華盛頓・歐文的短篇小說《瑞普・凡・溫克爾》，二者均為節譯），1873 年文藝雜誌《瀛寰瑣記》第 3 卷至 28 卷刊出蠡勺居士翻譯的英國長篇小說《昕夕閒談》。甲午戰爭之後，翻譯文學漸呈上升之勢，20 世紀初葉出現高潮。據不完全統計，截止 1916 年底，結集出版的文學翻譯在 600 種以上。英國的莎士比亞、蒲伯、丁尼生、拜倫、雪萊、彭斯、華茲華斯、胡德、笛福、斯威夫特、柯南・道爾、哈葛德、狄更斯、司各特、斯蒂文生、王爾德，法國的莫里哀、大仲馬、小仲馬、雨果、莫泊桑、都德、龔古爾兄弟、儒勒・凡爾納、

48 參照葛一虹主編：《中國話劇通史》，文化藝術出版社，1997 年 12 月，第 2-33 頁。

薩爾杜，德國的歌德、席勒、海涅、豪夫、蘇德蒙、蘇虎克、烏郎，美國的斯托夫人、畢拉宓、亨利・朗費羅、馬克・吐溫、愛倫・坡，俄國的普希金、萊蒙托夫、托爾斯泰、契訶夫、迦爾洵、安特萊夫、高爾基，波蘭的顯克微支、廖抗夫，日本的柴四郎、矢野文雄、末廣鐵腸、廣陵佐佐木龍、大橋乙羽、押川春浪、黑岩淚香、德富蘆花、尾崎紅葉、佐藤紅綠，匈牙利的裴多菲，丹麥的安徒生，義大利的愛米契斯，阿拉伯詩人蒲綏里等人的作品，都有或多或少的翻譯，文體涉及小說、戲劇、詩歌、遊記、隨筆、寓言、童話等。有的作品出現多種譯本，如拜倫《哀希臘》，就至少有梁啟超、馬君武、蘇曼殊、胡適等人的四種譯本。[49]

翻譯文學為國人打開了一個觀察世界的視窗，異域風土、陌生思潮撲面而來；與此同時，別樣的文學觀念、廣闊的文學空間、新鮮的結構方式、豐富的描寫手法，言文一致的語體等，為近代文學革命提供了動力與範本。小說地位的提升，小說中景物描寫的鋪展，短篇小說的橫斷面結構，心理刻畫與敘述方式的多樣化，話劇模式的初建，梁啟超、章士釗政論文學的成就，黃遠生時事通訊的產生等，都受益於翻譯文學。外國小說、話劇的言文一體，除了直接引出白話翻譯之外，也促使文言翻譯發生鬆動，出現了包天笑、周瘦鵑等人的淺近文言譯本，即使是以文言翻譯了 170 餘部小說的林紓，他的翻譯語言與其所偏愛的桐城派古雅語言相比，也見得出一些變異。錢鍾書注意到這一點：

49　參照郭延禮：《中國近代翻譯文學概論》，湖北教育出版社，1998 年 3 月版，第 22-24 頁。

> 林紓譯書所用文體是他心目中認為較通俗、較隨便、富於彈性的文言。它雖然保留若干「古文」成分，但比「古文」自由得多；在辭彙和句法上，規矩不嚴密，收容量很寬大。因此，「古文」裡絕不容許的文言「雋語」、「佻巧語」像「樑上君子」、「五朵雲」、「土饅頭」、「夜度娘」等形形色色地出現了。口語像「小寶貝」、「爸爸」、「天殺之伯林伯」等也經常摻進去了。流行的外來新名詞——林紓自己所謂「一見之字裡行間便覺不韻」的「東人新名詞」——像「普通」、「程度」、「熱度」、「幸福」、「社會」、「個人」、「團體」、「腦筋」、「腦球」、「腦氣」、「反動之力」、「夢境甜蜜」、「活潑之精神」等應有盡有了。還沾染當時的譯音習氣，「馬丹」、「密斯脫」、「安琪兒」、「苦力」、「俱樂部」之類不用說，甚至毫不必要地來一個「列底（尊閨門之稱也）」，或者「此所謂『德武忙』耳（猶華言為朋友盡力也）」。意想不到的是，譯文裡包含很大的「歐化」成分。[50]

近代文學翻譯也為五四新文學培養了人才，胡適、魯迅、周作人、劉半農等五四文學革命的弄潮兒都曾在近代文學翻譯中歷練過身手。

這樣看來，近代文學革命與近代文學翻譯為五四新文學的登場做了相當充分的準備。五四時期，新文學陣營對此有所體

[50] 錢鍾書：《林紓的翻譯》，《舊文四篇》，上海古籍出版社，1979 年版，第 83-84 頁。

認。1917 年 2 月 25 日，錢玄同在寄陳獨秀的信中積極回應文學革命的召喚時，就稱描寫人生真實的蘇曼殊小說為「新文學之始基」，「梁任公實為創造新文學之一人」，「論現代文學之革新，必數梁君」。[51]1920 年 9 月出刊的《新潮》第 2 卷第 5 號上，羅家倫在《近代中國文學思想的變遷》中說「中國的文學革命，自然是受了西洋文學的感應」，可以理解為包含了對近代翻譯文學的首肯。胡適在《五十年來中國之文學》裡雖然指出用古文翻譯外國文學的種種局限，但也肯定了林紓翻譯給中國文學帶來的清新之氣：「平心而論，林紓用古文做翻譯小說的試驗，總算是很有成績的了。古文不曾做過長篇的小說，林紓居然用古文譯了一百多種長篇小說，還使許多學他的人也用古文譯了許多長篇小說，古文裡很少滑稽的風味，林紓居然用古文譯了歐文與迭更司的作品。古文不長於寫情，林紓居然用古文譯了《茶花女》與《迦茵小傳》等書。古文的應用，自司馬遷以來，從沒有這種大的成績。」[52]清末民初乃至現代文學史上長篇小說的興盛，幽默諷刺的流行，感情世界的拓展，不能說沒有林紓所代表的近代翻譯文學的借鑑之功。胡適對「文界革命」、「詩界革命」給文學帶來的震動也有正面的評述，但他強調的與其說是對新文學的開啟，毋寧說是對舊文學的終結。陳炳堃在《最近三十年中國文學史》裡的評價則要高一些，譬如說梁啟超的「新文體」，「不避俗言俚語，使古文白話化，使文言白話的距離比較接近，這正是白話文學運動的第一步，

51　《寄陳獨秀》，《新青年》第 3 卷第 1 號，1917 年 3 月 1 日。

52　《胡適全集》第 2 卷，安徽教育出版社，2003 年 9 月版，第 279-280 頁。

也即是文學革命的第一步。」[53]他認為由古文而至新文體，有幾點值得注意：一是求實用去空談，二是文體的解放，三是文字漸漸通俗化，四是文法的講究。這「幾種趨勢，固然還只算得如胡適所說的『古文範圍以內的革新』，但有這種革新運動，給後來的白話文學運動作為先驅，我以為這一步工夫也是不可少的。」[54]

但是，到了 20 世紀五十年代，當新文學作為一門學科確立時，學術界對近代文學革命的認識反倒退步了。《〈中國新文學史〉教學大綱》從 1917 年講起，王瑤《中國新文學史稿》和 50 至七十年代的現代文學史著作大多與此同調。劉綬松《中國新文學史初稿》能在下卷末尾設一「附編：舊民主主義革命時期文學簡述（1898-1917）」已屬難能可貴。儘管書中說新文學「是以中國文學中的古典現實主義為其主要來源的」，主要是改良主義的近代文學運動如同政治上的改良運動一樣遭到了「失敗的命運」，這些觀點同樣帶有明顯的時代痕跡，大可質疑，但是，著者反對那種「把外國文學的影響當成中國新文學唯一來源」的觀點，認為改良失敗的經驗教訓促使人們尋求革命的途徑，「在這一點上說，這時期的文學，對於五四時期的新文學運動，是起了摸索道路的先驅作用的」。[55]最後的結論反映了歷史的真實。

53　《最近三十年中國文學史》，第 111 頁。
54　《最近三十年中國文學史》，第 122-124 頁。
55　劉綬松：《中國新文學史稿》下卷，作家出版社，1956 年 4 月版，第 319-320 頁。

20 世紀八十年代開始，對於近代文學革命的認識逐漸回到實事求是的正軌上來。1986 年 11 月由山東文藝出版社推出的朱德發著《中國五四文學史》，具有代表性意義。著者以歷史主義眼光審視近代文學革命與五四新文學的關係，全書主體分五章，每一章都溯源到近代，如第一章「五四文學運動」第一節為「晚清文學改良與五四文學運動」，第二章「五四新詩」第一節為「從『詩界革命』到新詩運動」，第三章「五四小說」第一節為「從『小說界革命』到新小說」誕生，第四章「五四戲劇」第一節為「從戲劇改良到戲劇革命」，第五章「五四散文」第一節為「從『新文體』到現代散文」。「20 世紀中國文學」[56]觀念的提出及其發生影響，也與思想解放帶來的學術界對於近代文學革命的正確體認不無關聯。九十年代，海外學者王德威以「沒有晚清，何來五四？」[57]的設問方式強調了晚清「現代性」的萌生。他認為，「在世紀末重審現代中國文學的來龍去脈，我們應重識晚清時期的重要，及其先於甚或超過五四的開創性。」近代文學的開創性是否「超過」「五四」，姑且毋論，但王德威所指出的種種新氣象的確有助於說明晚清文學的重要性：一是創作、出版及閱讀蓬勃發展，前所未見，晚清最後十年裡，至少曾有 170 餘家出版機構此起彼落，讀者約在 200 萬至 400 萬之間，出現了吳趼人、李伯元等近代中國第一批「下海」的職業文人。二是「小說一躍而為文類的大宗，

56　黃子平、陳平原、錢理群：《「20 世紀中國文學」三人談》，《文學評論》，1985 年第 5 期。

57　《被壓抑的現代性——沒有晚清，何來「五四」？》，收《想像中國的方法：歷史‧小說‧敘事》，「生活‧讀書‧新知」三聯書店，1998 年 9 月版。

更見證傳統文學體制的劇變」。三是「推陳出新、千奇百怪的實驗衝動，較諸五四，毫不遜色」。狹邪小說、公案俠義小說、譴責小說、科幻小說等四個文類，「其實已預告了 20 世紀中國『正宗』現代文學的四個方向：對欲望、正義、價值、知識範疇的批判性思考，以及對如何敘述欲望、正義、價值、知識的形式性琢磨。」四是翻譯文學大盛。西方文學的影響較之六朝以降西域佛學母體及其敘寫形式的傳播，唐代中亞音樂模式的引進對古典中國詩詞敘述的深遠影響有所不同。由此而言，沒有道理輕視甚或無視晚清文學。其實何止晚清，文學革命的趨勢並未因辛亥革命而終止，民國的建立為文學的發展提供了更大的平臺。也可以說：沒有民國，何來五四？

第五節　新文學的社會文化動因

白話文學自古有之，近代又有上述種種努力，為何等到五四時期才最終成功地在文學殿堂升帳掛帥？這裡有文學本身漸變累積的因素，更有社會文化方面的動因。

還是在五四文學革命高漲時的 1920 年 9 月，羅家倫在《近代中國文學思想的變遷》一文中，在注意到舊文學「非人」性的物極必反與「人的文學」的積極宣導之同時，就「國語文學」產生的背景分析道：「第一是由於經濟生活的改變。」西方的工業與資本輸入過來，對中國的生產方式與生活方式產生了巨大的衝擊，「中國幾千年來死守不棄的家族制度，至此遂一律動搖。家族制度動搖，大家的生活狀況也跟著動搖，於是不能不去想種種改造的方法。所以也是各種思潮同時並起，和戰國時代一樣。」「第二是由於世界大戰的影響。……軍國主義打破，舊式的政治組織破產，於是感覺最鈍的中國人，至此也覺得僅僅學西洋的富國強兵，政治法律是沒有用的，是對於人類幸福沒有關係的；將來真正文明的樞紐，還在乎社會制度的改造。於是乎談政議法的聲浪稍衰，而社會改造的聲浪大盛。這種轉變，頗能促起人類對於人生問題的覺悟，而打破機械生涯的束縛。偶像的推倒，實在是思想上一層重要的解放呵！」「第三是由於國內政治的失望。……到了山窮水盡的時候，大家於是覺得以政治去改造政治，是沒有用的；於是想到以社會的力量，去改革政治。……熱心社會事業的人一方面感受自己的思想不夠用，一方面覺得社會上普通的思想不改革，社會是不會改革的；於是從改造社會的問題，進而為思想革命的問題。文學革命的發動雖然略早，但是動機也是由此而生；『五四運動』以後文學革命之所以驟然推廣，也是這個道理。」「改革社會必須從改革思想著手；但是改革思想必須有表現正確思想的工具，況且我們現在覺悟到人生的價值了，尤不能不有一種表現『人生正確思想的工具』，所以我們大致都是主張『文學為人生的表現和批評，從最好的思想裡寫下來的。』而表現批評人生最自然的莫過於國語，記載思想最正確的也莫過於國語，於是『國語文學』應著時代的要求生出來。」「第四是由於學術的接觸漸近。這不消說，一方面是因為交通日密，一方面就由於留學生的加多了。」「社會的人道的觀念，以法國帶回的成分居多，而實際的科學的態度，以美國帶回來的成分居多。二者相合，而新文藝的思想遂以發輝燦爛。所以首倡文學革命的不在研鑽故紙的老先生，而在乎兼通西籍的新學者，也就可以知道這真正的理由。」[58]羅家倫的分析頗為細緻，簡而言之，就是：西方物質文明的輸入對經濟生活的改變；第一次世界大戰後，關注人生的精神文明得到重視；思想革命的興起對文學提出了迫切的要求；西方精神文明的輸入帶來了新的精神源泉。應該肯定這一分析是相當準確的。

比較起來，1923 年，時任中共中央總書記的陳獨秀的見解就顯得過於簡單。他在就《〈科學與人生觀〉序》涉及的問題致胡適的信裡說：「常有人說：白話文的局面是胡適之、陳獨秀一班人鬧出來的。其實這是我們的不虞之譽。中國近來產業發達人口集中，白話文完全是應這個需要而發生而存在的。適之等若在三十年前提倡白話文，只需章行嚴一篇文章便駁得煙消灰滅。此時章行嚴的崇論宏議有誰肯聽？」[59]胡適不同意這種唯物史觀的一元論解釋，認為文學史上的變遷，「各有多元的，個別的，個人傳記的原因，都不能用一個『最後之因』去解釋說明。」在他看來，新文學的發生及成功除了白話文學歷史的積澱與兩千餘年大同小異的「官話」的推行等語言文學自身的原因之外，至少還有如下文化與政治方面的動因：第一「是我們的海禁開了，和世界文化接觸了，有了參考比較的資料，尤其是歐洲近代國家的國語文學次第產生的歷史，使我們明瞭我們自己的國語文學的歷史，使我們放膽主張建立我們自己的文學革命。」第二「是科舉制度的廢除（1905 年）。八股廢了，

58 《新潮》第 2 卷第 5 期。

59 陳獨秀：《答適之》，收《科學與人生觀》，亞東圖書館，1923 年 12 月版。

試帖詩廢了；策論又跟著八股試帖廢了，那籠罩全國文人心理的科舉制度現在不能再替古文學做無敵的保障了。」第三是「滿清帝室的顛覆，專制制度的根本推翻，中華民國的成立」。「這個政治大革命雖然不算大成功，然而它是後來種種革新事業的總出發點，因為那個頑固腐敗勢力的大本營若不顛覆，一切新人物與新思想都不容易出頭。……幸而帝制推倒以後，頑固的勢力已不能集中作威福了，白話文運動雖然時時受點障害，究竟還不到『煙消灰滅』的地步。這是我們不能不歸功到政治革命的先烈的。」第四是胡適自身在海外的留學體驗與「文學革命」的自覺提倡。[60]胡適的見解不僅彌補了陳獨秀經濟決定一元論的單薄，而且與他的學生羅家倫相比也有所發展，在西方精神文明輸入中強調了西方近代國家國語文學歷史的啟迪與留學生海外體驗的作用，更為重要的是提出了文化制度與政治制度兩個重要維度。

陳炳堃（子展）在《中國近代文學之變遷》[61]裡把新文學的起因歸結為四種：一、文學發展上自然的趨勢；二、外來文學的刺激；三、國語教育的需要；四、思想革命的影響。前兩項為文學方面的原因，後兩項則屬於文化方面的動因。1930 年 11 月，改題為《最近三十年中國文學史》的修訂本在分析近三十年中國文學劇變的原因時，進而注意到政治經濟方面。《序論》中指出，中國社會向來生活於閉關自足的農業經濟之下，而「現在這種生活的秩序快要給西洋的工業資本主義經濟的侵略而破壞了」，社會經濟發生如此之大的變化，建築於經濟基

60　胡適：《中國新文學大系・建設理論集導言》，良友圖書公司，1935 年版。
61　中華書局，1929 年 4 月版。

礎之上的一切社會的精神現象，當然要因其經濟基礎的轉變而轉變。「文藝既為建築於經濟基礎上之一種上部構造的形態，故因其經濟基礎之轉變，亦自有其相當的轉變。所以我們可以說三十年來的中國社會既已處在一個劇變的時期，反映社會生活的文學，隨著時代的，社會的生活之劇變而生劇變，將至轉而成為顯示將來的新時代新社會的一種標識，這並非偶然的事。」「中國已經要由封建社會跳到資本主義的社會了，人民的生活不復像從前一樣的餘裕，幽閒，生活上的競爭日益激烈，影響到文字上的簡單化，敏捷化，通俗化，自然成了不可逃避的事實。」[62]陳炳堃還從階級觀點出發，指出：「到了『辛亥』以後，國際帝國主義與國內封建勢力對於民眾的壓迫愈加緊逼。新興的資產階級要求自由發展，同時有覺悟的無產階級或無產者要求徹底解放，所以在『五四』、『五卅』的前後，乃有陳獨秀胡適一班人提倡的白話文字，突破舊文學的束縛而得解放的自由文體，就代報章文字應運而興。」[63]陳子展早年曾與共產黨人結有深交，1927 年 5 月 21 日「馬日事變」後，因左翼傾向而遭到通緝。1927 年秋，在一片白色恐怖之下，他毅然加入共產黨。後來雖與組織失去聯繫，但其近現代文學史觀深受馬克思主義的影響，前引所論即可見一斑。

較之羅家倫、陳獨秀與胡適，陳子展的分析歸納至少有兩點新異之處：一是階級視角的引入，二是「國語教育」需求的強調。新興階級要登上歷史舞臺，勢必要求與其身份和主張相適應的表達形式，這一分析即使在階級論已經失去意識形態的

62　《最近三十年中國文學史》，太平洋書店，1930 年 11 月版，第 14、4 頁。
63　《最近三十年中國文學史》，第 4 頁。

核心性地位的今天看起來，也是站得住腳的。關於同白話文相應的「國語教育」，陳子展追溯到 1895 年，實際上要更早一些。盧戇章在《切音新字序》中說：「若以南京話為通行之正字，為各省之正音，即十九省語言文字既從一律，文語皆掃通，中國雖大，猶如一家，非如向者之各守疆界，各操土音之對面而無言也。」1891 年，宋恕提出了中文拼音的主張。[64]甲午戰敗後，國人「如大夢初醒，才知道人家所以富強的原因，是由於教育普及，而不單是船堅炮利勝人；教育之所以普及，卻又是用拼音文字的便利。我國因文字這種工具太笨拙太繁重，以致教育只作畸形的發展，一般民智太低，而影響於國家的前途無振作之望。因之譚嗣同梁啟超等都曾倡過漢字改革之說。譚嗣同曾在他的《仁學》裡，有廢漢字的主張，這算是對著不適於現代的漢字放了第一炮。」[65]戊戌政變後，在《時務報》、《萬國公報》等報紙上，對於文字改革多有討論，並且曾草創拼音字母印行。1904 年，王照的《官話字母》出版，以北京話為標準來統一讀音。1907 年，勞乃宣的《簡字譜》在南京刊行。官方也加入宣傳，朝廷重臣端方、袁世凱分別在南京、直隸設立簡字學堂。民國成立後，國語教育的步履更為加快。1913 年，教育部召集讀音統一會，議定注音字母 39 個。1916 年，教育部設立注音字母傳習所，同年 8 月，成立中華民國國語研究會，作為促進國語運動的總機構。1918 年 11 月，教育部正式公佈注音字母，同時設立國語統一籌備會。1919 年，重新頒定

64 轉引自李杏保、顧黃初著：《中國現代語文教育史》，四川教育出版社，2000 年 10 月第 2 版，第 45 頁。

65 《最近三十年中國文學史》，第 215-216 頁。

注音字母次序，出版《國音字典》。1920 年 1 月，教育部訓令全國各國民學校先將一二年級國文改為語體文，又以教育部令修正《國民學校令》及《國民學校令施行細則》，「實際上確定了初等小學四年間純用語體文，並正其科目名稱為『國語』了。」[66]而後不久，國語文學也進入了新編中學教材。如顧頡剛、葉紹均等合編的新學制初中《國語教科書》六冊（商務印書館 1922 年），課文總共 260 篇，白話文 95 篇，占 36.5%。沈星一編、黎錦熙與沈頤校的新中學教科書《初級國語讀本》三冊（中華書局 1923 年）、穆濟波編的新中學教科書《高級國語讀本》三冊（中華書局 1925 年），均分設「國語讀本」、「古文讀本」。[67]近代以來國語運動的拼音化目標雖然未能實現，但其改革文字與推廣官話以適應社會進步的宗旨，同標舉「活的文學」（國語文學）、「人的文學」旗幟的文學革命可謂同氣相求、殊途同歸。國語教育運動為五四文學革命提供了助動力，文學革命的宗旨之一——「國語的文學，文學的國語」——的實現促進了國語的提高與普及。

1949 年以後，中國現代文學學科正式確立，關於新文學發生的社會文化動因的考察，大致未出上述範疇，只是對其中某些方面予以強調或細化。五六十年代，強調政治與經濟方面的因素。如老舍、蔡儀、王瑤、李何林受命草擬的《〈中國新文學史〉教學大綱（初稿）》，十分看重十月革命的影響。王瑤《中國新文學史稿》在認同這一觀點的同時，也注意到第一次世界大戰期間，各帝國主義國家都忙於軍火生產和戰爭投資，

---

66 轉引自李杏保、顧黃初著：《中國現代語文教育史》，第 67 頁。
67 參照李杏保、顧黃初著：《中國現代語文教育史》，第 79 頁。

暫時放鬆了對中國的經濟侵略，中國的民族工業獲得了相當發展的機會。民族資本主義的發展，使中國社會的階級關係和階級要求明顯和變化起來。反對舊道德提倡新道德、反對舊文學提倡新文學，即是新政治與新經濟（社會變動與階級要求）在文學上的反映。[68]七十年代末至八十年代，強調思想革命、新文化啟蒙的時代需求。九十年代以來，日益擴展的文化研究使現代文學界較多地關注新聞出版、學校教育、留學生、知識份子與文學受眾群體等的作用，文化視野顯得更為廣闊，而政治色彩有所淡化。[69]

經過 80 餘年的探索，中間雖然經歷了不少曲折，但畢竟回到了實事求是的學術正軌，到 20 世紀與 21 世紀之交，不止一部文學史著作[70]對於新文學發生的社會文化動因的梳理與判斷，已經頗為全面與準確了。總而言之，白話文學傳統、近代文學革命與近代翻譯文學，準備了內在的文學生命脈息；封建帝制的結束，科舉的廢止，國內新式教育的發展，留學生的增加，中外學術交流的擴大，知識份子群體的形成，第一次世界大戰期間中國民族工業的迅猛發展，社會生活的急驟變化，新興社會力量的快速增長，新聞出版業的迅速壯大，大一統思想統治局面的土崩瓦解，十月革命的強烈刺激，思想革命的急切

---

68 王瑤：《中國新文學史稿》上卷，新文藝出版社，1953 年版，第 1 頁。

69 如周曉明：《多源與多元：從中國留學族到新月派》，華中師範大學出版社，2001 年 12 月版；李怡：《日本體驗與新文學的發生》，臺北：秀威資訊科技公司，2005 年版。

70 如錢理群、溫儒敏、吳福輝：《中國現代文學三十年》（修訂本），北京大學出版社，1998 年版；黃修己主編：《20 世紀中國文學史》上、下，中山大學出版社，2004 年 11 月第 2 版，等。

呼喚，國語運動的攜手相援，一併提供了溫暖的產房，於是，新文學寧馨兒的誕生就成了歷史的必然。

第二章　新與舊

中國文學史上，文體的更迭與文風的轉換多非突變，即使是頗有影響的文學運動，諸如以新題樂府表現時事的新樂府運動，力求擺脫駢文靡麗之風的唐代古文運動，宣導平易自然文風的宋代詩文革新運動，銳意革新的近代詩界革命、文界革命與小說界革命，也都是採取較為溫和的漸變方式。五四文學革命則迥然不同，欲以白話文學取代文言文學的正統地位，以舶來的現代之道取代本土傳統之道，這對於歷史悠久的中國文學來說，不啻於天翻地覆的巨變，必然激起強烈的反響。新文學與舊文學，高低優劣，正宗旁支，就足以讓人論辯不休，何況關乎生死存亡的命運，更是爭得大有地動山搖之概。革命成功之後的文學史敘述，五四文學的革命性得到濃墨重彩的渲染。因而，在一般的現代文學史知識體系中，新與舊成為兩個壁壘森嚴的敵對陣營，一對水火不相容的矛盾。當歷史進入 21 世紀，回首五四，烽煙散去，我們發現新與舊固然有著尖銳的矛盾衝突，但也不盡是你死我活的關係，二者相互依存自不必說，而且新的不是絕對正確，舊的也不是一無是處，你中有我，我中有你，互滲互動，相融相生。

第一節　新文學面臨的挑戰

當文學革命在《新青年》上揭竿而起之初，創作較之激進的主張還處在滯後狀態，白話文學遠未顯示出必勝的態勢，所以並無多少反對之聲。急於製造聲勢、擴大影響的文學革命前驅，「頗以不能聽見反抗的言論為憾」，於是，《新青年》第4卷第3號（1918年3月15日）上演了一齣由劉半農與錢玄同扮演的「雙簧」。錢玄同化名為王敬軒作《文學革命之反響》，匯集了想像中反對新文學者的主要觀點：一、新式標點不合漢字「字字勻整」之形；二、新文學的經典推崇施耐庵、曹雪芹、李伯元、吳趼人為代表的白話作品，而排斥歸震川、方望溪、林琴南、陳伯嚴所代表的文言文學，「目桐城為謬種，選學為妖孽」；三、「內動詞止詞諸說」，「是拾馬氏文通之餘唾」；四、林琴南的文言翻譯典雅，而周作人的新式翻譯粗劣；五、俗字入新詩，不成體統；六、不珍惜漢字之優長，洋文任意嵌入文章；七、以小說為正宗。劉復（半農）的《復王敬軒書》逐一駁斥上述觀點，可謂嬉笑怒罵，皆成文章。這段典故向來為新文學陣營所自得，也為後來的現代文學史敘述所樂道，值得玩味的是，一則從中可以看出新文學是多麼迫切地需要在回應傳統文學陣營狙擊的過程中向前發展，二則擬設反對派的觀點中固然多數站不住腳，但有的卻也不無合理之處。

這次「雙簧」只是一次對假想前哨戰的預演，當文學革命漸次進入高潮時，就迎來了反對派的實際挑戰。

也許與新文學陣營的「雙簧」拿林紓開刀不無關係，林紓成為最先向新文學叫板的具有代表性的反對者。1919年3月18日，林紓在北京《公言報》發表《致蔡鶴卿書》，對新文化運動表示擔憂。後又發表《論古文之不當廢》、《論古文白話之相消長》等文，竭力捍衛文言文學的正統性。本來，近代以來福州的開放氛圍使林紓得風氣之先，早在戊戌維新之前即作有通俗易懂的新樂府 50 首，主張改革兒童教育，興辦女子教育，弘揚愛國精神，批評不良的社會制度。詩作以《閩中新樂府》為題印行 1000 冊。庚子年客居杭州時，他還曾經寫過白話道情，發表於《白話日報》，頗風行一時。辛亥革命後，發表百餘篇《諷喻新樂府》。其小說《京華碧血錄》、《金陵秋》、《官場新現形記》等敘述庚子義和團、南京革命及袁世凱稱帝之事較為翔實，開啟現代小說寫實之先河，而且打破了章回小說的傳統體裁；其傳奇對以往傳奇必有旦角、且動輒四五十齣的傳統模式有所革新，不止白話道白，而且唱詞也通俗易懂。最讓他享譽文壇的是自 1897 年始與合作者共同翻譯外國文學作品，總共譯出 184 種，多數當時即已刊行，在讀者中影響甚廣。林紓的翻譯，使國人多了一個觀察域外新鮮世界的視窗，也認識到原來外國文學竟有如此廣闊的天地，相比之下，見出中國文學的優長與弱點。林紓翻譯所用語體「是他心目中認為較通俗、較隨便、富於彈性的文言。」[1]諸如「樑上君子」、「土饅頭」、「夜度娘」、「小寶貝」等「佻巧語」、口語和「普通」、「幸福」、「社會」、「個人」、「團體」、「苦力」、「俱樂部」等譯自日語的新詞也夾雜其中，從而加速了文言的鬆動。林譯小說提升了小說在國人心目中的地位，也提供了小說創作的新型範式，為 20 世紀中國文學格局中小說地位的確立立下了汗馬之功。可以說，林紓的文學翻譯事實上為新文學的登場間接地起到了鋪路作用。[2]但是，當新文學要取代文言

---

[1] 參照錢鍾書：《林紓的翻譯》，《林紓的翻譯》，商務印書館，1981 年版，第 39 頁。

[2] 參照鄭振鐸：《林琴南先生》，《小說月報》第 15 卷第 11 號，1924 年

文學的正統地位時，林紓卻變成了保守力量的代表者。究其動機，固然同維護其文壇領軍地位有關，但更為重要的恐怕還是在於他對文言文學的深深留戀，代表了文言文學幾千年傳統的心理強勢慣性，也隱約顯示出白話與文言不是簡單的替代關係，二者之間實有其內在的血脈聯繫。饒有意味的是，林紓的公開信與文章的語調都相當溫暾，而蔡元培的復信倒是強化了林紓的觀點。在林紓的公開信中，所謂「必覆孔孟，剷倫常為快」，只是去科舉、廢八股、撲專制之後，新文化啟蒙者尋求強國之路的一種想像邏輯；「若盡廢古書，行用土語為文字，則都下引車賣漿之徒，所操之語，按之皆有文法，不類閩廣人為無文法之啁啾，據此則凡京津之稗販，均可用為教授矣。」也只是一種假設的推論。但在蔡元培發表於 1919 年 3 月 21 日《北京大學日刊》的《答林君琴南函》裡，則將其坐實為林紓對北京大學的具體指責，一一據實駁訐。質疑與辯駁，並非完全對等，恂恂君子蔡元培，為了新文化啟蒙事業開疆拓土，竟有一點堂吉訶德的好鬥姿態，或許這本來就是蔡元培這位革命前驅者性格的另一面，更是革命者群體的共性。林紓攻訐新文化陣營的小說《荊生》、《妖夢》毫無水準，大失風度，是可悲復可笑的敗筆。他對於新文學前途的判斷也終究受到歷史的否定。然而，林紓的擔憂並非全是多餘，後人就嚐到了文化失衡、道德滑坡的種種苦澀；林紓關於「非讀破萬卷，不能為古文，亦並不能為白話」的論斷，至今也不能不承認其具有一定的真理性。

---

11 月 10 日。

另一個同新文學對陣的代表人物是章士釗。本來，章士釗在近代政論散文上的建樹，為新文學散文的誕生做了鋪墊。作為陳獨秀、李大釗早期啟蒙活動的同道，章士釗曾經對新文化抱有開明寬容的態度。譬如發表在《東方雜誌》第 14 卷第 12 號的 1917 年講演整理稿《歐洲最近思潮與吾人之覺悟》，就認為「創造新知與修明古學，二者關聯極切，必當同時並舉。」其夫人吳弱男翻譯易卜生《小愛友夫》（始刊於 1918 年 6 月 15 日《新青年》第 4 卷第 6 號「易卜生號」，1918 年 9 月 15 日第 5 卷第 3 號續完），分明有章士釗潤色的痕跡。[3]但他對新文化陣營的激進主義態度，卻始終持保留態度。1917 年 12 月 17 日，北京大學舉行建校二十周年校慶，在法科大講堂開演講會。章士釗應邀在會上以調和論為題作了長篇演說，指出「凡政治之衝突，文學之辯爭，以及社會宗教之種種乖途，由表面觀之，恍若彼僕此起，甲興乙替，其中有絕對不相容者存，不知由裡面側之，即恃有多少調和之妙用，行乎其間。」1919 年 9 月，他在上海環球學會以《新時代之青年》為題，發表演說，重申新舊調和論：「新機不可滯，舊德亦不可忘，挹彼注此，逐漸改善」。[4] 1923 年 8 月 21 日至 22 日，章士釗在《新聞報》發表《評新文化運動》，從三個方面批評新文化運動：一是文化具有「人地時之三要素」，每一民族自有其歷代相傳之特性，「毀棄固有之文明務盡」，事事追求與西方「畢肖」，所得必然「至為膚淺」。二是新與舊本是犬牙交錯的關係，而胡適視新與舊「嶄然離立。兩不相混」，「乃大滑稽而不可通」。一

3　參照白吉庵：《章士釗傳》，作家出版社，2004 年 9 月版，第 126 頁。
4　參照白吉庵：《章士釗傳》，作家出版社，2004 年 9 月版，第 128 頁。

味仇舊，「而惟渺不可得之新是鶩」，必然導致「精神界大亂」。三是文化精英「乃為最少數人之所獨擅」，一旦變成運動，必然「以不文化者為其前茅」，「欲進而反退，求文而得野。陷青年於大阱，頹國本於無形。」《甲寅》於 1925 年 7 月 18 日復刊後，章士釗除了將《評新文化運動》在第 1 卷第 9 期重刊之外，又發表《文俚平議》（1925 年 10 月 10 日第 1 卷第 13 期）、《評新文學運動》（1925 年 10 月 17 日第 1 卷第 14 期）等文，堅持其文言文在現代社會生活中仍有生命力的觀點。

在高歌猛進的新文學陣營看來，章士釗已成明日黃花。1922 年，胡適在為《申報》五十周年紀念所作的《五十年來中國之文學》中，繼嚴復、林紓的翻譯文章、譚嗣同、梁啟超的議論文、章太炎的述學文章之後，談到章士釗一派的政論文章，稱其「注重論理，注重文法，既能謹嚴，又頗能委婉，頗可以補救梁派的缺點」，但因其不能通俗，在實用的方面，不能不歸於失敗。至於章士釗對新文化運動的批評，胡適認為出之於「一個時代落伍者對於行伍中人的悻悻然不甘心的心理」[5]，根本不值一駁。1925 年，在段祺瑞召集的善後會議上，章士釗與胡適重逢，有一次同席進餐後的合影。照片洗印出來後，章士釗題白話詩一首送給胡適，並附上一封信：「適之吾兄左右：相片四張奉上，賬算過，請勿煩心。惟其中二人合拍一張，弟有題詞；兄閱之後毋捧腹。兄如作一舊體詩相酬，則真賞臉之至也。」[6]白話詩為：

5　《老章又反叛了！》，1925 年 8 月 30 日《京報副刊・國語周刊》第 12 期。

6　此信與兩首詩轉引自白吉庵：《章士釗傳》，作家出版社，2004 年 9 月版，第 197-198 頁。

你姓胡，我姓章；
你講甚麼新文學，
我開口還是我的老腔。
你不攻來我不駁，
雙雙並坐，各有各的心腸。
將來三五十年後，
這個相片好作文學紀念看。
哈，哈，
我寫白話歪詞送把你，
總算是老章投了降。

胡適遵囑奉答舊體詩七絕一首：

但開風氣不為師，
龔生此言吾最喜。
同是曾開風氣人，
願長相親不相鄙。

章士釗確為曾開風氣之人。1903 年 5 月任《蘇報》主筆，宣傳反清與反對保皇黨。7 月 7 日，《蘇報》被查封，章士釗因查辦大員江蘇候補道陸師學堂總辦俞明震當年特別欣賞這位高才生而倖免於難。8 月，他與張繼、陳獨秀等創刊《國民日日報》，號召國人打破專制、風俗、教育、學術重重桎梏，由奴隸覺醒、解放而為國民。9 月，編譯《大革命家孫逸仙》時，誤將本名「孫文」與化名「中山樵」的兩個姓連綴成文，「孫中山」的名字卻由此產生，成為一個革命典故。11 月，與黃興等在長沙創建革命組織華興會。在留學日本、英國期間，常為國內報刊撰稿，介紹西歐學說。1911 年辛亥革命成功之後，為了報效祖國，應孫中山之鼓勵，放棄將要得到的碩士學位，攜妻兒回國。1912 年春，任同盟會機關刊物《民立報》主筆。先後在二次革命、反對帝制的武裝鬥爭中任討袁軍、護國軍秘書長等要職。1914 年春，與陳獨秀、楊永泰等人在東京創辦《甲寅》月刊。黃遠生宣導新文學的通信，即是寄給時任《甲寅》雜誌主編的章士釗。他除了辦報刊來宣傳新知識新思想之外，還向國人翻譯介紹外國哲學邏輯學、政治學與新興的心理分析學著作。1917 年 1 月，在北京出版《甲寅》（先為日刊，後改為周刊），請李大釗、高一涵參加編輯。同年 11 月，應陳獨秀之邀到北京大學任教，講授邏輯學。1920 年支持毛澤東、蔡和森等發起組織的留法勤工儉學活動。

這位曾開風氣者到了新文化運動中，卻「又反叛了」，究其原因，頗為複雜：一則出於其一而貫之的文化調和觀；二則在反清與反對袁世凱復辟的革命歷史上，章士釗與各派軍閥結下了複雜的關係，入閣擔任過司法總長、教育總長、秘書長等要職。此起彼伏的學潮與新文化運動密切相關，章士釗作為站在學潮對立面的政府要員，對新文化運動自然難以認同。

對於章士釗及其代表的白話文學否定論，新文化陣營紛紛發表文章予以反擊，如郁達夫的《咒甲寅十四號評新文化運動》，魯迅的《十四年的「讀經」》，吳稚暉的《友喪》、《章士釗—陳獨秀—梁啟超》，成仿吾的《讀章氏〈評新文學運動〉》，唐鉞的《文言文的優勝》、《告恐怖白話文的人們》，徐志摩的《守舊與「玩」舊》，健攻的《打倒國語運動的攔路「虎」！》

等。後來的文學史敘述認同新文化陣營的批評立場，將章士釗定性為新文化運動的「攔路虎」。至於章士釗關於文化的民族主體性、新與舊的辨證關係的觀點，無論是五四文壇，還是後來的絕大多數文學史敘述，則均予以迴避。只有陳子展《最近三十年中國文學史》注意到章士釗的一二獨到價值：「平心論之，章士釗的『前甲寅』，使人知道中國文學在『古文範圍以內的革新』，最好的成績不過如此，為後來的文學革命，暗示一個新的方向，自有其時代上的價值。他的『後甲寅』，若是僅從文化上文學上種種新的運動而生的流弊，有所指示，有所糾正，未嘗沒有一二獨到之處，可為末流的藥石。但他想根本推翻這種種新的生機，新的勢力，仍然要維持四千年來君相師儒續續用力恢弘的一些東西。所以他努力的結果，似乎一方面只能表示這是他最後一次的奮鬥，他的生命最終的光焰；另一方面只能代表無數的學士大夫之流在文字上在學術思想上失去了舊日權威的悲哀，代表無數的趕不上時代前進的落伍者思古戀舊的悲哀，為新潮捲沒的悲哀！」[7]即便是這一比較溫和的評價，也還是帶有勝利者的幾分傲慢。章士釗與林紓同新文學的對陣，表面上是不無個人色彩的話語權威之爭，而其實質則是民族文化傳統的韌性表現。值得注意的還在於，章士釗關於新舊調和的觀點在一定程度上揭示了歷史演進的規律。譬如他說：「時代相續，每一新時代起，斷非起於孤特，與前時代絕不相謀」。故「今日之社會乃由前代之社會嬗蛻而來；前代之社會，乃由前代之前代嬗蛻而來；由古及今，乃一整然之活動，其中並無定畛可以劃分前

7　《最近三十年中國文學史》，太平洋書店，1930 年 11 月版，第 253-254 頁。

後」。「舊者將謝而未謝，新者方來而未來，其中不得不有共同之一域，相與融化，以為除舊開新之地；此共同之域，即世俗所謂調和。不有此共同之域，世界決無由運行，人類決無由進化」。顧頡剛當年在日記中錄下這段話語時自認章氏此語「若在吾心中發出」，甚感知音。當時，有此同感的不僅有新文化陣營認定為保守落伍的知識份子，也有像顧頡剛這樣的新文化追隨者，甚至包括蔡元培等新文化運動領軍人物。[8]歷史是複雜的，把錯綜複雜的歷史簡化為壁壘森嚴的新舊陣營，把所謂舊派畫上白鼻樑加以嘲弄，無助於歷史的真實再現與準確認識。

對新文學構成嚴峻挑戰的是學衡派。學衡派因《學衡》雜誌而得名，主張在繼承傳統的基礎上會通中西，漸行改革。學衡派代表了源遠流長的民族文化傳統的強韌生命力，也反映出第一次世界大戰爆發以後世界範圍內重新認識東方文化價值的思潮，同時也或多或少包含著一點爭奪文壇話語權的意味。一同或先後留學，而胡適因為主張文學革命暴得大名，27 歲即被聘為北京大學教授，這不能不讓其留學時代的友人備嚐羨慕與嫉妒的苦澀；況且胡適在《文學改良芻議》裡以胡先驌在美國所作的一首詞作為文言文學的「爛調套語」的例證來加以批評，在《嘗試集・自序》等場合再三批評對他的新詩創作表示質疑的「守舊黨」，這不能不激起昔日學友的憤怒與復仇心理。個人意緒與維護民族文化尊嚴的正義感交織在一起，成為他們批

8　顧頡剛日記，1919 年 1 月 17 日、1 月 13 日，錄在王煦華《〈中國近來學術思想界的變遷觀〉後記》，《中國哲學》第 11 輯，人民出版社，1984 年版，第 328-329 頁，轉引自羅志田：《國家與學術：清季民初關於「國學」的思想論爭》，三聯書店，2003 年 1 月版，第 246 頁。

評新文化運動的巨大動力。《學衡》雜誌的宗旨為：「論究學術，闡求真理，昌明國粹，融化新知，以中正之眼光，行批評之職事，無偏無黨，不激不隨。」雖說「無偏無黨」，但實際上帶有濃厚的文化保守主義色彩，梅光迪、吳宓、胡先驌等人更是表現出明顯的白璧德式新人文主義傾向，同新文學的激進主義姿態形成尖銳的矛盾。梅光迪、胡先驌等早在留美期間就同嘗試新詩創作的胡適開始了論爭，即使新文學勝局已定，學衡派也仍然執著地堅持批評立場，學衡派的核心刊物《學衡》從 1922 年 1 月一直堅持到 1933 年 7 月，此外還有《湘君》（1922 至 1924 年）、《文哲學報》（1922 創刊）、《國風》（1932 年 9 月 1 日創刊）、《大公報・文學副刊》（1928 年 1 月 2 日至 1934 年 1 月 1 日）等。學衡派大多有留學經歷，中西兼通，視野開闊，他們對新文學的批評除了個別人的部分文章摻雜著個人意氣之外，多數則出於學理之爭，儘管其不願承認白話文學取代文言文學正統地位的歷史必然性，已經受到歷史的否定，但其強調文化傳統的觀念則具有厚重的中國文化背景與經得起推敲的邏輯，一些觀點對新文學狂飆突進時的偏激不失為一種補正。

學衡派認為：一、語言工具不能代表整個文學，文學之死活，以其自身價值來決定，而不能以其所用之文字的古今來決定[9]。這種觀點為給予歷史上的文言文學以應有的地位奠定了基礎，也為新文學汲取文言優長提供了前提。二、文言文不盡是艱澀難懂之文，也有痛快淋漓纖細必達之作，因而不能籠而統

[9] 胡先驌：《評嘗試集》，《學衡》第 1、2 期。

之地一棍子打倒，而是應該區別對待，有些文言文學自有其不可替代的審美價值。三、文言在幾千年的發展歷程中不斷汲取白話成分，新與舊、文言與白話並非壁壘森嚴的關係，二者有交叉，也有互補；「真正之文學乃存在於新舊之外，以新舊之見論文學者，非妄即訛也」[10]。「豈知文學之可貴端在其永久性，本無新舊之可分。古人文學之佳者，光焰萬丈，行且與天壤共存。」[11]四、中國的文言與白話的關係不能用英法德諸國文字與拉丁文的關係來比附，表面上看，拉丁文與英法德諸國文字的關係和文言與白話的關係相似，前者是共同語、書面語，後者是地方語、口頭語，實際上則有著根本性的區別。中國的文言自古一脈相承，是國家統一的標誌與工具，現代仍然使用；白話則與文言同為中華民族所用。文言與白話之別在於一個是書面語，一個是日常使用的與被部分小說、戲曲採用的口頭語。而拉丁文是羅馬帝國的共同語，羅馬帝國瓦解之後，歐洲政治中心多元化，英法德拋棄拉丁文，轉而使用寄寓著本民族歷史、思想、感情的民族文字，為的是民族國家的獨立與發展。五、漢字承載著國家統一、民族傳統與國民精神，斷然不可以拼音取代[12]。六、聲調格律音韻乃詩之本能，而胡適欲「打破一切枷鎖自由之枷鎖鐐銬」，所以《嘗試集》之價值及其效用只在如陳勝吳廣一樣「創亂」，而不是像漢高祖那樣成就大業。「他日中國哲學科學政治經濟社會歷史藝術等學術逐漸發達，一方面新文化既已輸入，一方面舊文化復加發揚，則實質日充，苟

10 吳芳吉：《吾人眼中之新舊文學觀》，《湘君》創刊號，1922 年 6 月。
11 繆鳳林：《文德篇》，《學衡》第 3 期，1922 年 3 月。
12 吳宓：《再論新文化運動》，《留學生季報》第 8 卷第 4 期。

有一二大詩人出，以美好之工具修飾之，自不難為中國詩開新紀元。寧須故步自封耶？然不必以實質之不充，遂並歷代幾經改善之工具而棄之也。」[13]七、文學發展自有其歷史承傳性，「前人之著作，即後人之遺產也。若盡棄遺產，以圖赤手創業，不亦難乎。……故欲創造新文學，必浸淫於古籍，盡得其精華，而遺其糟粕，乃能應時勢之所趨，而創造一時之新文學，如斯始可望其成功。」[14]。八、文學不能絕對排除模仿，模仿與創造有矛盾的一面，也有相諧的一面，二者相反相成。[15]文學創作者應虛心苦練，從模仿入手。[16]創造脫胎於模仿。[17]九、文學進化論只知有歷史的觀念，而不知有藝術的道理[18]，文學史的複雜現象並不能完全用直線的文學進化論來解釋。十、同是認可文學表現人生[19]，但在「人的文學」的理解上，新文學主張靈肉、獸性神性二元一致的人道主義人性觀，肯定人性權利與個性價值，強調解放與自由；而學衡派則堅持善惡、高下二元對立的新人文主義人性觀，強調的是節制自由、引導人性向善。

學衡派對新文學採取的挑戰姿態，妨礙了當時新文學陣營對學衡派的全面認識，也為 20 世紀八十年代中期以前的文學史

13　胡先驌：《評嘗試集》，《學衡》第 1、2 兩期。

14　胡先驌：《中國文學改良論》（上），《南京高等師範日刊》，收《中國新文學大系・文學論爭集》；吳芳吉：《再論吾人眼中之新舊文學觀》，《學衡》第 21 期，1923 年 9 月。

15　劉永濟：《論文學中相反相成之義》，初載 1922 年 6 月《湘君》季刊創刊號，轉載《學衡》第 15 期。

16　吳宓：《論今日文學創造之正法》，《學衡》第 15 期，1923 年 3 月。

17　胡先驌：《評〈嘗試集〉》，《學衡》第 1、2 期，1922 年 1、2 月。

18　梅光迪：《評提倡新文化者》，《學衡》第 1 期；吳芳吉：《三論吾人眼中之新舊文學觀》，《學衡》第 31 期，1924 年 7 月。

19　吳宓：《通論》，1928 年 1 月 9 日《大公報・文學副刊》第 2 期。

敘述將學衡派視作「為舊勢力保鑣，以遂其反動復古的目的」之「復古派」[20]種下了根由。實際上，學衡派決非復古派，也不是一般意義上的保守派，而是漸進改革派，或曰廣義新文化運動之內部的反對派。學衡派在維繫並發揚中國文化傳統的同時，也積極譯介外國文化，《學衡》雜誌第一期插圖頁正面為孔子像、背面為蘇格拉底像，就是一個絕妙的象徵。從內容來看，梳理與研究傳統文化固然佔有重要篇幅，但譯介方面也頗為用心。除了系統地介紹白璧德的新人文主義之外，還刊載沙克雷、伏爾泰等人的小說翻譯，西洋文學精要書目，希臘宗教、希臘哲學、希臘精神、希臘歷史、希臘文學史、亞里斯多德的倫理學與哲學、蘇格拉底的自辯文、柏拉圖語錄、安諾德之文化論、盧梭《懺悔錄》、世界文學史的譯介或研究，英詩翻譯及闡釋，等。插圖有但丁、莎士比亞、彌兒（爾）頓、迭（狄）更斯、沙（薩）克雷、威至威斯（華茲華斯）、辜律已（柯勒律治）、擺（拜）倫、薛雷（雪萊）、丁尼生、白朗寧、喬塞、斯賓塞、荷馬、亞里斯多德、西塞羅、毛（莫）里哀、拉（萊）辛、狄德羅、福祿特爾（伏爾泰）、毛柏（莫伯）桑、囂俄（雨果）、夏士布良（夏多布里昂）、都德、柏格森、達爾文、葛（歌）德、托爾斯泰等人的像，還有米勒《拾穀圖》（《拾穗》）等西方名畫，其數量遠遠超過表現傳統文化的插圖。

學衡派不是鐵板一塊，內部有著種種差異。比較而言，梅光迪的態度有嫌執拗、刻板，其文體風格也是古雅有餘，靈動

---

20 唐弢主編：《中國現代文學史》一，人民文學出版社，1979 年 6 月版，第 70-72 頁；唐弢主編：《中國現代文學史簡編》（人民文學出版社，1984 年 8 月版，第 15-16 頁）仍稱學衡派為「復古派」。

不足；而吳宓、劉伯明等人的態度則較為開放豁達，文體風格愈到後來愈加活潑。學衡派的核心人物之一劉伯明就曾對新文化運動予以相當的肯定：

> 蓋共和精神非他，即自動的對於政治及社會生活負責任之謂也。數年以來，國人怵於外患之頻仍，及內政之日趨腐敗，一方激於世界之民治新潮，精神為之舒展，自古相傳之習慣，緣之根本動搖。所謂五四運動，即其爆發之表現。自是以還，新潮浸溢，解放自由之聲，日益喧聒。此項運動，無論其缺點如何，其在歷史上必為可紀念之事，則可斷言。蓋積習過深之古國，必須激烈之振盪，而後始能煥然一新。此為必經之階級而不可超越者也。在昔法德兩國，亦經同類之變動。今日吾國主新文化者，即法之百科全書派也。今之浪漫思潮，即德之理想主義運動也。其要求自由，而致意於文化之普及，藉促國民之自覺，而推翻壓迫自由之制度，則三者之所共同。惟今日之世界，民治潮流，較為發達，其影響之及於吾國者，亦較深且鉅，斯則同中之不同也。由是觀之，新文化之運動，確有不可磨滅之價值。[21]

吳宓等人的文言遠比梅光迪淺近生動。並且，學衡派成員在堅持文言創作的同時，並非絕對排斥白話文。《學衡》第 1 期上的吳宓譯英國沙克雷小說《鈕康氏家傳》就頗多白話成分，如第一回開篇：

---

[21] 《共和國民之精神》，《學衡》第 10 期，1922 年 10 月。

> 話說有一烏鴉。口啣乳酪。由牛乳房窗口飛出。直到樹上棲止。望著樹下池中一隻大蝦蟆。蝦蟆頭上。堆起兩隻兇惡的眼睛。左顧右盼。這烏鴉見那蝦蟆四腳扁平。滿身灰泥。便忍不住哼哼冷笑。離開蝦蟆不遠。一隻肥牛。在地上吃草。又幾隻綿羊。亦在那場上。跳來跳去。慢慢的齧著花草吃。（文中譯注略）草場那邊。遠遠的一隻狼。蒙著羊皮。斯文大擺的走來。這一般綿羊。不知那狼適才已將其母殺卻。食其肉而衣其皮。反將此凶仇。認作母親。跑上去迎接。維時。蝦蟆垂涎烏鴉口中的乳酪。一面又罵那大吃大嚼的肥牛。

《學衡》第 60 期（1926 年 12 月）所刊陳鈞譯法國福祿特爾哲理小說《查熙德傳》基本上是白話；同期上的胡徵中篇小說《慧華小傳》也是白話。當然，這些白話與魯迅等所代表的新文學白話有著明顯的差異，保留了清末民初白話小說的語調。而學衡派文章所用的白話文，諸如《時代公論》1922 年第 4、6、113 號上分別發表的柳詒徵的《喚起民眾》、《教育民眾》和景昌極的《政論平議》，吳宓為《每週婦女》撰寫的《文學與女性》，還有他為《大公報》的《國聞周報》文藝譯稿作校改所用的白話文，則少了俗小說的筆調而多了一點文氣，與新文學更一致。1932 年 1 月 11 日的《大公報・文學副刊》第 209 期發表的聲明，充分顯示出學衡派的包容態度：「對於中西文學，新舊道理，文言白話之體，新舊寫實各派，亦及其他凡百分別，亦一例平視，毫無畛域之見，偏袒之私，惟美為歸，惟真是求，惟善是從。」

對於新文學作家作品，學衡派一方面敢於批評，另一方面也不吝於肯定。1925 年《學衡》第 39 期上，吳宓發表《評楊振聲〈玉君〉》，稱讚其「注重理想，以輕描淡寫，表平正真摯之情，又能熟讀《石頭記》等書，運用中國詞章，故句法不乏整煉修琢之美，文體亦有圓轉流暢之致。就此諸端而論，《玉君》一書，在今世盛行之歐化文法短篇寫實小說中，是極為矯然特異，殊有可取。」張蔭麟也在《讀南腔北調集》一文中，對魯迅的人格稱賞有加。[22]學衡派有些觀點與新文學有暗合之處，如鄭振鐸《新與舊》[23]關於舊皮袋不宜裝新酒的論斷固然與學衡派有別，但「文藝的本身無什麼新與舊之別」、優秀作品具有永恆的藝術魅力的觀點，則與學衡派一致。學衡派有些觀點對新文學不無啟迪與裨益，如新文學前驅者傳統文學觀的變化，便不能說與學衡派等反對派的挑戰無關，整理國故則是共同參與的事業；再如關於詩歌應有聲調格律音韻的觀點，後來獲得了新月派等新詩流派的認同。至於學衡派所指出的文學進化論的局限性，則是過了半個多世紀之後才被文學史界認識到。

早在五四時期，周作人就認識到學衡派「只是新文學的旁支，決不是敵人，」「不必去太歧視他的」[24]。夢華也說：「近來評學衡的很多，雖不無中的之語，卻不能和他們表十分同情。因為他們都是謾罵學衡主張太舊，甚至咒他夭亡。這或是中國人的天然猜忌惡習，與迷新的心理。但人類的信仰既各不同，

22　《讀南腔北調集》，收張雲臺編：《張蔭麟文集》，科學教育出版社，1993 年版，第 363-364 頁，參照鄭師渠：《在歐化與國粹之間》，第 411 頁。

23　《文學周報》第 136 期，1924 年 8 月 25 日。

24　周作人：《惡趣味的毒害》，《晨報副刊》，1922 年 10 月 9 日，

主張盡可各異。……此則我對於學衡的主張——反潮流的主張，未敢稍加批評，雖然我的個性，偏於浪漫，和他們的主張，不相融洽，我卻相信學衡裡面所提倡的人文主義，確有存在之價值與一部分之信仰者。這種人文主義對於現在一般受了時代潮流和浪漫思想的影響之青年，自然是格格不入。但不能因為一般人的不贊成，便以為這種主義不好。其實歷來攻擊反對人文主義的人都對於人文主義未做研究；而人文主義所以不受人歡迎，則亦因無善於提倡的人。……（否則）廣大而發揮之，則人文主義亦頗多是。」[25]夢華對學衡派可謂有理解之同情，但最後的結論卻失之簡單。新人文主義的不被廣泛認可，主要原因並非提倡不力，而是在於 20 世紀上半葉中國社會劇烈動盪，文化急劇轉型，帶有強烈感情色彩的激進主義容易深得人心，而帶有濃厚理性意味的新人文主義則難以被認可。在這種背景下，二元對立的形而上學思想方法得勢，長期將學衡派作為反對派排除於五四新文學建構的框架之外。直到八十年代以來，學術界逐漸超越論戰與革命思維的模式，將學衡派回歸到歷史情境中去，才認識到學衡派實際上是新文化運動中態度持重的一翼。

無論是林紓、章士釗，還是學衡派，他們的挑戰非但沒有擋住新文學的前進步履，反而使得新文學的步履更加矯健。這一方面反映出新文學代表了中國文化發展的正確方向，另一方面也見出挑戰者與新文學其實並非勢同水火。他們有的曾是序

---

25 《評學衡之解釋並答繆鳳林君》，1922 年 6 月 3 日《學燈》，轉引自鄭師渠：《在歐化與國粹之間——學衡派文化思想研究》，北京師範大學出版社，2001 年 3 月版，第 407 頁。

幕的主角，有的則是另類的參與者，其質疑、詰難、否定、批評從不同方面推進了五四新文學的歷史進程。

第二節　新文學陣營的傳統文學觀

自五十年代至七十年代末，學術界對「反傳統」的過分強調，掩蓋了五四時期傳統文學觀的複雜性。新時期以來，實事求是的思想路線得以逐步恢復，給這一問題的重新審視帶來了契機。有的學者看到了五四「反傳統」的態度與繼承傳統的實踐之間的矛盾性[26]；有的學者注意到發難者與創作者之間的差異性[27]；有的學者指出，所謂五四新文化運動全盤否定中國傳統文化的判斷與歷史事實不相吻合[28]；有的學者用「價值重估」來概括五四傳統文學觀[29]。然而，幾乎進入了文學史常識層面的「反傳統」指認還有相當大的慣性，無論是正面闡揚五四精神，還是清算「五四全盤反傳統主義」[30]，都少不了以此作為

26 參見楊義：《「五四」文學革命者群體的文化氣質》，收中國現代文學研究會編：《在東西古今的碰撞中——對「五四」新文學的文化反思》，中國城市經濟社會出版社，1989 年 4 月版，第 49 頁。

27 參見劉納：《「五四」新文學創作者對於發難者的偏離與超越——兼與辛亥革命時期進步文學比較》，同註 26，第 117-141 頁。

28 參見孫玉石：《反傳統與先驅者的文化選擇意識》，同註 26，第 144 頁，李怡：《論「學衡派」與五四新文學運動》，《中國社會科學》，1998 年第 6 期。

29 參見王瑤：《「五四」時期對中國傳統文學的重新估價》，收《中國現代文學史論集》，北京大學出版社，1998 年 1 月版，第 340-341 頁。

30 參見秦川：《「五四」全盤反傳統主義與郭沫若的文化觀》，《在東西古今的碰撞中——對「五四」新文學的文化反思》，第 158-163 頁。

前提。直到世紀之交，在有的學者探究五四文學與傳統的內在聯繫的著述中，仍能見出「反傳統」指認的延續性[31]。五四的確具有鮮明的反傳統色彩，但問題在於：五四作為一個多元複合的歷史時期，旭日初生，瞬息萬變，新舊雜陳，犬牙交錯，其傳統文學觀用「反傳統」怎麼能夠予以準確的概括？前面已經論及學衡派等新文學反對派的傳統文學觀，這裡再來看一看新文學陣營的內部差異和前後變化，力求對歷史原生態的複雜性予以深入的復原與細緻的辨析，並對「反傳統」的本質觀的形成及因襲的原因進行探尋。

在五四文學革命中，前驅者對傳統文學確有激烈的一面。新文學要以白話文取代文言文、讓「人」在文學殿堂升帳掛帥，這對於文言文學佔據正統地位有幾千年之久的文學史來說，的確是一場深刻的革命。肩負著莊嚴而沉重的歷史使命，面對著巨大的傳統壓力，前驅者的焦慮可想而知，在此情勢下，難免態度偏激，主張激烈。行文中用一些「死文學」、「選學妖孽」、「桐城謬種」、「文妖」等語彙，這種語言暴力色彩與醜化對手的傾向，是革命時期極易產生的思維特點與語言風格，古今中外並不鮮見。當年，一位北大學生就曾為新文學前驅者的偏激辯護道：「偏激，惡德也，然使偏激能成事，則偏激為有功矣。……此二三之士，非不知其所主張者之近於偏激也，亦非不知其偏激之主張，必為時俗所詬病也。而顧不憚冒時俗所大不韙，而出為偏激之論者，則亦深知非如此必不能有大裨於國

31 參見高旭東：《五四文學與中國文學傳統》，山東大學出版社，2000 年 12 月版，第 64 頁。

家也。」[32]試想當年若不是出之以千鈞霹靂般的氣勢與力度，怎麼會給人以振聾發聵的影響，文言文學的正統天下怎麼會那樣快就土崩瓦解，新文學又怎麼會那樣快就開闢出一片立足之地，並取得迅猛的發展？白話語體和人性、個性堂而皇之地主宰文壇，就此而言，五四的確造成了傳統文學中部分鏈條的斷裂，但這種「斷裂」無疑是歷史的劃時代進步，是對中國文學傳統的調整與更新。它對於中國文學的自身發展及其同世界文學的平等對話乃至中國現代化進程的意義，已經為歷史所證明。

更為重要的問題在於，五四時期個性張揚，流派紛呈，眾聲喧嘩，前驅者的傳統文學觀不是一種偏激的態度所能全權代表，我們應該充分注意五四時期的歷史複雜性，著力於歷史還原式的澄清，而不應是脫離歷史語境的清算。

前驅者的激烈言辭是革命時期的論戰話語，有濃郁的激情色彩，有急不擇言的匆迫風格，往往是在特定語境就某一點而下的判斷，而非經過嚴格界定的學術話語，主要是表明一種態度，未必是一種深思熟慮的觀點。譬如「舊文學」這一基本概念，並沒有一個清晰明瞭的界定。蔡元培在《〈北京大學月刊〉發刊詞》中泛指周秦至唐宋文學，且並不置之於排斥之列[33]，而陳獨秀在《本志罪案之答辯書》中則是泛指傳統文學。《文學革命論》儘管氣勢咄咄逼人，但從學理上論，「三大主義」所要推倒的對象，只是藻飾、鋪張、艱澀的文體風格，而並不能涵蓋一般意義上的古典文學；「十八妖魔」（明之前後七子及八家文派之歸方劉姚）也僅僅是古典文學的末流，而遠非其

32　胡哲謀：《偏激與中庸》，《新青年》第3卷第3號，1917年5月1日。
33　《北京大學月刊》第1卷第1號，1919年1月。

整體。文中對於「多里巷猥辭」的《國風》，「盛用土語方物」的《楚辭》，「抒情寫事，一變前代板滯堆砌之風」的魏晉以下之五言詩，「一洗前人纖巧堆朵之習」的唐代韓（愈）柳（宗元）元（稹）白（居易），「粲然可觀」之元明劇本、明清小說，就有所保留甚至首肯。錢玄同在《嘗試集序》中提出「對於那些腐臭的舊文學，應該極端驅除，淘汰淨盡，才能使新基礎穩固」。但從前後的論述看，對《詩經》、《楚辭》、漢魏的樂府歌謠、潛合於語言之自然的詩、白居易的新樂府、韓愈柳宗元的散文、宋人的詞、元明人的曲等，均有積極的評價。他在 1917 年 2 月 25 日《寄陳獨秀》[34]信中，在否定舊小說的十分之九的同時，也有對《紅樓夢》、《水滸傳》、《儒林外史》等價值的確認。這就說明他之所謂「腐臭的舊文學」並非指認所有古典文學的全稱判斷。傳統文學的豐富性本來就給後人認知的歧異性提供了前提；何況前驅者在急於打破傳統的樊籬時，心理深層與知識結構上對傳統文學有著割不斷的依戀與認同。所以，他們在不同文章、甚至在同一篇文章中，對傳統文學往往會有不同的評斷。如劉半農在《我之文學改良觀》[35]中認為，賦中「凡專講對偶，濫用典故者，固在必廢之列。其不以不自然之駢儷見長，而仍能從性靈中發揮，如曹子建之《慰子賦》與《金瓠哀辭》，以及其類似之作物，如韓愈之《祭田橫墓文》、歐陽修之《祭石曼文卿》等，仍不得不以其聲調氣息之優美，而視為美文中應行保存之文體之一」。說到傳統詩體，對於絕詩古風樂府等就沒有像律詩排律那樣歸入「當然廢

34 《新青年》第 3 卷第 1 號，1917 年 3 月 1 日。
35 《新青年》第 3 卷第 3 號，1917 年 5 月 1 日。

除」之列。周作人在《人的文學》中對十大書類即使在思想的評斷上十分決絕，但也承認「這宗著作，在民族心理研究上，原都極有價值。在文藝批評上，也有幾種可以容許」。胡適稱用文言寫的作品都是「死文學」；但又讚譽陶潛的詩，雖不是白話，卻很合於語言之自然；「蒲松齡雖喜說鬼狐，但他寫鬼狐卻都是人情世故，於理想主義之中，卻帶幾分寫實的性質。」[36]他強調一時代有一時代之文學，以文學進化論為白話文學升帳掛帥奠定理論基礎；但是這等於認可了文言文學在當時的價值，恰恰與他自己所主張的文言文學是死文學的判斷發生了衝突。鑒於前驅者話語的複雜性，應該將其回歸到具體語境中去認識，聯繫其相關話語來把握，而不應抓住某些片言隻語，將其孤立出來，加以放大，以偏概全。

由於性格特徵、知識構成等方面的不同，新文學陣營內部的傳統文學觀呈現出豐富的差異性。陳獨秀、錢玄同態度比較偏激，而胡適、魯迅、周作人、傅斯年等則要多一點迴旋的餘地，多一些具體的分析，多一些公允的評價。錢玄同關於廢漢語「這種用石條壓駝背的醫法」[37]，即使在新文學陣營內部，也沒有得到多數的認同。連陳獨秀都表示懷疑，認為倘若「國家」、「民族」等觀念「悉數捐除，國且無之，何有於國語？」[38]胡適雖然否定文言，但也承認「文學史與他種史同具一古今不斷之跡，其承前啟後之關係，最難截斷」[39]。1918年9月15日，胡

[36] 胡適：《論短篇小說》，《新青年》第4卷第5號，1918年5月15日。
[37] 陳獨秀：《本志罪案之答辯書》。
[38] 《新青年》第4卷第4號，1918年4月15日。
[39] 胡適：《寄陳獨秀》，《新青年》第3卷第3號，1917年5月1日。

適在《附答黃覺僧君〈折中的文學革新論〉》中說：「外面有許多人誤會我們的意思，以為我們既提倡白話文學，定然反對學者研究舊文學。於是有許多人便以為我們竟要把中國數千年的舊文學都丟棄了。」他認為，應把創作與研究、教科書等問題分開來看，用現在的中國話做文學，用國語編教科書，國民學校全習國語，不妨礙高等小學除國語讀本之外，另加一兩點鐘的「古文」，中學「古文」與「國語」平等，大學中，「古文的文學」列為專科，古文文學的研究，作為專門學者的事業[40]。劉半農在 1917 年 5 月 1 日《新青年》第 3 卷第 3 號刊出的《我之文學改良觀》中說：「文言白話可暫處於對待的地位，何以故？曰，以二者各有所長、各有不相及處，未能偏廢故。胡陳二君之重視『白話為文學之正宗』，錢君之稱『白話為文章之進化』。不佞固深信不疑，未嘗稍懷異議。但就平日譯述之經驗言之，往往同一語句，用文言則一語即明，用白話則二三句猶不能瞭解。（此等處甚多，不必舉例。）是白話不如也。然亦有同是一句，用文言竭力做之，終覺其呆板無趣，一改白話，即有神情流露，『呼之欲出』之妙。（如人人習知之『行不得也哥哥』，『好叫我左右做人難』等句。）則又文言不如白話也。今既認定白話為文學之正宗與文章之進化，則將來之期望，非做到『言文合一』，『廢文言而用白話』之地位不止。此種地位，既非一蹴可及，則吾輩目下應為之事，惟有列文言與白話於對待之地，而同時於兩方面力求進行之策。」「於文言一方面，則力求其淺顯使與白話相近。」「於白話一方面，除竭

40 《新青年》第 5 卷第 3 號。

力發達其固有之優點外，更當使其吸收文言所具之優點，至文言之優點盡為白話所具，則文言必歸於淘汰，而文學之名詞，遂為白話所獨據，固不僅正宗而已也。」鄭振鐸解釋說：「我們稱某某體的文藝為舊的文藝，……並不是說，所有這種舊的某某體的已有的成績都是壞的，都是不必讀的，——誤會似乎是最易在中國人當中發生的。當我們說，舊詩的格律，我們現在不必學了，但聽者的一部分卻誤會了我們的話，以為我們是要焚棄一切的古代大作家的作品呢」。[41]新文學前驅者傳統文學觀的差異性與多元性，對偏激的情緒與偏頗的觀點，具有一種新文學陣營內部自我調整、自我修復的功能。

這種功能還表現在傳統文學觀的變化上面。在急需大刀闊斧地進行文學革命的歷史語境中，一些前驅者曾經發表過不無偏激的觀點，而後隨著時代的演進，其觀點自然而然地發生了程度不同的變化。錢玄同 1922 年 4 月 8 日致信周作人時說：「我們以後，不要再用那『必以吾輩所主張者為絕對之是而不容他人之匡正』的態度來作『訑訑』之相了。前幾年那種排斥孔教，排斥舊文學的態度很應改變。若有人肯研究孔教與舊文學，鰓理而整之，這是求之不可得的事。即使那整理的人，佩服孔教與舊文學，只是所佩服的確是它們的精髓的一部分，也是很正當，很應該的。但即便盲目的崇拜孔教與舊文學，只要是他一人的信仰，不波及社會——波及社會，亦當以有害於社會為界——也應該聽其自由。」[42] 1927 年 8 月 2 日，他在給胡適的信中說：「我近來思想稍有變動，回想數年前所發謬論，十之八

[41] 鄭振鐸：《新與舊》，《文學》第 136 期，1924 年 8 月 15 日。
[42] 《魯迅研究資料》第 9 輯，天津人民出版社。

九都成懺悔之資料。」[43]《新青年》第 7 卷第 1 號《本志宣言》中說：「我們因為要創造新時代新社會生活進步所需要的文學道德，便不得不拋棄因襲的文學道德中不適用的部分。」同《本志罪案之答辯書》中「反對國粹和舊文學」的籠統提法相比，已顯示出分析的眼光。陳獨秀為胡適作長篇導言的亞東版《水滸》寫了一篇短序，指出「《水滸傳》的長處，乃是描寫個性十分深刻，這正是文學上重要的。」此後，他又相繼為《儒林外史》、《紅樓夢》等寫序，對各自的特點予以肯定。胡適在五四文學革命初期，認為文言文學整體上無足可觀，後來他在口述自傳中談到整理國故的收穫時，則說建立了雙線文學的新觀念：一條是古文文學，另一條是白話文學。這顯然比當初只強調白話主導線索更符合歷史了。這些變化再次證明，當一種新生事物破土而出時，爭取生存權利是其第一要務，倘若傳統成為障礙，急風暴雨式的衝擊便勢不可免；而當取得生存權利、進入正常生長階段之後，傳統作為重要資源的作用則突顯出來，因而，新生事物的創造者對傳統的態度會變得冷靜起來，分析與評斷會變得更為理性化與系統化。文學革命的宣導者尚且發生了變化，投身新文學營壘的年輕一代，傳統的認同更多一些。聞一多在《評本學年〈周刊〉裡的新詩》裡表示，「我並不是說作新詩不應取材於舊詩，其實沒有進舊詩庫裡去見過世面的人決不配談詩。舊詩裡可取材的多得很，只要我們會選擇。」[44]兩年後，在《女神之地方色彩》中，批評新詩在打破

43 轉引自耿雲志：《胡適年譜》，四川人民出版社，1989 年 12 月版，第 158-159 頁。

44 《清華周刊》第 7 次增刊，1921 年 6 月。

陳陳相因的舊詩格局時，「一變而矯枉過正，到了如今，一味的時髦是騖，似乎又把『此地』兩字忘到蹤影不見了。現在的新詩中有的是『德謨克拉西』，有的是泰果爾，亞坡羅，有的是『心弦』『洗禮』等洋名詞。但是，我們的中國在那裡？我們四千年的華胄在那裡？那裡是我們的大江，黃河，昆侖，泰山，洞庭，西子？又那裡是我們的《三百篇》，《楚騷》，李，杜，蘇，陸？」為了糾正缺乏「地方色彩」、即民族色彩的弊端，他認為：「一樁，當恢復我們對於舊文學底信仰，因為我們不能開天闢地（事實與理論上是萬不可能的），我們只能夠並且應當在舊的基礎上建設新的房屋。二樁，我們更應瞭解我們東方底文化。東方的文化是絕對的美的，是韻雅的。東方的文化而且又是人類所有的最徹底的文化。哦！我們不要被叫囂獷野的西人嚇倒了！」[45]同一期《創造周報》刊出的郭沫若的《論中德文化書》，也提出「要救我們幾千年來貪懶好閒的沉痼，以及目前利欲薰蒸的混沌，我們要喚醒我們固有的文化精神，而吸吮歐西的純粹科學的甘乳」。他把「我們固有的文化精神」源頭上溯到先秦的莊騷傳統[46]。

論及新文學陣營的傳統文學觀，不能迴避整理國故問題。以往的文學史著述中，大多對整理國故持消極性的評價，將其視為胡適等退嬰的表現或保守派對抗新文學的策略，即或有所肯定，對新文學陣營整理國故的成績及其意義的評價也不夠充分。實際上，整理國故是民族文化傳統生命力的頑強展現，也

45　聞一多：《女神之地方色彩》，《創造周報》第 5 號，1923 年 6 月 10 日。

46　參見陳方競：《魯迅與浙東文化》，吉林大學出版社，1998 年 11 月版，第 108 頁。

是新文學發展戰略的積極調整。無論是就民族心理而言，還是從文化演進來說，整理國故都有其歷史必然性。章太炎幾十年鍥而不捨地堅持研究並講述國學，因為在他看來，「國粹」可以激發民族精神，不管革命如何劇變，文化傳統必須保存[47]。當五四文學革命高潮過去後，人們在獲得解放的快意之餘，會感受到失根似的痛苦與惶惑，需要通過整理國故來安慰心靈；人們也漸漸意識到新文學不可能平地起高樓，而是須有深厚牢固的地基，於是要向民族傳統回溯。因為一個民族的文學雖然可以在外來文學的刺激與啟迪下發生革命性的飛躍，但不可能離開傳統底蘊的支持，有著深厚歷史積澱的中國文學尤其如此。國內外形勢的發展也給整理國故提供了契機。第一次世界大戰之後西方文化界的反思，促使中國人重新審視西方文化與中國文化自身。1918 年以後，一些重要報刊陸續改文言為白話，1920 年，教育部順應時代潮流，頒令國民學校一二年級起用白話文為國語教材。文壇與學校裡語體正統地位的確立，是文學革命成功的重要標誌。在這種情況下，新文化陣營才有餘裕提出並解決整理國故的課題。整理國故在現代文學史上的效應，不可低估，至少有如下幾點值得充分肯定：一、確立了對待傳統的價值重估意識，澄清了舊文學的混亂觀念，給優秀作品以應得的地位。二、使新文學作家增強了繼承與發揚傳統的自覺性，給新文學的發展提供了內在的動力。三、促成了新紅

---

[47] 參見汪榮祖：《章炳麟與中華民國》，收《章太炎生平與學術》，三聯書店，1988 年 7 月版，第 63 頁。

學、文學史等新學科的建立[48]。整理國故的提出及其成績的取得，是五四時期傳統文學觀的重要表徵。

且不說新文學與傳統文學無法割裂的內在關聯，即使就文化態度而言，五四時期新文學陣營的「反傳統」也是有條件的而非無條件的，有保留的而非徹底的，有差別的而非一致的，相對化的而非絕對化的，有變化的而非一成不變的。對此，應有歷史的、全面的、辯證的認識。「反傳統」只是新文學前驅者的重要表徵之一，而非其本質特徵，因而不足以概括這一歷史時期的傳統文學觀；「全盤反傳統主義」，更是後人強加於歷史的想像，而非歷史的真相。至於五四時期的傳統文學觀，可以用一句話來表述，這就是：以科學的態度與方法重新估定傳統文學的價值。以往論者對於五四傳統文學觀中「反傳統」成分的過分強調與誇大，究其原因，除了對於歷史悠久的傳統來說，反傳統易於惹人注意之外，在弘揚者方面，有革命式思維方式的慣性作用；在否定者方面，大有借歷史清算來為新儒家招搖之嫌。無論哪方面，在方法論上都陷入了本質論與非此即彼的兩極對立論的陷阱。蔡元培當年在《〈北京大學月刊〉發刊詞》中批評「吾國承數千年學術專制之積習，常好以見聞所及，持一孔之論」，借用此語批評關於五四時期傳統文學觀的模糊認識，亦無不可。時至今日，這種「一孔之論」與耳食之見到了應該拋棄的時候了。

48　參照王瑤：《「五四」時期對中國傳統文學的價值重估》；羅檢秋：《「整理國故」與五四新文化》，收郝斌、歐陽哲生主編：《五四運動與二十世紀的中國——北京大學紀念五四運動 80 周年國際學術研討會論文集》（上），社會科學文獻出版社，2001 年 5 月版，第 708 頁。

第三節　新舊體認的矛盾

新文學與舊文學看似邊界清晰，實則沒有明確的界定，看似壁壘森嚴，實則沒有不可逾越的鴻溝。在新文學的前驅者黃遠生那裡，新舊文學的差異主要在於表現的內涵。而胡適在《文學改良芻議》提出的「八事」——須言之有物、不摹仿古人、須講求文法、不作無病之呻吟、務去爛調套語、不用典、不講對仗、不避俗字俗語——其實並非均為新文學所獨有，「不用典」當時在新文學陣營內部就受到質疑，在他的反覆申說中，文言與白話倒是成為區別新舊文學的本質特徵之一。但在文學研究會眼裡，鴛鴦蝴蝶派的小說即便用的是白話，宣洩的是人間的感傷，也進入不了新文學的殿堂。周作人把新文學闡釋為「人的文學」，對新文學的立足與發展起到了重要作用，然而他也承認「新舊這名稱，本來很不妥當……思想道理，只有是非，並無新舊」，而且他把《西遊記》、《聊齋志異》、《水滸》等當作「妨礙人性的生長，破壞人類的平和的東西，統應該排斥」，[49]是非判斷出現了瑕疵。管豹則認為，「新舊」之分有時間意義和空間意義兩方面，前者以「現在」為基準，「過去」為舊而「未來」為新；後者則以本地前所未有之外來者為新。由此角度看，「吾國今日新舊之爭，實猶是歐化派與國粹派之爭」，基本屬於空間意義的新舊。[50]實際上，空間意義的新舊與時間意義的新舊

---

[49] 周作人：《人的文學》，《新青年》第 5 卷第 6 號，1918 年 12 月 15 日。
[50] 管豹：《新舊之衝突與調和》，《東方雜誌》第 17 卷第 1 號，1920 年 1 月 10 日。

仍頗有關聯。[51]白屋詩人吳芳吉的「新歌行體」，新派嫌其舊，舊派責其深。新與舊，難以找到整齊劃一的邊界；無論怎樣劃分，二者之間都有著千絲萬縷的聯繫。

新舊營壘之間並不是像後來一些文學史著述描述的那樣劍拔弩張。北京大學進德會首次投票選舉評議員，劉師培與蔡元培、陳獨秀等 4 人一道入選，共同主持該會。1919 年 1 月，北大教員組織旨在「聯絡感情、商兌學術」的學餘俱樂部，黃侃與胡適、李大釗一併列為發起人。1919 年 3 月 18 日，《公言報》刊發《請看北京學界思潮變遷之近狀》，文中說北大有劉師培、黃侃等主持《國故》的舊派與陳獨秀、錢玄同、胡適等主持《新青年》的新派相對壘。對此，劉師培在《北京大學日刊》發表致《公言報》公開信予以澄清：「十八日貴報北京學界思潮變遷一則，多與事實不符。鄙人雖主大學講席，然抱病歲餘，閉門謝客，於校中教員，素鮮接洽，安有結合之事。又《國故》月刊由文科學員發起，雖以保存國粹為宗旨，亦非與《新潮》諸雜誌互相爭辯也。祈即查照更正。」文化態度的差異，並不影響社會正義感。1919 年 6 月 11 日，陳獨秀因在北京前門外新世界遊藝場散發傳單《北京市民宣言》，要求政府免除徐樹錚、曹汝霖等六人的官職，並驅逐出京，取消步軍統領及警備司令兩機關等，結果被軍警拘捕。聯名寫給京師員警總監要求保釋陳獨秀的呈文中，列名為第一位的即是劉師培。[52]

51　參照羅志田：《國家與學術：清季民初關於「國學」的思想論爭》，三聯書店，2003 年 1 月版，《自序》第 11 頁。

52　參照陳方競：《多重對話：中國新文學的發生》，人民文學出版社，2003 年 7 月版，第 93 頁。

章士釗亦在上海致函北京政府代總理龔心湛，要求釋放陳獨秀。1932 年 10 月 15 日陳獨秀再度在上海被捕後，章士釗慨然為陳獨秀作辯護律師。1919 年 11 月 20 日，劉師培去世，身後蕭條，歷二日始入殮，由陳獨秀出資代為料理後事。1920 年 8 月，吳芳吉赴長沙明德中學任教，臨行，郭沫若贈詩道：「洞庭古勝地，屈子詩中王。遺響久已絕，滔滔天下狂。願君此遠舉，努力軼前驤。蒼天莫辜負，也莫負衡陽。」林紓於 1924 年 10 月病逝，11 月，胡適、鄭振鐸就分別寫出《林琴南先生的白話詩》、《林琴南先生》，以表紀念，後面一篇的評價尤其全面、公允。

吳宓的折中守成觀可謂由來已久，持之以恆。早在 1916 年，他與吳芳吉、黃華、湯用彤諸友發起「天人學會」時，就以「尚氣節，知廉恥，明天職，勵正誼，折中新舊中外，發揚祖國固有文明」為宗旨。文學革命興起之後，他雖然堅信文言文不可戰勝，舊體詩自有其難以替代的魅力，而且自己始終堅持舊體詩創作，但在文學表現人生、文學具有時代性、文學與政治相輔相成等文學觀念上，與新文學卻不乏相通之處，對新與舊愈來愈表現出通達的態度。他在《馬勒爾白逝世三百年紀念・緒論》中認為「今日中國文字文學上最重大急切之問題人人所深切感受察覺者乃為『如何用中國文字，表達西洋之思想。如何以我所有之舊工具，運用新得於彼之材料。』舊指中國固有者而言，新指由西洋傳來者而言。非今古之謂，亦無派別之見。此問題如何解決，言人人殊。今正在試驗時期。今日中國新舊各派作者，其行文選詞，甚至標點符號，各自別異，千類萬殊，每一作者，皆正行此種試驗。」易言之，「則可曰『今欲以中國文學表達西洋之思想及材料，而圓滿如意，則應將中國原有之文字文體解放至何種程度，改變至何種程度。』其必須解放、必須改變，乃人人所承認。適可而止之義，亦眾意僉同。然其所謂可，所謂最適宜之程度，則今日國中新舊各派作者，千類萬殊，各異其辭，各異其法。是故（一）有主張用純粹之唐宋八家古文或魏晉六朝文者。（二）有主張用明暢雅潔之文言，只求作者具有才力，運用得宜，固無須更張其一定之文法，摧殘其優美之形質者。（《學衡》雜誌簡章）（三）有主張用中國式之白話者。（四）有主張非用完全模仿歐西文字句法之白話不可者。（五）有主張廢漢字而以羅馬拼音代之者。而於標點之使用，由極舊至極新，由右端至左端，亦有無窮之階級焉。孰為適中？孰為得當？今難遽斷，且看後來。」[53]既然認為是試驗時期，就允許嘗試與競爭，因而吳宓對新文學既有批評，亦有肯定。徐志摩遇難於飛機失事，吳宓作《挽徐志摩君》：「牛津花國幾經巡，檀德雪萊仰素因。殉道殉情完世業，依新依舊共詩神。曾逢瓊島鴛鴦社，忍憶開山火焰塵。萬古雲霄留片影，歡愉瀟灑性靈真。」他在 1931 年 12 月 14 日《大公報・文學副刊》第 205 期刊載此詩時，還在《挽徐志摩詩附識》中說：「但丁亦富熱情，其性則較雪萊為嚴正深刻。但丁亦言愛，然非如雪萊之止於人間，失望悲喪。而更融合天人，歸納宇宙，使愛化為至善至美之理想，救己救人之福音。則其愛更為偉大、更為高尚。此但丁為雪萊所莫及之處。使雪萊而得永年，使徐君而今不死，二人者，必將篤志毅力，上企乎但

[53] 《大公報・文學副刊》第 40 期，1928 年 10 月 8 日。

丁，可知也。」吳宓對徐志摩的稱許，固然有他對徐志摩浪漫愛情如願以償的羨慕，更在於徐志摩崇尚自由的精神與其詩內在的聲韻旋律，由此可見吳宓對新詩並非絕對排斥。1933 年 4 月 10 日，吳宓在天津《大公報．文學副刊》第 275 期發表《茅盾著長篇小說：〈子夜〉》，批評誠然有之，但對這位曾經激烈批評過他的新文學作家的作品也頗多首肯之處：「吾人所謂最激賞此書者，第一，以此書乃作者著作中結構最佳之書。蓋作者善於表現現代中國之動搖，久為吾人所習知。其最初得名之『三部曲』即此類也。其靈思佳語，誠復動人，顧猶有結構零碎之憾。吾人至今回憶『三部曲』中之故事與人物，但覺有多數美麗飛動之碎片旋繞於意識，而無沛然一貫之觀。此書則較之大見進步，而表現時代動搖之力，尤為深刻，不特穿插激射，且見曲而能直、復而能見之匠心」。「第二，此書寫人物之典型性與個性皆極軒豁，而環境之配置亦殊入妙。」「茅盾君之筆勢具如火如荼之美，酣恣噴薄，不可控摶，而其微細處復能婉委多姿，殊為難能而可貴。尤可愛者，茅盾君之文字係一種可讀可聽近於口語之文字」。吳宓認為《子夜》驗證了他關於「近於口語而有組織錘煉之文字為新中國文藝之工具，國語之進步於茲亦有賴焉」的主張。[54]

吳宓的包容態度也表現在他的翻譯上面。英國賴慈女士有《The Spires of Oxford》，吳宓曾於 1922 年譯為舊體[55]：

---

[54] 吳宓：《茅盾著長篇小說：〈子夜〉》，《大公報．文學副刊》第 275 期，1933 年 4 月 10 日。

[55] 初見《英詩淺釋》，《學衡》第 9 期，1922 年 9 月。

(一) 牛津古尖塔，我行認崔嵬。黝黝古尖塔，矗立青天隈。忽念行役人，忠骨異國埋。

(二) 歲月去何疾，韶華不少待。廣場恣跳擲，人間絕憂痗。一旦胡笳鳴，從征無留怠。

(三) 淺草供蹴鞠，清流容艇棹。捨此安樂窩，趨彼血泥淖。事急不顧身，為國為神效。

(四) 神兮能福汝，就義和慨慷。戎衣荷戈去，不用儒冠裳。永生極樂國，勿念牛津鄉。

1936 年，吳宓將其重譯為新體，發表於當年的《清華周刊》第 21 期：

我看見牛津的許多尖塔
　　當我偶然走過那邊，
那些牛津的灰白尖塔
　　直映在高穹的青天。
我心中想念著牛津的學生
　　他們戰死在異國的郊原。
在牛津，一年一年如飛的過去，
　　那個快樂的黃金時代，
頭白的學院層樓俯首下窺
　　看無愁的學生們歡呼競賽。
但悲笳忽然吹起了軍聲
立刻解散他們的球隊。

他們離開了那平靜的河流，
　　那宿舍和球場的方圓部位，
那綠草剪得平整的校園，
　　去找尋一塊浴血的土地——
他們毅然犧牲了快樂的青春
　　為著國家，為著上帝。

願上帝保佑你們，幸福的諸君，
　　你們殉國殉道，一死爭光，
你們穿上黃色軍服，肩起鐵槍，
代替了學士的黑袍方冠。
上帝一定護送你們到一個極樂世界裡
　　比這座牛津城更為美麗莊嚴。

新體翻譯與舊體翻譯相較，不僅通俗易懂，而且更忠實原作。吳宓一定從自身的翻譯實踐中體味到了白話文學的魅力。他發願要用白話文寫一部題為《新舊因緣》[56]的長篇小說，可惜未能實現，但其文學觀念與文學實踐倒是充滿了新與舊的因緣。不獨吳宓如此，整個學衡派亦然。學衡派反對激進派判定文言文學為死文學的觀點，竭力維護文言在文學中的正統地位，努力發掘文言的魅力與潛力，然而並不意味著絕對排斥白話與現代新詞。《學衡》上的小說與戲劇翻譯已有白話色彩，有的詩歌翻譯也汲取了白話養分，顯得相當通俗，大有散曲風

56 吳宓：《介紹與自白》：擬撰《新舊因緣》，「文體擬用中國式之白話，採取西文之情味神理，而不直效其句法，亦不強納其詞字，總之，力求圓融通適，而避煩瑣生硬。」《國風》月刊第 8 卷第 6 期，1936 年。

格，如第 41 期（1925 年 5 月）所載李惟果譯 M. 安諾德《鮫人歌》：

(一)

來，來，親愛的孩子，遠去莫久留。　　不留，遠去。　　去，沉，沉，沉到深海悠悠。　　呀，岸邊兄弟喚我莫留。　　呀，狂風卷沙颼颼，呀，洪潮澎湃海中流。　　呀，野馬銀白，雪浪拍長空，浪花裡正浮游。　　親愛的孩子，遠去莫久留。　　不留，遠去。　　去，沉，沉，沉到深海悠悠。

(二)

孩子，你去呵，喚她莫逡巡。　　喚她一聲「母親，母親。」　　孩子，聲柔動娘心，孩子，喚她莫逡巡。　　孩子聲慘情思迸，她歸也，一定，一定。　　喚她了，遠去莫逡巡，來，來，海宮幽且深。　　「母親，母親，我等不能久逡巡，野馬銀白怒目嗔，母親，母親。」

(三)

不再喚了，臨去目波過白城，回岩上禮堂灰沉。　　不多看了，她不歸我海王庭。　　斷腸泣血何足論，來來，海宮幽且深。

(四)

親愛的孩子，是也昨天，鐘波幽渺發岸邊，我等岩間正閑眠，風波吹渡銀鐘聲聲遠。　　此間沙岩氣啖寒，此間風息，萬籟凝煙。　　此間殘蠟火顫顫，此間海藻蕩流泉。　　此間海獸連肩晏，覓食往來沼澤間。　　此間海蛇共盤桓，矖甲出入繞鹽田。　　巨鯨張目往復還，往復大地千萬年。　　親愛的孩子，是也昨天，海波起落和嗚弦。

（五）～（八）略

此詩寫本為人間之女的鮫人（神話中的人首魚身族）王之妻復歸人世之後，鮫人之王率領兒女登陸招之而不得的哀傷。吳宓在刊發此詩時，加按語道：「此篇譯筆力求質直流暢，以傳原詩語重心急、呼之欲出之情，逐字逐句而譯。中留一字空處，即示原詩一句之起結也。」可見在吳宓眼裡，翻譯時保留原詩形態與傳達原詩神韻比起形式的中國化要重要得多。

在文學觀念上反對簡單化地以語體、形式區分新舊、衡量價值者大有人在。胡漢民《不匱室詩鈔》中《與協之談中山先生之論詩二十五疊至字韻》之後附記說：「民國七年時，執信偶為新白話詩，中山先生輒詔吾輩曰：『中國詩之美，逾越各國，如《三百篇》以逮唐宋名家，有一韻數句，可演為彼方數千百言而不能盡者。或以格律為束縛，不能以是益見工巧。至於塗飾無意味，自非好詩，然如「床前明月光」之絕唱，謂妙手偶得則可，唯決非常人能道也。今倡為粗率淺俚之詩，不復求二千餘年吾國之粹美，或者人人能詩，而中國已無詩矣。』」[57]1923年12月，武昌師大贛籍同學會主編的《學光》雜誌第一卷第二

57　轉引自胡迎建：《民國舊體詩史稿》，江西人民出版社，2005年11月版，第133頁。

期上，李之春《我之中國文學譚》認為，文學沒有固定的古今，古文並非「古文學」；沒有絕對的新舊，白話文不是新文學。白話文、文言文的名稱，不是死文學、活文學的區別。對仗能夠增進文章的美感；用典是文章的自然趨勢。陳言爛語是新舊文學所有的通病，不是舊文學獨有的。[58]1924 年 12 月 1 日，山西銘賢學校半年刊《銘賢校刊》第一卷第二期刊有王明道的《我對於新文學的意見》，文章認為：「舊文學的短處在太重形式，但辭句之概括、文學之富麗，立意之高超、韻調之不苟，遠超過新文學」。若以它的一點短處來批評它是死文學，「欲用新文學來完全代替，實舍本求末，自失國粹」。兩全之策應是「新舊並存，舊文學讓專門學識者研討；新文學讓普通知識者講求，這樣一方面保存數千年的國粹，一方面可以促進新文學的應用。」1925 年 4 月 20 日《晨報副刊‧藝林旬刊》上，蔣鑑璋的《詩的問題》認為，提倡新詩的人必須對於舊詩有研究，能熔新詩舊詩於一爐，才能夠產生比一般高明的新詩來。[59]據鄭振鐸《新舊文學的調和》[60]披露，黃厚生給《文學旬刊》寄了一篇題為《調和新舊文學譚》的文章，裡面說「『一般非議新文學，自命為保存國粹者和積極進行新文學的人都是想不虧國體，不失國魂，不過方法有些不同，實質上還是異道同歸呀！』又說：『我看現今新舊文學家都像各走極端……』又說，如果他們知道新文學的目的在給各民族保存國粹，必定要覺悟了好些，不至同室操戈。」劉貞晦的《中國文學變遷史略》一

58 參照胡迎建：《民國舊體詩史稿》，第 139 頁。
59 參照胡迎建：《民國舊體詩史稿》，第 140 頁。
60 《文學旬刊》第 4 期，1921 年 6 月 10 日。

方面肯定新文學的歷史合理性：「文化進步，要在通便制宜，現在種種新思想，須叫一般人民共同瞭解，若用古文去發表，不但著述的人不易圖功，就是受讀的人也難領悟。所以近一二年來，有人提倡改用白話文，傳達文化。可以收個因利乘便的功效。這算民國文學變遷的一種動機。」另一方面也批評文學革命中的偏激現象：「可不免有火色太過的人，因此排詆古文，說舊文學簡直可以廢了。但是舊文學的本身，實有種種不可廢的功能。單就譯書一方面說，從前譯著出來《天演論》、《群學肄言》種種書，學理雖是新的，文詞原來是舊的，一般讀過這書的人，何嘗不用舊文學的功能，得新學理的感化。現在已經有用白話文譯的書，卻不見得那譯筆就一定比用舊文詞好。」劉貞晦對新舊文學均有理解之同情，並進而希望新舊互動：「不過新文學現在還是個草創的，原也不可求全責備罷了。談舊文學的人說，文章要有理趣，有情味，有音節。新文學何獨不然。做到好的地步，那理趣、情味、音節也自然都有了。要在有志文學的人，下一番切實研究的功夫，或是舊文學本有根柢的人，來參預這新文學的改造，拿舊的蛻化出新的，或是主張新文學的人，去摘發那舊文學的弊病，拿新的去矯正了舊的，能夠這樣並力向前做去，民國的新文學就有完全成立的希望了。」[61]這種觀點在五四時期被激進的文學革命派視為「折中派」。

---

61 收劉貞晦、沈雁冰：《中國文學變遷史》，上海新文化書社，1921 年 12 月初版，1933 年 10 月第 11 版，第 71 頁，參照謝泳：《北大中文系的文學史傳統——從劉景晨的〈中國文學變遷史〉說起》，《博覽群書》，2004 年第 6 期。

折中派之所以被稱為折中派，是因為他們雖然贊同文學革命宣導者的某些主張，但對文學革命的現實性持有保留意見，主張改良式的漸變而非飛躍式的劇變。歷史已經證明，折中派看待文學革命進程的眼光過於拘謹（其實，新文學的進程之速也超出胡適的預料），對「急進反緩」的擔心屬於過慮。但在被稱為「趨於凡庸的折中論」[62]裡，其實包含著一些合理的成分。如曾毅主張「吾國陳舊之物之存於今者，取其足以與新機迎合，而牖之培之化之大之；其諸不適於現世界之生存，可視同歷史之古物，一切束置高閣。」為了得知新文學的標準，「莫妙於取古今人之詩文，與吾宗旨稍近者，詩如李陵陶潛及古詩十九首之類，文如黃太沖《原君》王守仁《祭瘞旅文》之類，選為課本，使人知有宗向。由是以趨於改進，似更易為功也。」[63]這一建議得到新文學陣營的認同。但在有的文學史家眼裡，這一建設性意見卻是「趨於凡庸」的、「可笑」的。余元濬主張「對於小學生，則授以普通應用之文字，文理與白話二者可精酌而並取。中等以上之學者，則取純一的文言，而示以深邃精奧之所在。如此則庶幾無人不識應用之文字，而所謂邃奧文理者，亦自有一般專門之學者探討，而使古來本有之經理藝術不因是而火其傳也。」[64]主張中等以上教育專用文言，這固然不可取，但其擔心各級學校統統用白話文而使傳統文學失其薪傳，這種顧慮是可以理解的。前面所引胡適對學校課程的設計便與此有

[62] 本段關於折中派的否定性評價引自鄭振鐸：《中國新文學大系・文學論爭集・導言》。

[63] 曾毅：《致陳獨秀》，《新青年》第 3 卷第 2 號，1917 年 4 月 1 日。

[64] 余元濬：《讀胡適先生文學改良芻議》，《新青年》第 3 卷第 3 號，1917 年 5 月 1 日。

異曲同工之概。事實上，後來的教育的確採取了這種折中的辦法，中等以上學校的語文教材選取了適量的文言文。折中論者關於「如何可以豫杜改革之流弊」[65]的提醒對文學革命宣導者有所啟發，不用典不講對仗，「確有矯枉過正之弊」的觀點，與新文學陣營也有切合之處。「這些折中派的言論，實最足以阻礙文學革命運動的發展」，這種結論與事實不盡相符。

關於新與舊、激進與保守的折中調和的問題，新文學陣營也曾有過不同意見。李大釗在《青年與老人》中，把理想的現代社會視為「協力與調和」的社會，認為「群演之道，乃在一方固其秩序，一方促其進步。無秩序則進步難期，無進步則秩序莫保。」他贊同古里天森關於急進與保守「不可相競以圖征服或滅盡其他，蓋二者均屬必要，同為永存，其競立對抗乃為並駕齊驅以保世界之進步」的觀點，闡發說：「世界之進化，全為二種觀念與確信所馭馳以行。正如車之有兩輪，鳥之有雙翼，二者缺一，進步必以廢止。此等觀念，判於人之性質者，即進步與保守」[66]。這種調和進化的觀點，注意到新與舊、激進與保守的中和與互補作用，在五四當時未能得到普遍認同。陳獨秀在《青年與老人》「編後語」中，雖然先是肯定社會需進步與保守之力，但緊接著便提醒青年「吾國社會，自古保守之量，過於進步。今之立言者，其輕重宜慎所擇。」在《今日中國之政治問題》裡，說得更加明確：政治學術道德文章，新舊兩種法子，「好像水火冰炭，斷然不能相容。」[67]錢玄同也

[65] 李濂鏜：《致胡適》，《新青年》第3卷第2號。
[66] 《新青年》第3卷第2號，1917年4月1日。
[67] 《新青年》第5卷第1號，1918年7月15日。

不同意李大釗關於在新的發展中可以包容舊者的觀點，主張新的只能征服舊的。[68]這種革命式的思維方式將複雜的問題簡單化、絕對化，在革命之時雖有其產生的理由，也有其特定的作用，但如果任其發展，必將有礙於歷史的進程，對於學術研究來說，也無益於歷史真相的還原與歷史規律的把握。

新文學陣營內部，關於新與舊的體認並非都像陳獨秀那樣帶有絕對化色彩。有時矛盾也表現在同一個人身上。譬如鄭振鐸在《新舊文學的調和》裡說：「無論什麼東西，如果極端相反的就沒有調和的餘地。……新與舊的攻擊乃是自然的現象，欲求避而不可得的。除非新的人或舊的人捨棄了他們的主張，然後方可以互相牽合。」[69]《新舊文學果可調和麼？》對黃厚生「幫助現在的舊文學家而使之新文學化」的想法表示質疑，強調「『遷就』就是墮落」，「至於調和呢，我們實是不屑為的」。[70]兩年多以後的《新與舊》[71]一文，雖然對「新的思想不妨裝在舊的形式裡」的說法予以絕對化的否定：「我們要知道舊的形式既已衰敝而使人厭倦，即使有天才極高的人，有意境極高的想像，而一放在舊的形式中，亦覺的拘束掣肘，蒙上了一層枯腐的灰色塵，把好意境好天才都毀壞無遺」，但另一方面也認識到：「文藝的本身原無什麼新與舊之別，好的文藝作品，譬若清新的朝曙，皎潔的夜月，翠綠的松林，澄明的碧湖，今天看他是如此的可愛，明天看他也是如此的可愛，今天看他

68 《新青年》第 4 卷第 5 號，1918 年 5 月 15 日。
69 《文學旬刊》第 4 期，1921 年 6 月 10 日。
70 《文學旬刊》第 6 期，1921 年 6 月 30 日。
71 《文學》第 136 期，1924 年 8 月 15 日。

是如此的美麗，明年乃至無數年之後看他，也仍是如此的美麗。」「所謂『新』與『舊』的話，並不用為評估文藝的本身的價值，乃用為指明文藝的正路的路牌。」這種歷史與哲學層面的辨證認識顯然對現實層面的偏激有所超越。蔡元培支持新文學，斷定在白話與文言的競爭中，「白話派一定占優勝」。但他又說，「文言是否絕對的被排斥，尚是一個問題。照我的觀察，將來應用文，一定全用白話，但美術文，或者有一部分仍用文言。」「舊式的五七言律詩，與駢文，音調鏗鏘，合乎調適的原則，對仗工整，合乎均齊的原則，在美術上不能說毫無價值。就是白話文盛行的時候，也許有特別傳習的人。」[72]聞一多從這種「新文學興後，舊文學亦可並存」的觀點推演開去，認為「律詩亦未嘗不可偶爾為之」。[73] 1922 年，梁實秋在《讀〈詩的進化的還原論〉》中也反省說：「自白話入詩以來，詩人大半走錯了路，只顧白話之為白話，遂忘了詩之所以為詩，收入了白話，放走了詩魂。」[74]這些認識與學衡派的反對意見頗有相通之處。

不止折中派，而且反對派參與五四文學史的建構也不都是負面性的。在五四這樣發生重大變革的歷史時期，無論是從保持與爭奪話語權的個性心理層面來看，還是就民族文化的承傳與更新而言，折中派與反對派的出現並參與對文學現代化的推動，都是歷史的必然。

---

72 蔡元培：《國文之將來》，《北京大學日刊》第 490 號，1919 年 11 月 19 日。

73 聞一多：《律詩底研究》，《聞一多全集》第 10 卷，湖北人民出版社，2004 年版，第 166 頁。

74 《晨報副刊》，1922 年 5 月 27-29 日。

臺灣香港的語境與大陸不同，關於文言文學與白話文學的新舊體認與是非判斷具有特殊意義。臺灣 1895 年淪入日本殖民統治之下，殖民當局逐步以日語壓制、排擠漢語，企圖通過語言空間的佔領來維繫與鞏固其殖民統治。在這種背景下，文言文學寄託著認同中華與回歸祖國的理念與情思，具有對抗殖民統治的特殊意義。如賴和 1924 年所作的舊體詩《飲酒》：

仰視俯蓄兩不足，
淪為馬牛膺奇辱。
我生不幸為俘囚，
豈關種族他人優？
弱肉久已恣強食，
致使兩間平等失。
正義由來本可憑，
乾坤旋轉愧未能。
眼前救死無長策，
悲歌欲把頭顱擲。
頭顱換得自由身，
始是人間第一人。

慷慨悲歌中傳達出臺灣同胞淪為日本殖民之「馬牛」的奇辱、巨痛與爭取自由的無畏精神。

在香港，中文地位雖然不似臺灣那樣悽楚，但由於官方語言是英語，中文難免受到歧視，因此，香港同胞為爭取中文地位而進行過多次抗爭，港英當局也不得不有所讓步。魯迅在《略談香港》[75]等文中對港英當局的批評，固然注意到港英當局提倡國粹藉以維繫現存秩序的一面，表明了新文學前驅者的文化立場，但卻忽略了文言文學在香港其實具有維護民族自尊以對抗殖民統治的特殊意義，當局做提倡國粹的表面文章實有其不得已而為之的苦衷。這一悖論，不僅當時魯迅未能洞察，而且後來的文學史敘述也多有誤解。直到進入 21 世紀以後，才有學者注意到所謂新與舊的意義因香港與中國大陸歷史語境的不同而不同：「中國古典文學是香港歷史上中文文化承傳的主要形式，擔當著中國文化認同的重要角色。如果說中國古典文化在大陸象徵著封建保守勢力，那麼它在香港卻是抗拒殖民文化教化的母土文化的象徵。如果說大陸的文言白話之爭乃新舊之爭、進步與落後之爭，那麼同為中國文化的文言白話在香港乃是同盟的關係，這裡的文化對立是英文與中文。香港新文學之所以不能建立，並非因為論者所說的舊文學力量的強大，恰恰相反，是因為整個中文力量的弱小。在此情形下，香港文學史以新舊文學的對立作為論述的邏輯起點，批判香港的中國舊文化，這不能不說具有一定的盲目性。」[76]

不同地區、不同時段、不同流派、甚至同一個人對新與舊的體認都有差異、變化，至於創作上更是新舊交織，互動相生。

---

75 《語絲》周刊第 144 期，1927 年 8 月 13 日。

76 趙稀方：《小說香港》，三聯書店，2003 年版，第 6-7 頁。

第四節　新詩人的舊詩緣

從反對派的挑戰與折中派的建言中，新文學派不能不受到刺激與啟發，況且新文學派自身也曾經承領過傳統文學的薫陶浸染，不可能割斷與傳統的血脈聯繫，所以新文學在批判、澄清傳統的同時，也自覺不自覺地從傳統中汲取營養。

新詩前驅者胡適，在《嘗試集・再版自序》中坦言，《嘗試集》第一編的詩，除了《蝴蝶》和《他》之外，「實在不過是一些刷洗過的舊詩」，多用舊詩的音節；「第二編的詩，雖然打破了五言七言的整齊句法，雖然改成長短不整齊的句子，但是初做的幾首，如《一念》、《鴿子》、《新婚雜詩》、《四月二十五夜》，都還脫不了詞曲的氣味與聲調。」《送叔永回四川》第二段的三句出自於三種詞調，1918 年 12 月的《奔喪到家》的前半首，「還只是半闕添字的《沁園春》詞」。1919 年 2 月 26 日的譯詩《關不住了》才是他「『新詩』成立的紀元」。即使是可以算作白話新詩的《應該》，用一個人的「獨語」寫三個人的境地，也與古詩《上山採蘼蕪》略為相像。在 1922 年所作《嘗試集・四版自序》中，胡適又說：「我現在回頭看我這五年來的詩，很像一個纏過腳後來放大的婦人回頭看他一年一年的放腳鞋樣，雖然一年放大一年，年年的鞋樣上總還帶著纏腳時代的血腥氣。」這也難怪，胡適自幼受過傳統文學的薫陶，早年曾經作過一些文言詩詞，1914 年還曾用文言翻譯過拜倫《哀希臘歌》的全篇十六章等外國詩歌。新詩中留有舊體詩詞基因與胎記的現象，不獨胡適自己，而且舊體詩詞的作用並非僅有「血腥氣」，其形體、音韻、節奏等也給新詩提供了營養。胡適在《談新詩》[77]說，「自己也常用雙聲疊韻的法子來幫助音節的和諧」，如《一顆星兒》等。「這種音節方法，是舊詩音節的精采，（參看清代周春的《杜詩雙聲疊韻譜》。）能夠容納在新詩裡，固然也是好事。但是這是新舊過渡時代的一種有趣味的研究，並不是新詩音節的全部。新詩大多數的趨勢，依我們看來，是朝著一個公共方向走的。那個方向便是『自然的音節』。」所謂「節」，是指詩句裡面的頓挫段落；所謂「音」，是指詩的聲調。「平仄要自然，用韻要自然，有韻固然好，無韻也不妨。」時人及後人多有批評胡適白話詩不講詩的藝術的，其實不盡然。我們可以據實批評《嘗試集》的稚嫩、粗礪，甚至說他缺少詩歌天分，但沒有理由指責胡適不講藝術。他在用詞、聲韻、節奏、意境、結構諸方面可謂用心良苦。他肯定胡思永的詩「第一是明白清楚，第二是注重意境，第三是能剪裁，第四是有組織，有格式」，並說「如果新詩中真有胡適之派，這是胡適之的嫡派」。[78]當然，為了打破傳統的桎梏，他在自由的路上走得較遠，其意義不在他的嘗試多麼成功、完美，而是在於告訴人們方向正確，但要「小心地雷」。饒有意味的是，胡適在詩歌方向的戰略選擇上堅決否定舊體詩詞，而在具體創作中則自覺不自覺地從舊體詩詞汲取資源。1928 年 6 月 7 日，胡適還應邀為友人之母陶太夫人舊體詩集《繡餘草》作序，稱讚《癸卯秋日寄懷外子》等篇「都是很纏綿親切的抒情詩」[79]。

---

[77] 胡適：《談新詩》，《星期評論》，1919 年雙十節紀念號。

[78] 胡適：《〈胡思永的遺詩〉序》

[79] 胡適：《〈繡餘草〉序》，收 1994 年 12 月黃山書社版《胡適遺稿及秘藏

早期新詩多有傳統印痕，正如胡適在《談新詩》所說，「除了會稽周氏兄弟之外，大都是從舊式詩，詞，曲裡脫胎出來的。沈尹默君初作的新詩是從古樂府化出來的。」如《人力車夫》即得力於《孤兒行》一類的古樂府。「新體詩中也有用舊體詩詞的音節方法來做的，最有功效的例是沈尹默君的《三弦》。」[80]「新潮社的幾個新詩人，——傅斯年俞平伯康白情——也都是從詞曲裡變化出來的，故他們初做的新詩都帶著詞或曲的意味音節。」

俞平伯文言舊體詩創作早於白話新詩創作，現存者即有 1916 年所作舊體詩。他的第一部新詩集《冬夜》（上海亞東圖書館 1922 年 3 月初版）裡所收作品，最早的為 1918 年 12 月 15 日所作的《冬夜之公園》，此後幾年新詩創作高潮期，相繼推出新詩集《雪朝》（上海商務印書館 1922 年 6 月初版，朱自清、周作人、俞平伯、徐玉諾、葉紹鈞、郭紹虞、劉延陵、鄭振鐸新詩合集）、《西還》（上海亞東圖書館 1924 年 4 月初版）、《憶》（北京樸社 1925 年 12 月初版）等，與此同時，並未完全放棄舊體詩創作，1923 年有《太平洋歸舟》二首、《題重印「俞曲園攜曾孫平伯合影」》，1924 年有《絕句》、《芝田留夢行》，1925 年有仿歌行體的《西關磚塔塔磚歌》等。除了舊體詩之外，還有賦、詞、曲、小調，如 1921 年 7 月用傳統文體作《吳聲戀歌十首》。1924 年所作詩劇《鬼劫》的唱詞中，既有白話，也有文言。1925 年《自從一別到今朝》

書信》第 12 冊。

80 可參見朱偉華：《中國新詩創始期的舊中之新與新中之舊——沈尹默〈月夜〉、〈三弦〉的重新解讀》，《貴州社會科學》，2002 年第 1 期。

用民謠體，但守平仄格律。如：「斜日歸船過斷橋，雙燕來時誤舊巢。江南草長飛蝴蝶，堤上萋萋綠不消。」後來，他在《荒蕪〈紙壁齋〉評識》中說：「五四以來，新詩盛行而舊體詩不廢。或嗤為骸骨之戀，亦未免稍過。譬如盤根老樹，舊梗新條，同時開花，這又有什麼不好呢？」[81]作為當年叱吒風雲的新詩人，這番話語的確是有感而發，對詩友的理解中不無自己的切身體驗。俞平伯在新文化氛圍與自身新文學追求的雙重壓抑下仍然不能完全克制舊體詩詞創作的衝動，但新詩人的舊體詩詞難於或羞於面世，作於 1945 年的五言長詩《遙夜閨思引》，1948 年 3 月才由北平彩華印刷局付梓，而後作者對此詩題詩 6 首、寫序跋共有 18 篇之多，傾情之深可見一斑。至於其他舊體詩詞，或者自訂，或者他人輯錄，到 1980 年代始得出版。

儘管俞平伯在《冬夜・自序》中表白「不願顧念一切做詩底律令」，但舊體詩詞修養在其新詩創作中不可避免地打上鮮明的烙印。朱自清在《冬夜》初版《序》中稱讚俞平伯新詩的特色之一為「精煉的詞句和音律」，「他詩裡有種特異的修辭法，就是偶句。偶句用得適當時，很足以幫助意境和音律底凝練。平伯詩裡用偶句極多，也極好。」「平伯詩底音律似乎已到了繁與細底地步；所以凝練，幽深，綿密，有『不可把捉的風韻』。」之所以用韻自然，「因為他不以韻為音律底唯一要素，而能於韻以外求得全部詞句底順調。平伯這種音律底藝術，大概從舊詩和詞曲中得來。他在北京大學時看舊詩、詞、

---

81 《讀書》，1982 年第 1 期。

曲很多；後來便就他們的腔調去短取長，重以己意熔鑄一番，便成了他自己的獨特的音律。我們現在要建設新詩底音律，固然應該參考外國詩歌，卻更不能丟了舊詩、詞、曲。舊詩、詞、曲底音律底美妙處，易為我們領解，採用；而外國詩歌因為語言底睽異，就艱難得多了。這層道理，我們讀了平伯底詩，當更了然。」[82]朱自清肯定的俞平伯新詩風格的多樣化與情景相融的寫法，也或多或少與傳統文學的薰陶有關。

俞平伯在《冬夜・自序》裡自認為第一輯大多幼稚，第二輯「似太煩瑣而枯燥了，且不免有些晦澀之處」，第三、四輯裡擺脫貴族氣、追求「平民化」的作品才稍許滿意。聞一多在《〈冬夜〉評論》[83]中則說「前兩輯未見得比後兩輯壞得了多少，或許還要強一點」，「若讓我就詩論詩，我總覺得第四輯裡沒有詩」。聞一多之所以做出這樣的判斷，是因為他用傳統詩詞的藝術標準來衡量。他肯定俞平伯新詩的音節「凝練，綿密，婉細」，「兼有自然與藝術之美」，並指出「這種藝術本是從舊詩和詞曲裡蛻化出來的」。「俞君能熔鑄詞曲的音節於其詩中，這是一件極合藝術原則的事，也是一件極自然的事，用的是中國的文字，作的是詩，並且存心要作好詩，聲調鏗鏘的詩，怎能不收那樣的成效呢？」聞一多指出俞平伯部分詩作步入「言之無物」的「魔道」，其中有傳統意象「粗率簡單」的不良影響，但另一方面批評「破碎」、「囉嗦」、「幻象缺乏」、「情感底質素也不是十分地豐富」，「意境上的虧損」，「得了平民的精神，而失了詩的意識」時，所用以參照的標準

82　收俞平伯：《冬夜》，亞東圖書館，1922 年 3 月版。
83　聞一多、梁實秋：《冬夜草兒評論》，清華文學社，1922 年。

表面上是西方詩歌及其影響下的中國新詩，而實際上傳統的意境、境界、性靈、童心諸說與文學經典則參與其中，且具有支撐作用。

聞一多中西兼通，然而始終對民族傳統懷有極大熱情。他自小打下了深厚的國學根底，在清華學校讀書期間，曾在《清華學報》、《清華周刊》、《辛酉鏡》上發表舊體詩，如《擬李陵與蘇武詩三首》、《讀項羽本紀》、《春柳》、《月夜遣興》、《七夕閨詞》、《清華圖書館》、《清華體育館》、《尋桃源、石屋二澗皆涸》、《昆山午發》、《辛峰亭遠眺》等。第一次世界大戰結束的消息傳來，北京萬餘學生於 1918 年 11 月 14 日夜提燈遊行慶賀，聞一多作《提燈會》：

> 朔雲蕩高天，風雷鷙隼資。
> 半世望三臺，時亂梟雄悽。
> 劍龍夜叫匽，千烽赤海湄。
> 流星駭羽檄，湧霧騰旌旗。
> 搖戈叩四鄰，待食決雄雌。
> 嗚喑致雲雨，踐踏滋瘡痍。
> 遂使五國師，望風頻覘窺。
> ……
> 豺貔本同類，猜意肇殘觜。
> 失性沸相噬，絕脰決肝脾。
> 覬覦慰饑豹，任待涎已垂。
> 兩傷飽強狼，禍迫豈不知？
> ……

以五言古體詩表現青年學子對戰後局勢的關注與對國運民生的焦心。[84]耐人尋味的是此時的新詩情愫雖真，但視野反倒不如《提燈會》開闊。

但如火如荼的文學革命不能不使聞一多受到感染，他以新詩與評論加入新文學陣營。他在《敬告落伍的詩家》[85]裡呼籲「要做詩，定得做新詩」。然而，他對胡適在《嘗試集・自序》裡關於「詩體的大解放就是把從前一切束縛自由的枷鎖鐐銬，一切打破；有什麼話，說什麼話；話怎麼說，就怎麼說」的觀點並不認同，認為既然是詩，就不可能絕對自由。他在新詩批評中重視幻象、情感、聲韻、色彩等因素，並於 1921 年 12 月 2 日在清華文學社以《詩歌節奏的研究》為題做報告[86]。翌年作《律詩底研究》，文中認為：抒情之作，「宜短練」、「宜緊湊」、「宜整齊」、「宜精嚴」，「律詩實是最合藝術原理的抒情詩文」。「律詩底體格是最藝術的體格。他的體積雖極窄小，卻有許多的美質擁擠在內。這些美質多半是屬於中國式的。」[87]在充分肯定律詩價值的前提下，他對新詩一味棄古表示了強烈不滿：「如今做新詩的莫不痛詆舊詩之縛束，而其指摘律詩，則尤體無完膚。唉！桀犬吠堯，一唱百和，是豈得為知言哉？若問處於今世，律詩當仿作否，是誠不易為答。若因其不易仿

[84] 參照胡迎建：《民國舊體詩史稿》，江西人民出版社，2005 年 11 月版，第 203-204 頁。

[85] 《清華周刊》第 211 期，1921 年 3 月 11 日。

[86] 參見聶文杞譯聞一多：《詩歌節奏的研究》，收武漢大學聞一多研究室編：《聞一多論新詩》，武漢大學出版社，1985 年第 1 版，第 17-23 頁。

[87] 《律詩底研究》，《聞一多全集》第 10 卷，湖北人民出版社，2004 年版，第 159 頁。

作，便束之高閣，不予研究，則又因噎廢食之類耳。夫文學誠當因時代以變體；且處此二十世紀，文學尤當含有世界底氣味；故今之參借西法以改革詩體者，吾不得不許為卓見。但改來改去，你總是改革，不是擯棄中詩而代以西詩。所以當改者則改之，其當存之中國藝術之特質則不可沒。」「無論如何，律詩之藝術的價值，歷萬代而不泯也。」[88]為表示對此項研究的自得心情，聞一多還賦詩《蜜月著〈律詩底研究〉稿脫賦感》：

春縮香閨鎮彩霓，東萊貸筆漫災梨——
杖搖藜火兼燃夢，管禿龍鬚半掃眉。
手假研詩方剖舊，眼光燭道故疑西。
洛陽異代疏泉出，誰訂「黃初二月」疑！

《律詩底研究》當時雖未見刊，但反映出聞一多對以律詩為代表的中國傳統詩歌的基本認識。這一認識為幾年以後新格律詩的主張與創作奠定了基礎。就性情而言，聞一多屬於多血質的熱情型性格，但就文化構成與審美趣味來說，新與舊在他身上始終交織在一起。在寫了幾年新詩之後，1925 年 4 月，他在美國致梁實秋的信中又錄下四首舊體詩，其中有：

六載觀摩傍九夷，吟成鴂舌總堪疑。
唐賢讀破三千紙，勒馬回韁作舊詩。
——《廢舊詩六年矣，復理鉛槧，紀以絕句》

藝國前途正杳茫，新陳代謝費扶將。
城中戴髻高一尺，殿上垂裳有二王。

[88] 同註 87，第 166 頁。

求福豈堪爭棄馬，補牢端可救亡羊。
神州不乏他山石，李杜光芒萬丈長。

——《釋疑》

從中可以看出聞一多對傳統詩詞的眷顧，對中西融會的探索。經過幾年的新詩創作、批評實踐與觀察思考，聞一多關於新格律詩的思路臻於成熟，於 1926 年 5 月 13 日《晨報副刊》發表《詩的格律》，提出了「音樂的美」（音節）、「繪畫的美」（詞藻）、「建築的美」（節的勻稱和句的均齊）的新格律主張，並指出新詩的「格式」區別於律詩之處在於：律詩格式具有一定的規定性，而新詩的格式層出不窮；律詩的格律與內容不發生關係，新詩的格式因內容而異；律詩的格式由別人決定，新詩的格式則「可以由我們自己的意匠來隨時構造」。收在《死水》（新月書店 1928 年 1 月版）裡的新詩，便是聞一多詩歌主張的創作結晶。從傳統中汲取營養，創造新格律詩，並非聞一多的獨家主張。如果說劉半農「重造新韻」、「增多詩體」與趙元任推出《國音新詩韻》還不明確的話，那麼，陸志葦相信「長短句是最能表情的做詩的利器」，主張「捨平仄而採抑揚」，宣導「有節奏的自由詩」和「無韻體」，可以說是新格律詩主張的先聲。新月派詩人饒孟侃等也參與了新格律詩的理論建構與創作實踐。[89]

新文學作家在投身新文學建設的途程中，很難忘情於自己從小耳濡目染的舊體詩詞。前面所舉的俞平伯、聞一多絕非個案。《草兒》（亞東圖書館 1922 年 3 月版）的作者康白情，新舊體詩雙管齊下，1919 年作《寄家內》：「半年莫怪無消

[89] 參照朱自清：《中國新文學大系．詩集導言》，良友圖書公司，1935 年版。

息，南北奔馳為國忙。愛得國來家亦棄，更從何處認他鄉？啜羹唯覺蓮心苦，涉世空誇鶴脛長。拍案幾番歌杜宇，即今猶此女兒腸。」朱自清在 1922 年以後，新詩的創作熱情逐漸讓位於舊體詩，輯有《敝帚集》，其中有擬古、七律、七古等，古調新意，頗得方家稱道。曾在《創造》季刊發表不少新詩的鄧均吾，五四運動之後不久，便恢復了舊體詩寫作[90]。進入三十年代，不少新文學作家不約而同地向舊體詩復歸，以純熟的傳統形式表達深沉的感情思緒。高張「文學革命軍」大旗的陳獨秀，雖然在觀念上對舊文學橫刀立馬，也曾經作過幾首新詩，但是，「他舊詩技術嫻熟自如，舊詩中他能從容地、優雅地抒發自己的思想感受和心態情緒，又能在一個傳統的心理層面上顯示磨練、修養與文化趣味」[91]，因而《文學革命論》發表之後仍有舊體詩，如 1917 年 7 月 20 日《中華新報》「諧著」欄上有《水滸吟》六首，1927 年「四・一二」後有四言詩《國民黨四字經》。三四十年代，其舊體詩創作量與藝術性進入高峰期，如 1934 年繫身南京老虎橋監獄時有七言絕句《金粉淚五十六首》，1937 年有五言詩《和斠玄兄贈詩原韻》，1939 年有古風體《告少年》、七絕《對月憶金陵舊遊》、《與孝遠兄同寓江津出紙索書輒賦一絕》，1940 年流落江津之後，有七絕《郊行》、《漫遊》、《春日憶廣州絕句》，七律《病中口占》、《寒夜醉成》，五言詩《挽大姊》等，或疾惡諷世，嬉笑怒罵，或言志懷人，感人肺腑。曾經為新詩敲過幾響邊鼓

---

90 鄧均吾情況，參照胡迎建：《民國舊體詩史稿》，江西人民出版社，2005 年 11 月版，第 175 頁。

91 胡明：《試論陳獨秀的舊詩》，《文學評論》，2001 年第 6 期。

的魯迅，到了三十年代，情不自禁地重吟舊體。收入《集外集》、《集外集拾遺》與《集外集拾遺補編》的舊體詩有 55 首，其中 38 首作於三十年代。如 1931 年 8 月 10 日《文藝新聞》第 22 號在短訊《魯迅氏的悲憤——以舊詩寄懷》中一次就刊出《送 O.E.君攜蘭歸國》、《無題》（「大野多鉤棘」）、《湘靈歌》等三首。魯迅同年所作最著名者當屬寫於聽到柔石等遇難噩耗後的悲憤之作《無題》[92]：

慣於長夜過春時，挈婦將雛鬢有絲。
夢裡依稀慈母淚，城頭變幻大王旗。
忍看朋輩成新鬼，怒向刀叢覓小詩。
吟罷低眉無寫處，月光如水照緇衣。

1932 年所作《自嘲》[93]後來亦影響廣泛：

運交華蓋欲何求，未敢翻身已碰頭。
破帽遮顏過鬧市，漏船載酒泛中流。
橫眉冷對千夫指，俯首甘為孺子牛。
躲進小樓成一統，管他冬夏與春秋。

魯迅寥寥可數的幾首新詩只是表明了他為新詩「敲邊鼓」的熱情，透露出思想革命初期前驅者的幾縷情思，也見證了新詩草創期的稚嫩；而其舊體詩則歷史價值與藝術價值兼備，充分顯示了魯迅深得詩之三昧的詩思詩情詩才，而且更能體現出魯迅複雜的內心世界。

92　錄自《為了忘卻的紀念》，《現代》第 2 卷第 6 期，1933 年 4 月 1 日。
93　初收魯迅：《集外集》，上海群眾圖書公司，1935 年 5 月初版。

周作人 1918 年 12 月提出的「人的文學」主張成為新文學的一面旗幟，1919 年所作新詩《小河》名噪一時，其散文更是一方重鎮。到了三十年代，周作人在堅持散文創作的同時，借古體創作語言通俗、形式活潑的「雜體詩」，其中 1934 年 50 歲生日時所作自壽詩《偶作打油詩二首》可為其代表：

前世出家今在家，不將袍子換袈裟。
街頭終日聽談鬼，窗下通年學畫蛇。
老去無端玩骨董，閑來隨分種胡麻。
旁人若問其中意，請到寒齋吃苦茶。

半是儒家半釋家，光頭更不著袈裟。
中年意趣窗前草，外道生涯洞裡蛇。
徒羨低頭咬大蒜，未妨拍桌拾芝麻。
談狐說鬼尋常事，只欠工夫吃講茶。

此詩諧趣中見深沉，蘊涵著周作人由五四時期的「浮躁淩厲」到後來日漸消沉的苦澀自省、對黑暗現實既不能委屈認同又無力抗爭的心理矛盾、苦中作樂的自嘲與機鋒暗寓的諷世。詩作由林語堂冠以《五十秩自壽詩》之題，以手跡影印形式、並配發周作人大幅照片刊載於 1934 年 4 月 5 日《人間世》創刊號。自壽詩引起了自由主義知識份子的強烈共鳴，同期刊物上即有沈尹默、劉半農、林語堂的和詩，《人間世》創刊號問世之後，錢玄同、沈兼士、王禮錫、胡適等亦紛紛唱和，就連平素很少寫詩的蔡元培也寄來三首和詩。饒有意味的是，即使是對自壽詩持反對態度的左翼青年，也頗有幾位選擇了以舊體詩為討伐的武器。如埜容（即廖沫沙）在 1934 年 4 月 14 日《申報・自由談》上發表的《人間何世？》文中，就有和詩一首；胡適給周作人信中抄錄的廣西「巴人」的《和周作人先生五十自壽詩原韻》，竟有五首之多。[94]「以其人之道還治其人之身」，說明左翼青年於舊體詩之道並不隔膜，在引弓放箭之際也許不無一顯身手的快意。

郭沫若早在 1913 年 5 月即作有古風體詩《休作異邦遊》：「阿母心悲切，送兒直上舟。淚枯惟刮眼，灘轉未回頭。流水深深恨，雲山疊疊愁。難忘江畔語，休作異邦遊。」赴日本留學後，最初也是用舊體作詩，如 1915 年的《新月》：「新月如鐮刀，斫上山頭樹。倒地卻無聲，遊枝亦橫路。」1916 年開始新詩創作後，亦未完全放棄舊體詩，同年有《尋死》、《與成仿吾同遊栗林園》、《夜哭》，1918 年有《十里松原四首》，1919 年有《春寒》。新詩創作第一個高潮過後，也仍有《過汨羅江感懷》（1926 年 8 月）、《悼德甫》（1926 年 9 月）等舊體詩。全面抗戰爆發，郭沫若毅然別婦拋子歸國抗戰。《歸國雜吟》其二用魯迅《無題》（「慣於長夜」）原韻[95]，這位曾經以惠特曼式的自由歌喉「立在地球邊上放號」的五四時代的「號手」，此時以舊體詩的古琴，彈奏出感天動地的樂章：

又當投筆請纓時，別婦拋雛斷藕絲。
去國十年餘淚血，登舟三宿見旌旗。

94 參照錢理群：《周作人傳》，北京：十月文藝出版社，1990 年 9 月版，第 372-378 頁。

95 1923 年 2 月，胡適在《五十年來中國之文學》（收上海《申報》五十周年紀念專集《最近之五十年》）中宣佈「文學革命已過了議論的時期，反對黨已破產了。從此以後，完全是新文學的創造時期。」但實際上的情況卻要複雜得多。

欣將殘骨埋諸夏，哭吐精誠賦此詩。

四萬萬人齊蹈厲，同心同德一戎衣。[96]

抗戰爆發以後，新文學作家紛紛寫起舊體詩來，因為一則這種人們熟稔的文體易於傳達感情和敘寫社會，二則古老的文體具有民族傳統的感召力。曾經激烈反對作舊體詩的茅盾，此時寫有多首舊體詩，有的清新活潑，如《新疆雜詠》（1938 年）：「紛飛玉屑到簾櫳，大地銀鋪一望中。初試扒犁呼女伴，阿爹新賣玉花驄。」也有的喜歡用典，如《無題》（1942 年）：「偶遣吟興到三秋，未許閒情賦遠遊。羅帶水枯仍繫恨，劍芒山老豈剸愁。搏天鷹隼困藩溷，拜月狐狸戴冕旒。落落人間啼笑寂，側身北望思悠悠。」老舍的舊體詩，則既有以靈秀清俊之筆寫出一派天然的景物詩，如《烏紗嶺》：「大浪重陰雪作花，千年積凍玉烏紗。百羊赫壁黃山豔，紅葉輕煙孤樹斜。村女無衣牆半掩，相山覆石草微遮。周秦文物今何在，牧馬悲鳴劫後沙。」也有以幽默筆調傳達人間溫情和日常諧趣的生活詩，如《與吳文藻、冰心兄登山奉訪懶散至今猶未踐約，詩以致歉》：「中年喜到故人家，揮汗頻頻索好茶。且共兒童爭餅餌，暫忘兵火貴桑麻。酒多即醉臨窗睡，詩短偏邀逐句誇。欲去還留傷小別，門前指點月鉤斜。」葉聖陶、田漢、王統照、盧冀野等此時亦多有舊體詩作。

至於郁達夫、王禮錫等作家，與舊體詩的緣分甚深，在從事新文學創作的同時，始終未曾割斷過與舊體詩的情緣。郁達夫從《沉淪》創作前後直到 1945 年在印尼蘇門答臘遇難，作有

---

[96] 收郭沫若：《戰聲》，戰時出版社，1938 年 1 月初版。

大量舊體詩，用以描寫家事國事天下事、抒發愛情友情民族情。郁達夫詩多姿多彩，清秀俊逸、雄渾沉鬱、慷慨悲壯、纏綿悱惻等風格均有佳作；用典自然，語調流暢，如行雲流水，揮灑自如。其中影響較大者有《毀家詩紀》等。王禮錫有《困學集》、《流亡集》、《風懷集》、《市聲集》、《去國草》等，始終如一地以舊體詩表現新的社會生活與現代情思，於傳統形式中自然而然地融入了現代視角、現代口語和外來詞語，態度執著而詩風靈動。

舊體詩之於新詩人，非但沒有給這些時代的弄潮兒抹黑，反而給他們表現紛紜複雜的社會人生與幽曲深邃的心靈世界提供了得心應手的藝術手段，也給現代與傳統之間搭起了聯結溝通的橋樑；新詩人在給傳統詩歌體式輸入新鮮養分的同時，也為新詩的發展獲得了豐富的資源。

第五節　舊體詩的生命力

中國是有數千年歷史的詩歌大國，擁有璀璨的珍品與悠久的傳統，因而文學革命發難的突破口選擇了詩歌，希冀攻克最為堅固的古詩堡壘，以便為新文學的全面登場開路。從 1916 年胡適嘗試新詩創作，到 1918 年 1 月《新青年》開始刊載新詩，1920 年胡適《嘗試集》、許德鄰編《分類白話詩》問世，再到 1921 年郭沫若《女神》出版，1922 年葉聖陶、朱自清、俞平伯、劉延陵等主持的《詩》月刊創刊，俞平伯《冬夜》、康白情《草兒》、汪靜之、潘漠華、應修人、馮雪峰《湖畔》、文學研究會詩人合集《雪朝》、汪靜之《蕙的風》、徐玉諾《將來之花園》等新詩集接踵而至，散見於報刊的新詩更如滿天星斗，文言詩稱孤道寡的一統天下已被打破，以白話作為語體的新文學全面登場。而在 1920 年 1 月，教育部就頒令全國國民學校一、二年級國文教材改用語體文，這意味著民間發動的文學革命之成果被官方所認可。1922 年冬前後，作為文學革命發難者的胡適，在《五十年來中國之文學》[97]中自豪地宣佈：「文學革命已過了議論的時期，反對黨已破產了。從此以後，完全是新文學的創造時期。」誠然，文學革命取得了決定性的勝利，白話文學堂而皇之地坐上了中國文學的帥椅。但是，主流並非全部，實際上的情況卻要複雜得多。中國詩歌歷經變遷，除了格律嚴整的七絕、五律、七律等之外，亦有相對自由的排律、古風，還有詩的變體——詞、散曲等。對於深受古典詩詞浸染者來說，古典體式並非障礙，而是信手拈來的利器，所以，在新文學如火如荼的同時，舊體詩詞亦脈息不絕，且不乏視野的拓展與藝術的創新，其珍品足以入藏中國文學乃至世界文學寶庫。

新文學作家對舊體詩的眷戀已如前述，新文學陣營之外執著於舊體詩詞創作者更是難以數計。在新文學刊物如雨後春筍般破土而出的同時，專門刊載文言詩詞與文言小說的刊物，以及文言白話兼收的刊物，仍如晉祠唐柏，傾而不死，蒼勁的虬枝年年生發嫩綠的新葉。詩人結社的悠久傳統並未中斷。那邊

---

97 初收上海《申報》館五十周年紀念特刊《最近之五十年》，商務印書館刊行，未標出版時間，史量才《自序》寫於 1922 年冬，抱一《編輯餘談》寫於 1923 年 2 月。

新詩社團生龍活虎，這邊舊詩結社雅趣橫生。1924 年 1 月，傅熊湘在長沙發起南社湘集。1925 年 3 月，北京稊園詩社雅集於江亭（陶然亭），在京百餘人參加分韻賦詩。北京還有以中華大學教授彭醇時、羅超凡等人為主的漫社。同年，譚篆青發起聊園詞社。郭曾炘在北京結瓶花簃詞社，張伯駒為社中中堅。在臺灣，據連橫《臺灣詩社紀》載，1924 年全島有詩社六十六個。他主編的《臺灣詩薈》於 1923 年創刊，共發行二十二期。其時黃水沛創刊《臺灣詩報》，鼓吹詩學。他所作的詩主要從民生問題著眼，而別有童心。活躍在臺灣吟壇的有蔡彥清、陳滄玉、鄭長庚、郭涵光、鄭香谷等，均一時才俊。」[98]

就流派而言，對舊體詩詞的命運最為關注的當屬學衡派。《學衡》雜誌「文苑」、「文藝」專欄設有「詩錄」、「詞錄」欄目，發表詩詞多達 2000 餘首，作者有王國維、陳寅恪、黃節、吳宓、胡先驌、華焯、汪國垣、王易、王浩、邵祖平、王瀣、陳衡恪、柳詒徵、楊銓、曾樸、張銑、陳濤、吳芳吉、周岸登、張鵬一、蔡可權、楊增犖、熊家壁、楊赫坤、劉永濟、林學衡、梁公約、毛乃庸、李佳、周燮煊、熊冰、李思純、郭延、繆鉞、顧隨、陳光燾、王蔭南、張爾田、鄧之誠、潘式、葉公綽、陳三立、朱自清、張友棟、龐俊、劉盼遂、姚華、胡文豹、胡步川、馬浮、朱祖謀、曾習經、林損、陳曾壽、陳寂、郭文珍、錢基博、郭斌龢、胡士瑩、陳閔慧、薑忠奎、方世立、陸維釗、

---

98 此處詩社情況參照胡迎建：《民國舊體詩史稿》，江西人民出版社，2005 年 11 月版，第 15 頁；黃修己主編：《20 世紀中國文學史》中胡迎建執筆《附錄一：「五四」後中華詩詞概述》，中山大學出版社，2004 年 11 月第 2 版，第 328 頁。

方守敦、林思進、趙萬里、徐震堮等。文體有律詩、絕句、古風、排律與多種詞牌。

學衡派並非一味守成，而是力圖在繼承古典詩詞傳統的前提下有所創新。1926 年 3 月，吳宓在編訂《雨僧詩稿》所作的《編輯例言》[99]裡說：「舊詩之堆積詞藻，搬弄典故，陳陳相因，千篇一律；新詩之渺茫晦昧，破碎支離，矯揉作態，矜張弄姿；皆由缺乏真摯之感情，又不肯為明顯之表示之故。予所為詩，力求真摯明顯。此旨始終不變。」[100]而後，他在《評顧隨〈無病詞〉〈味辛詞〉》中又說：「文學創作之事綦難，而詩詞為尤甚。大率格律穩健者，每傷情薄而事空。情真而事實者，又往往於格律缺乏研究與訓練。若夫斟酌於二者之間，得中道之至美，以新材料入舊格律，合浪漫之感情與古典之藝術，此乃惟一之正途，而亦至難極罕之事。」他稱讚顧隨循此正途，在詞中既能熔鑄進愛國傷時之心、生活勞忙之苦、浪漫之情趣、現代人之心理等新材料，又能精熟而靈活運用詞之體制格律，加之能夠化用現代流行新名詞，諸如補救、頹廢、單調、不作超人莫怕沉淪、愛神煩惱詩神病、腦海與心苗、死神等，因而「所作大有成功」。與此相照，吳宓批評說：「今國中之從事創造者，盈千累萬，多犯輕率油滑之病。所謂新派，以詩詞各體格律繁難作成匪易也，則倡為解放之說，欲舉中國舊文學之種種格律規矩而悉行剷除之、破壞之，不知此實大背文學公例。蓋（一）文學作品之美，在形式與材料並佳。二者融合為一體

---

99 初收《吳宓詩集》，中華書局 1935 年版，引自商務印書館 2004 年版，第 2 頁。

100 轉引自《吳宓詩集》，商務印書館，2004 年版，第 2 頁。

而相助相成。（二）凡文學之形式體制，必有所因襲，逐漸蛻變而來。徵之任何國家時代之文學史，昭昭可見。（三）形式格律之可貴，即在其強迫作者精心苦思，而不至率爾成章，敷衍了事。……故若全棄形式，或剷除舊日文學中之體制與格律，而從事於極端狂放自由之創作，則所成者，皆毫無一讀之價值而徒沾沾自喜之劣下作品耳。新派失敗之機既伏於此，而所謂舊派老輩作家，知格律體制形式之要，且曾經長久之練習研究，所作悉能合拍按律葉韻諧聲，然亦以天才缺乏與不肯苦心精思之結果，其材料意旨則陳陳相因，其字句詞藻則互相抄襲，千篇一律，曾何足貴。遭人攻詆，理固宜然。是故新舊二派，其行事方向相反，而同犯油滑輕率之病。新派以破除格律恣意亂寫而油滑輕率。舊派以但知步武格律剿襲摹仿而亦油滑輕率，其失相等。以上乃就大多數作者而言。新舊派中各有能手真才，非敢一概抹殺。」「新派之失，在不肯摹仿，便思創造，故唾棄舊格律。舊派之失，在僅能摹仿，不能創造，故缺乏新材料。欲救其弊而歸於正途，只有熔鑄新材料以入舊格律之一法。」[101]

對新文學的批評雖然不無苛刻偏頗之處，但「真摯明顯」的追求卻與新文學有異軌同奔之概，發揚古典之優長也合乎藝術發展的規律。吳宓援引白璧德新人文主義作為理論支柱，構建典雅整飭的現代詩詞大廈，不僅見之於理論闡發、批評宣導，而且也身體力行、孜孜創作。1935 年，中華書局出版了詩人自編的《吳宓詩集》，收詩 991 首、詞 25 闋；2004 年，商務印書館推出其女兒吳學昭整理的《吳宓詩集》，新增 1934 年至

101 原載 1929 年 6 月 3 日《大公報‧文學副刊》第 73 期，轉引自吳學昭整理：《吳宓詩話》，商務印書館，2005 年版，第 150-151 頁。

1973 年的詩 600 餘首、詞 12 闋。戰亂人禍幾十年間，流失或恐見譏致謗而親手焚毀的，不知多少。幸而留存者，不乏佳作，有寫景的清麗之作，如《荷花池即景》中有「密圓荷葉是新栽，冉冉鮮花帶露開。濃柳垂金隔岸拂，淡雲銜翠遠山來。」也有直面社會現實的詩篇，如 1927 年作《西征雜詩》（三十五）寫山西農村凋敝景象：

寒風瑟瑟夜難溫，破屋無棚尚有門。
蘆席土床隨意寢，草煙馬矢觸人昏。
充腸幸得新炊餅，滌面惟餘老瓦盆。
寄語京華遊倦客，此間滋味已消魂。

《西征雜詩》（六十一）歌頌救援解圍的國民聯軍馮玉祥將軍。（八十一）批評政黨政治對高等教育的過多干涉。這些詩篇大有唐人杜甫、白居易、李紳寫實、諷世、憫農、憂國之遺風，可見吳宓並非專事在象牙之塔吟風弄月或故作風雅之輩。他從傳統文化中所承傳的不僅有精緻的藝術形式，也有剛正的民族良知；他從西方汲取的不僅有新人文主義的文化守成態度，更有追求個性自由、維護個性權利的個人主義精神。而如此複雜的內涵，實在難以用新與舊來評判。

1959 年，曾經領時代風氣之先的新詩詩人幾乎異口同聲地以新詩為大躍進高唱讚歌，而在當時的文學史教科書中被視為逆歷史潮流而動的學衡派主將吳宓，卻默默地在看似古老的詩行中發出了富於民族良知與獨立個性的知識份子的心聲：

旱荒水潦見天心，暴雨終風喻政淫。
長夏禾枯人剋病，平原堤壞水漫深。

急耕密植憐枵腹，芒屨敝衣勸積金。
強說民康兼物阜，有誰思古敢非今？

——《感時》

1959 年 9 月 19 日所作的這首詩，控訴了「大躍進」帶來的惡果，抒發了心中的積鬱和憤慨。在這裡，關乎藝術生命的要害並非形式之新與舊，而是內涵之真與偽、善與惡。

學衡派吟詩填詞人才濟濟，最能代表創新水準的是被吳宓稱為「真能熔合新詩舊詩之意境材料方法於一爐」的「中華第一大詩人」[102]吳芳吉。吳芳吉，別號白屋吳生，1909 年考選遊美，入清華學校中等科一年級，1912 年秋在學校風潮中以言論狂激受到除名處分，因不肯「悔過」而徹底離開清華——留美常軌。而後，在中學、大學任英文教員、國文教員，並兼職編輯。吳芳吉傳統文化基礎深厚，外文與西方文化修養亦佳，思想觀念與藝術手法持重而開放。他在《白屋吳生詩稿自敘》中說：「國家當曠古未有之大變，思想生活，既以時代精神，咸與維新，則自時代所產之詩，要亦不能自外。」詩的舊體制之所以要變，是因為「今世事變之繁，人情之異，必非簡單之體所能盡納」；「民國之詩，當有民國之風味，以異於漢魏唐宋者」；「處今之世，應有高尚優美之行，適於開明活潑之際」的意境；辭章要能『明體達用』而非炫耀賣弄。」「余戀舊強烈之人，然而不得不變者，非變不通，非通無以救詩亡也。」「余所理想之新詩，依然中國之人，中國之語，中國之習慣，

[102] 分別引自吳宓：《白屋詩人吳芳吉逝世》（《大公報・文學副刊》第 229 期，1932 年 5 月 23 日）、《寄答碧柳》（《吳宓詩集》，商務印書館，2004 年版，第 126 頁）。

而處處合乎新時代者。」他將變通的觀念貫徹於詩歌創作實踐之中，在體式方面對傳統多有突破，在語言上，較之同時代其他舊體詩詞作者更願意並善於運用新詞語和日常用語。

《婉容詞》寫一女子因無法接受丈夫留學美國之後另娶他人的選擇而投水自殺的悲劇。詩人把中國傳統詩、詞、散曲與西方自由詩、散文詩等多種體式融匯一體，通過女主人公生動傳神的自語、轉述，將中西文化觀念的衝突與女子內心的痛苦及其性格悲劇與社會悲劇渲染得淋漓盡致。如：

二

自從他出國，幾經了亂兵劫。
不敢冶容華，恐怕傷婦德；
不敢出門閭，恐怕汙清白；
不敢勞怨說酸辛，恐怕虧殘大體成瑣屑。
牽住小姑手，圍住阿婆膝。
一心裡，生既同衾死共穴。
那知江浦送行地，竟成望夫石。
江船一夜語，竟成斷腸訣！
離婚復離婚，一回書到一煎迫。
……

九

我心如冰眼如霧。
又望望半載，音書絕歸路。
昨來個，他同窗好友言不誤。
說他到，綺色佳城，歡度蜜月去。

十

我無顏，見他友。
只低頭，不開口。
淚向眼包流，流了許久。
應半聲：「先生勞駕，真是他否？」

十四

喔喔雞聲叫，哐哐狗聲咬。
鐺鐺壁鐘三點漸催曉。
如何周身冰冷，尚在著羅綃？
這簪環齊拋，這書箚焚掉。
這媽媽給我荷包，系在身腰。
再對鏡一瞧瞧，可憐的婉容啊，你消瘦多了。
記得七年前此夜，洞房一對璧人嬌。
手牽手，嘻嘻笑。
轉瞬今朝，與你空知道！
……

社會生活與文化觀念的巨大變化，給 20 世紀初葉中國的婚姻狀態帶來了劇烈的動盪。新文學作家絕大多數從新觀念出發，表現包辦婚姻桎梏下的痛苦與打破牢籠的歡欣，至於牢籠打破之後包辦婚姻的「另一半」會怎樣，則很少有人關注。《婉容詞》從人道主義的角度揭示「另一半」的痛苦，豐富了現代文學的內涵。此詩醞釀一年多，1919 年 8 月一個夜裡一氣呵成，感情飽滿，聲韻婉轉，結構開闔有度，語言文白交織，詩詞意境、散曲風姿與小說細節刻畫功夫熔鑄一爐，因而不脛而走。

吳芳吉不僅具有把微妙心理刻畫得絲絲入扣的工筆細描功夫，而且富於駕馭社會題材的遒勁筆力。如 1919 年所作《明月樓詞》，描敘《獨立宣言》的簽名者、「三一運動」發起人之一的朝鮮獨立黨領袖孫秉熙受審時的情景：

> ……軍府門，旭旗照；侍衛堂，劍光耀。一聲車笛虜囚到。看警兵，叱與笑；夾街衢，槍與炮。喇叭陣陣喧，檢查洶洶鬧。問虜囚，囚已耄；麻鞋肅儒冠，青衣渲道貌，昂頭闊步雍容眺。正日色冥冥，風聲浩浩。想定是齎志先皇天上詔，殉難先賢雲中嘯。鉛彈鋼刀，早早在意料。「久仰你，今日方能屈駕你。法堂上，本官看看你。」「謝先生，說那裡？為同胞請命情而已。」「既已十年安，一朝胡叛起？敢問一朝胡叛起？你非叛亂起？你非叛亂起？即看門前人如蟻，正赤手空拳敢與帝國軍相抵？」「先生誤矣！先生誤矣！是民族自決耳，是民族自決耳。非與你仇讎，非與你排擠。只還我二千萬生靈，洗刷我二千年國恥。」「日報待你寬無比。」「寬無比？天下有公言，不煩我費唇齒。」「青年團，誰唆使？」「國民之心天之志。」「宣言書，誰主擬？」「由我署名由我始。」「你真大膽妄為無法紀！」「我不知甚麼法與紀。去強權，伸公理。」「汝黨徒，人有幾？何處藏，何處徙？」「有精誠，與上帝，遠在天，近在咫。」「爾曹獨立烏可恃？奈何不將成敗計？」「天所與，誰能蔽？天所施，誰能替？昔已獨立千年，今當獨立萬世！不管成不成，但求磨與礪！」「鄙夫莽無忌，

槍斃！生死關頭臨汝際，知利不知利？」「我命在天天所畀。槍斃槍斃，不算一回事！」「念你自首明大勢，憐你六旬殘命地，可將悔狀備。」「未虧心，未犯罪，胡用悔為？胡用簽字？世安有愛國轉罹刑，自戕遭禁例？倘見憐耶，把無辜赦赦赦，莫向我狺狺吠。老夫感無既。」「唉！猶囂囂，無迴避，我為你義盡仁至，恨不得本官薄情誼。押他下西門大牢去。」「一牢鬱陰窅，民命賤如草。數千國士人中矯，刀頭空鬼雄，地上空餓殍。想他涕淚黃泉昏，鬚眉赤血攪。問人間福星諸賢豪：和平會上誰得曉？又明月樓頭明月好，明月年年，此恨何時了？」

據吳宓在《白屋詩人吳芳吉逝世》中透露，吳芳吉「久擬辭世務而隱居，以十年或二十年之力，撰作中華民族之史詩」[103]。雖然天不假年，吳芳吉以 36 歲英年早逝，未能完成創作史詩的夙願，但也留下了一批表現社會現實、重大事變與民族精神的力作，如《護國岩詞》（1919 年）刻畫了蔡鍔將軍在反袁戰爭中臨危不懼的錚錚風骨，《巴人歌》歌頌了黑龍江馬占山抗戰與十九路軍「一・二八」淞滬抗戰的英雄事蹟與愛國精神，西安圍城詩則描敘了 1926 年西安被圍的慘狀。

北洋軍閥為了集中力量對付國民革命軍的北伐，吳佩孚授命劉鎮華率鎮嵩軍近十萬人於 1926 年 4 月 15 日攻進關中，合圍西安，楊虎城、李虎臣將軍率領軍民殊死抵抗，堅持到馮玉祥援軍的到來，於同年 11 月 28 日始得解圍。西安被困 235 日，

103　《大公報・文學副刊》第 229 期，1932 年 5 月 23 日。

城內病、餓、戰死的軍民達 4 萬餘人，慘烈異常。吳芳吉、胡文豹、胡步川等人時處危城，以舊體詩「各寫其聞見感想，而同著民生之疾苦，喪亂之景況」。吳宓「得三君之詩，驚喜逾望，乃急謀集抄」而以《西安圍城詩錄》為總題刊發於《學衡》第 59 期（1926 年 11 月）。吳芳吉有多篇描寫餓殍橫陳街頭的慘像，如《長安野老行》：

朝逢野老不能言，但垂清淚似煩冤。
面瘦深知絕食久，路旁倒傍酒家垣。
向午歸來野老死，頭枕樹根沾馬屎。
半身裸露骨班班，市兒偷去破襦子。
黃昏重過血泥糊，腿肉遭割作鮮脯。
酒家人散登車去，垣頭睒睒來饑烏。

吳宓在同時刊出的《西安圍城詩錄序》中說，「香山樂府，杜陵詩史，實近之矣。三君於予，為近親密友。予今集錄其詩，不懼私人標榜之譏者，則以予夙知三君賦性皆溫柔敦厚，圍城八月，幾瀕於死。其所處固窮愁之境，而憂患之思甚深。其所為詩，雖有精粗高下之別，而皆能不失其性情之正。於以知中國詩尚未亡，而詩之前途大可為也。」「夫以中國之大，年來戰禍綿延，民生創巨痛深，豈止丙寅一歲之西安？而海內耆宿名賢文人雅士，其為詩較三君為工且多者，何可勝數！容當續為搜集刊佈之，借傳中國此日之真景，而樹立詩之根本二義焉。今之所錄，其嚆失耳。」[104]吳宓把《西安圍城詩錄》與白居易、

104 文中所說「詩之根本二義」，係前文中所說「一曰溫柔敦厚，是為詩教。詩之妙用，乃在持人性情之正，而使歸於無邪。二曰作詩者必有憂患，詩

杜甫聯繫起來，確為深具歷史眼光的評價。從詩經到漢樂府再到唐代白居易、杜甫直至近代黃遵憲，徵實、諷世、哀民、憂國、傷情的敘事詩傳統源遠流長。五四時期，個性解放、人性解放思潮高漲，新文學的敘事詩多寫小人物生活與命運，而重要的社會事件——如五四運動、五卅運動等——則尚未進入敘事詩題材，這或許因為新詩人還不習慣於用新詩來表現重大的歷史事件（三十年代情況始有好轉）。而在被新文學視為落伍的舊體詩中，卻留下了不少「徵實」的詩章。諸如，劉成禺寫成於 1918 年的《洪憲紀事詩》，絕句百餘首，給袁世凱稱帝的醜劇留下了一幅幅真實而生動的連環漫畫。後來孫中山為之作序辭：「鑑前事之得失，示來者之懲戒。國史庶有宗主，亦吾黨之光榮也。」錢仲聯稱之為「敢於呵天之詩史也」。[105] 1918 年馮國璋為代理總統時，以皇城內北海、中南海之魚出售獲利，美國公使購得後特地送還，一時輿論譁然。葉玉森作《打漁詞》予以譏刺：「正是群飛海水時，奈何殃及池魚日。碧眼相逢忍割鮮，垂頭翻乞外臣憐。零星綴尾金牌字，嘉靖遙遙四百年。生魚幸返還珠浦，贏得遠人騰笑語。」[106]古典詩詞的「史詩」與諷喻傳統在五四時期主要承傳於舊體詩詞而非新詩，這是一個值得認真反思的問題。

舊體詩詞的脈息不僅有學衡派等社團、流派傾力維繫，而且在社會各界擁有廣泛而深厚的基礎。藝術界、學術界、教育界、工商界、金融界、新聞界、政界、軍界等，從莘莘學子到

必窮愁而後工也。」

[105] 轉引自胡迎建：《民國舊體詩史稿》，第 127-128 頁。

[106] 同註 105，第 14 頁。

各界名流，吟詩填詞者數不勝數，其人數之多、分佈之廣遠非新文學所能比。

政治上最為激進的革命者中，也不乏舊體詩詞創作者。1923 年 12 月 22 日刊出的《中國青年》第 10 期上，鄧中夏在《貢獻於新詩人之前》一文中，為了說明只有「投身實際活動」，才能寫出「深刻動人」的作品，引述了自己作於 1920 年的「頗有朋輩為之感動」的兩首舊體詩：「莽莽洞庭湖，五日兩飛渡。雪浪拍長空，陰森疑鬼怒。問今為何世？豺虎滿道路。禽獮殲除之，我行適我素。」「莽莽洞庭湖，五日兩飛渡。秋水含落暉，彩霞如赤炷。問將為何世？共產均貧富。慘澹經營之，我行適我素。」1926 年，國民革命軍北伐擊敗吳佩孚，據說吳佩孚乘火車敗走時，曾吟唐詩「洛陽親友如相問」，以酒自遣。謝覺哉作《吳佩孚敗走》：「白日青天盡倒吳，炮聲送客火車孤。洛陽親友如相問，一片雄心在酒壺。」此詩仿擬唐代王昌齡《芙蓉樓送辛漸》：「寒雨連江夜入吳，平明送客楚山孤。洛陽親友如相問，一片冰心在玉壺。」作者對古詩可謂爛熟於心，從吳佩孚敗走時猶附庸風雅的傳聞中品出了幽默，遂戲擬唐詩，嘲諷敗將。行伍出身的八路軍總司令朱德，早年即有詩，抗戰戎馬倥傯中亦時有詩作，如《寄語蜀中父老》：「佇馬太行側，十月雪飛白。戰士仍衣單，夜夜殺倭賊。」毛澤東少年時代即有詩篇，正值五四文學革命高潮的 1919 年，作四言詩《祭母文》，1920 年有《虞美人・贈楊開慧》，而後時有舊體詩詞創作，如《賀新郎・贈楊開慧》（1923 年）、《沁園春・長沙》（1925 年），即使在武裝鬥爭的緊張歲月、尤其是艱難卓絕的長征途中，也留下了流光溢彩的舊體詩詞，如《西江月・秋收起義》（1927年9月）、《西江月・井岡山》（1928年秋）、《清平樂・蔣桂戰爭》（1929年秋）、《減字木蘭花・廣昌路上》（1930年2月）、《漁家傲・反第一次大「圍剿」》（1931年春）、《漁家傲・反第二次大「圍剿」》（1931年夏）、《菩薩蠻・大柏地》（1933年春）、《清平樂・會昌》（1934年夏）、《憶秦娥・婁山關》（1935年2月）、《七律・長征》（1935年10月）、《念奴嬌・昆侖》（1935年10月）、《清平樂・六盤山》（1935年10月）、六言詩《致彭德懷同志》（1935年10月）、《臨江仙・贈丁玲》（1936）、四言詩《祭黃帝陵》、四言詩《婦女解放——題〈中國婦女〉之出版》（1939年6月1日）、五律《挽戴安瀾將軍》（1942年）、七律《有田有地吾為主》（1945年）、七律《人民解放軍佔領南京》（1949年4月）等，其中1936年所作的《沁園春・雪》尤為氣勢磅礡：

> 北國風光，千里冰封，萬里雪飄。望長城內外，惟餘莽莽，大河上下，頓失滔滔。山舞銀蛇，原馳蠟象，欲與天公試比高。須晴日，看紅裝素裹，分外妖嬈。
>
> 江山如此多嬌，引無數英雄競折腰。惜秦皇漢武，略輸文采；唐宗宋祖，稍遜風騷。一代天驕，成吉思汗，只識彎弓射大雕。俱往矣，數風流人物，還看今朝。

20世紀下半葉，舊體詩詞似斷還續，八十年代以後，在「全球化」浪潮衝擊下「國學熱」應運而生，文化呈現出多元化的趨勢，舊體詩詞創作及其相關活動更為活躍。據報導，中華詩詞學會已有15000名會員，許多省、市、縣甚至鄉鎮都有詩詞學會或詩社，總人數超過 200 萬人，《中華詩詞》雜誌發行 25000 份，成為海內外發行量第一的詩刊[107]。現代文學研究界對舊體詩詞從視而不見到納入視野、重新評價，已有幾種文學史著作將舊體詩詞列為專章或作為附錄。文學革命以來，經過將近一個世紀的風風雨雨，舊體詩詞文體仍然展現出動人的魅力，而且顯示出可以不斷拓展的廣闊空間。未來的詩壇，將是新詩、民歌體、舊體詩詞與新舊「雜交」型以及外國移植型等多種詩體百花爭豔的園地。

五四時期是一個多聲部合唱的歷史舞臺，新文學激進派與折中派、守成派及復古派共同參與了文學史建構。五四時期新與舊的錯綜，是文化轉型期歷史傳統與現實需求、異域文化與本土文化碰撞、交織乃至現代性重構中的必然現象。其複雜性不僅關乎後來文學的發展，而且牽涉到革命與建設、傳統與發展、現代性與民族性的關係問題。革命是短促而簡捷的，而建設則是長期而繁難的；革命要對傳統有所清理，而建設則需要從傳統汲取資源；傳統不僅應該揚棄，而且可以發展；對於一個民族來說，現代性可以借鑑，但無法移植；真正的現代性，必須在深厚的民族文化基礎上融匯域外新知加以創新才能確立。以五四為起點的中國現代文學史證實了這一點。五四的歷史經驗對於今天在全球化語境中，思考與調整中國文化戰略應該有所啟迪。

---

[107] 據李樹喜：《中華傳統詩詞呈復興趨勢》，《光明日報》，2007 年 1 月 19 日。

第三章　整理國故

整理國故是五四時期的重要文化現象。它與文學發展密切相關，也包含著學術史、思想史、文化史等方面的豐富資訊。整理國故何以能夠在文學革命如火如荼的 1919 年悄然發生，在新文學發展的第一個波峰——1923 年前後——聲勢高漲，它的來龍去脈如何，做出了哪些重要的建樹，有著怎樣的歷史意義及當代啟示，都值得深入發掘、梳理與分析。但令人遺憾的是，除了三十年代初文學史家有所關注之外，在長達半個世紀的時間裡，這一現象卻遭受到不應有的冷遇，視而不見有之，蜻蜓點水似的評價亦有之，絕對化的否定更有之。直到八十年代以來，帶有歷史主義眼光的關注才漸漸多了起來。評價何以發生如此之大的起伏跌宕，個中經驗教訓，也應該認真總結汲取。

第一節　遮蔽與還原

較早把整理國故納入現代文學歷史框架的是陳炳堃。他在《最近三十年中國文學史》「十一：文學革命運動（下）」裡面，先是從整理國故所遭遇的批評切入歷史敘述。一是章士釗譏刺胡適自相矛盾：一面主張文學革命，一面「以整理國故相號召。所列書目，又率為愚夫愚婦頑童稚子之所不諳。己之結習未忘，人之智欲焉傳？」二是有人說「胡適提倡整理國故的一種惡影響，將要造成一種非驢非馬的白話文，實為新文學前途的隱憂」。接著，援引胡適發表在《現代評論》第 119 期上的《整理國故與打鬼》裡的話語：「今日半文半白的白話文，有三種來源。第一是做慣古文的人改做白話，往往不能脫胎換骨，所以弄成半古半今的文體。」如梁啟超的白話文與胡適自己的有些白話文，「纏小了的腳，骨頭斷了，不容易改成天足，只好塞點棉花，總算是提倡大腳的一番苦心，這是大家應該原諒的。」「第二是有意夾點古文調子，添點風趣，加點滑稽意味。」如吳稚暉、魯迅、錢玄同的有些文章。「第三是時髦的不長進的少年。他們本沒有什麼自覺的主張，又沒有文學的感覺，隨筆亂寫，既可省做文章的工力，又可以借吳老先生作幌子。這種懶鬼，本來不會走上文學的路去，由他們去自生自滅罷。這三種來源，都和整理國故無關。」在這裡，陳炳堃運用欲擒故縱法，先拋出反對意見，然後用整理國故的領軍人物胡適的話語來消解批評鋒芒，說明胡適的「整理國故，原來為的是到爛紙堆中捉妖打鬼」，絕非什麼「結習未忘」。看得出，他顯然是對胡適的觀點表示認同，將整理國故看作文學革命的題中應有之義予以肯定的。陳源在《新文學運動以來十部著作》中，也把《胡適文存》、顧頡剛《古史辨》與魯迅《吶喊》、郁達夫《沉淪》、郭沫若《女神》、徐志摩《志摩的詩》、丁西林《一隻馬蜂》、冰心《超人》等一併看作新文學運動的成績。[1]《最近三十年中國文學史》「九：敦煌俗文學的發見和民間文藝的研究」談到的敦煌俗文學與民間歌謠的研究，在廣義

---

1 參照陳炳堃：《最近三十年中國文學史》，太平洋書店，1937 年版，第 254-260 頁。

上也可以說是整理國故的組成部分。如果說陳炳堃是站在新文化立場來下判斷的話，那麼，1940 年由上海生活書店推出的李何林《近二十年中國文藝思潮論》的歷史敘述則帶有了鮮明的左翼色彩：「新文學運動戰勝了封建作家林紓等及進步的士大夫階層『學衡派』以後，因一部分新文化運動者開始對封建勢力投降，於是有所謂『整理國故』問題的發生。」

進入五十年代，當新文學史作為一門學科正式確立時，整理國故的命運更是發生了整體性的跌落。作為第一部新文學史的王瑤《中國新文學史稿》，認為在「政治上極端高壓的時候」，《獨秀文存》等書籍遭查禁，易卜生的《娜拉》被禁演，在這種背景下發生的整理國故運動，正是「右翼知識份子向封建文化妥協的標誌」。書中援引當時成仿吾、郭沫若等人的言論批評整理國故。[2]稍後出版的劉綬松《中國新文學史初稿》的批判語調更為激烈，說進入第一次國內革命戰爭時期，新文學統一戰線出現了分化，資產階級知識份子「大部分都與敵人妥協，作了帝國主義和封建軍閥們的可恥的辯護者了。例如胡適一面主張『少談主義多研究些問題』以反對馬克思列寧主義的研究和介紹；另外又提出『整理國故』的口號，想把青年們拉往故紙堆中去。」胡適與陳源、徐志摩一樣，此時「事實上都成了中國買辦資產階級的代言人，成了新文學運動中的反動和後退的力量了。」[3]這種觀點把整理國故與新文學對立起來，將其當作「右翼知識份子」胡適「向封建文化妥協」或為買辦資產階

2　王瑤：《中國新文學史稿》上冊，新文藝出版社 1953 年 7 月據開明書店 1951 年 9 月紙型重印，第 36-37 頁。

3　劉綬松：《中國新文學史初稿》，作家出版社，1956 年版，第 88 頁。

級代言的一個重要證據。這種顯然背離歷史、也不合乎邏輯的觀點在五十至七十年代大陸的文學史敘述中卻佔有不容置疑的絕對地位。1979 年問世的唐弢主編的《中國現代文學史》[4]仍然保留了一些舊思路舊觀點，認為胡適不僅在政治上「投靠了帝國主義和封建軍閥」，在哲學思想上「繼續大肆宣傳為帝國主義服務的實用主義」，而且在文學問題上，「也由原來就是保守的改良主義立場更加後退」。後者的證據就是「鼓吹『整理國故』，引誘青年脫離政治，鑽入『故紙堆』。」[5]1988 年出版的黃修己《中國現代文學發展史》有所突破，著者認為：「批判舊文化但對過去的文化遺產不應全盤拋棄，而應進行整理，以吸取其精華，剔除其糟粕。所以『整理國故』本應是新文學戰線的一項任務。」把整理國故納入到新文學戰線，這應該說是邁出了可喜的一步。然而令人遺憾的是，緊接著的一些判斷卻又回到了舊軌：「但胡適此時提倡『整理國故』，卻表現了他對封建文化和保存國粹思想的妥協。這是和他這時政治上與代表帝國主義和封建勢力的北洋軍閥的妥協相應的。他要用西方現代的『科學方法』，使封建文化起死回生，達保存國粹之目的。」在著者看來，胡適「極力宣揚實驗主義，目的還在於抵禦已在中國廣為傳播的馬克思列寧主義。」當中國革命進入一個新的高潮期，胡適「主張『整理國故』，號召青年人『踱進研究室』，也就是要他們脫離現實鬥爭。」饒有意味的是，

---

4 唐弢主編：《中國現代文學史》一，人民文學出版社，1979 年 6 月版，第 76-77 頁。

5 黃修己：《中國現代文學發展史》，中國青年出版社，1988 年 11 月版，第 204-207 頁。

著者也肯定「胡適的『整理國故』工作，做出了一定的成績，曾對現代學術的發展起過深刻的影響。」「新文學隊伍的作家們，並不否定『整理國故』本身。」這些自相矛盾的評價，反映出思想解放初期解凍的艱難，正所謂乍暖還寒時節，最難將息。

但堅冰畢竟已經打破，寒意在春風中漸漸消解。對於整理國故的評價，先是在胡適研究中打開缺口，進而文學史敘述發生了變化。魏紹馨在《文學評論》1983 年第 3 期發表《「整理國故」的再評價》，對流行了幾十年的結論率先發難，把整理國故重新納入到新文學、新文化的軌道上來思考。作為新文學史學科開創者之一的王瑤，在寫於 1989 年 2 月的《「五四」時期對中國傳統文學的價值重估》[6]一文中，雖然沒有直接評價整理國故，但實際上對整理國故的動機、觀點、方法及成果均有肯定，對「妥協說」做出了根本性的修正。朱德發《中國五四文學史》注意到整理國故的複雜性，一方面徵引胡適、鄭振鐸當時的言論，肯定整理國故回應守舊派、從傳統尋求新文學的歷史根據與動力資源等合理動機和積極作用，同時也援引沈雁冰、成仿吾、郭沫若等人的評論，指出它所帶來的消極影響。著者認為，「『整理國故』實質上是一個在新文化運動和文學革命中如何批判繼承數千年中華民族的文化遺產問題」，但當時「不僅那些反對者對中國歷史上的文化遺產存在著形而上學觀點」，就是取得了可觀成績的胡適「也明顯地暴露出他作為資產階級右翼學者在政治立場上的某些反動性和在學術觀上的不少形而上學和唯心論」。[7]

6　收王瑤：《中國現代文學史論集》，北京大學出版社，1998 年 1 月版，第 340-357 頁。

7　朱德發：《中國五四文學史》，山東文藝出版社，1988 年 11 月版，第

《中國五四文學史》是八十年代文學史著作對整理國故予以重新評價的重要標誌，但仍然留下了貼政治標籤的時代痕跡。

進入九十年代，整理國故的研究更加接近歷史事實，評價向著科學性邁出了新的步伐。馮光廉、譚桂林《中國現代文學史研究概論》[8]第四章「『整理國故』的評估」頗具代表性。著者把半個世紀文學史中的負面評價歸納為「投降說」、「妥協說」、「陰謀說」[9]，在史實辨析的基礎上，對「『整理國故』運動被描述成為新文化運動的反動與逆流，胡適與魯迅之間的分歧被視為背道而馳的對抗性衝突」這些流行了幾十年的傳統結論提出了質疑，對整理國故與新文學運動的多層關係予以梳理，以重建現代文明的兩種思路來透視胡適與魯迅衝突的實質，並對如何準確把握整理國故的方法論問題有所反思。胡明《胡適傳論》[10]在第六章「中國現代學術的新盟主」裡專設一節「整理國故，捉妖打鬼」，對胡適整理國故的主張、方法、成就及其影響做了頗為全面的評述。

張炯、鄧紹基、樊駿主編的《中華文學通史》對於整理國故的動機與方法均有肯定，認為胡適宣導並身體力行整理國故的動機，是力圖做對傳統文學進行現代化闡釋的基礎性工作，儘管他「以「托古改制」的立場和實用主義、進化論的觀點闡釋傳統所得出的學術結論有諸多偏頗，但其借鑑西方學術文化

160-167 頁。

8 馮光廉、譚桂林：《中國現代文學史研究概論》，南京大學出版社，1995 年 1 月版。

9 「陰謀說」歸納自復旦大學中文系《中國現代文藝思想鬥爭史》，上海文藝出版社，1960 年版。

10 胡明：《胡適傳論》上、下，人民文學出版社，1996 年版。

思想在文學的歷史觀念方面獲得的科學的自覺性，為新文學運動提供了理論的支持。」他那帶有清代樸學實證色彩的實驗主義方法，不但取得了一定的成果，也影響到後來的文學史研究。[11]黃修己在其主編的《20 世紀中國文學史》第 2 版[12]中，把整理國故列為文壇上新事物，言簡意賅地指出了它的歷史必然性。在此前後，秦弓《「整理國故」的歷史意義及當代啟示》[13]、王本朝《整理國故與新文學秩序的建立》[14]等論文，徐雁平《胡適與整理國故考論——以中國文學史研究為中心》[15]等著作，對整理國故的探討較之上述文學史著作更為細緻深入。

整理國故的評價在墜落多年之後，終於掙扎著走出谷底，而且較之三十年代又有明顯的提高。無論從學術史的奠基作用著眼，還是就其對民族虛無主義的遏制而言，抑或從其對新文學、新文化發展的促進來看，整理國故都有不容忽略的重要性。幾十年間之所以評價偏低，究其原因，一個是本質主義的方法論在作怪，對歷史不做真實的、全面的還原，而是抓住一點負面效應作為全面否定整理國故的根據，選擇當年論爭一方的某些觀點作為批判整理國故的武器，以偏概全，以一方當事人的激情話語代替研究者的理性思辨，自然說不上明澈的、深刻的透視；再一個是絕對化的非此即彼的二元對立論在起作用：既

11 張炯、鄧紹基、樊駿主編：《中華文學通史》第六卷：近現代文學編．現代文學（上），華藝出版社，1997 年版，第 25-26 頁，溫儒敏執筆。

12 黃修己主編：《20 世紀中國文學史》，中山大學出版社，2004 年 11 月第 2 版。

13 《文學評論》2001 年第 6 期，本章借用此篇甚多。

14 《湖北大學學報》第 31 卷第 6 期，2004 年 11 月。

15 安徽教育出版社，2003 年 6 月版。

然革命高於一切，而整理國故有引導青年脫離現實鬥爭之嫌，那麼當然應該否定；既然傳統是落伍的，而整理國故對傳統有所肯定，自然應該置於排斥之列。今天，我們應該本著歷史主義精神，將其還原到當時的歷史情境中去，對其來龍去脈、錯綜複雜的矛盾糾葛、不容低估的成就及其歷史意義，予以實事求是的考察與評價。

第二節　近代溯源

五四時期的整理國故運動並非突兀而起，其源頭可以上溯至 19 世紀八十年代開始的國故研究[16]。本來，傳統文化的研究，自古有之，薪火相傳，綿延不絕。但自覺承擔起振興國家民族重任的國故研究新運動則是近代民族危機逼促的結果，且與日本的影響密切相關。「國粹」一詞，即來自日本。針對明治維新以來文明開化浪潮中的過度歐化現象，三宅雪嶺、志賀重昂、井上丹了等人，於 1888 年發起政教社，刊行《日本人》雜誌，倡言「國粹保存」，以維護民族自尊、承續民族傳統。政教社所說的國粹，指一種無形的民族精神，一個國家特有的遺產，一種無法為其他國家模仿的特性。在面臨西方強勢文化的巨大壓力這一共性背景下，中國知識份子對日本文化精英保存國粹的主張發生了強烈的共鳴。1898 年底，梁啟超在日本橫濱發刊《清議報》，將「發明東亞學術，以保存亞粹」列為該刊四宗

[16] 參見錢玄同為：《劉申叔先生遺書》所作之序，收《劉申叔遺書》，上海古籍出版社，1997 年版，第 28 頁。

旨之一。「亞粹」當脫胎於「國粹」。1901 年 9 月，梁啟超在《中國史敘論》中說：「中國民族固守國粹之性質，欲強使改用耶穌紀年，終屬空言耳。」這一結論後來被實踐所否定，但值得注意的是梁啟超接受了「國粹」概念，這大概是國人第一次在報章上使用「國粹」一詞。1902 年 4 月，梁啟超在給康有為的信中援引日本明治初年「以破壞為事，至近年然後保存國粹之議起」，來說明自己「意欲以抉破羅網，造出新思想自任」的合理性。同年秋，梁啟超又在致友人信中言及「養成國民，當以保國粹為主義，取舊學磨洗而光大之」。1904 年 4 月，梁啟超在《時報緣起》上再次表示「於祖國國粹，固當尊重」。[17] 在亞洲現代化進程中先行一步的日本，歐化主義與國粹主義兩種思潮是次第發生，然後交織前行的；而作為後起者的中國，二者幾乎同時發生，在複雜的糾葛中發展。因而，國人一方面借他山之石以攻玉，另一方面也有一定的審視與超越的空間。譬如，黃節就指出日本國粹派有一種缺點：只認本國固有者為國粹，不知輸入本國宜為我用者，也是國粹[18]。1903 年 6 月出刊的《浙江潮》「社說」站在超越派別之爭的立場上，肯定「國粹主義」與「世界主義」同為一國進化的「兩大主義」。

還是在國粹概念尚未引進中國之時，康有為、譚嗣同、嚴復、章太炎、孫詒讓等人就已經開始了國故研究實踐。伴隨著國粹認識的深化，國故研究運動漸進高潮。1902 年 4 月，蔡元培、蔣智由、黃宗仰、林獬等在上海發起中國教育會，在傾心

17 參照鄭師渠：《晚清國粹派文化思想研究》，北京師範大學出版社，1997 年 11 月第 2 版，第 1-7 頁。

18 黃節：《國粹保存主義》，《政藝通報》，1902 年 12 月 30 日。

新學、鼓動排滿的同時，也十分重視國學研究。劉師培主編的《警鐘日報》，刊發了大量國學研究文章。林獬主編的《中國白話報》也以白話文通俗形式傳播中國歷史文化。1905 年 1、2 月間，鄧實、黃節等人在上海成立國學保存會，以「研究國學，保存國粹」為宗旨。2 月 23 日，其機關刊物《國粹學報》創刊，其動機並非單純的文化興趣，而是一種強烈的民族主義的精神訴求，創辦者把「鉤元提要，刮垢磨光，以求學術會通之旨，使東土光明廣照大千」的「存學」之舉與「保種愛國」聯繫起來。鄧實在《國學今論》中的一段話可以說代表了國學關乎國家民族生死存亡的認識：「漢學宋學皆有其真，得其真而用之，皆可救今日之中國。夫漢學解釋理欲，則發明公理；掇拾遺經，則保存國學。公理明則壓制之禍免，而民權日伸；國學存則愛國之心有以依屬，而神州或可再造。宋學嚴彝夏內外之防，則有民族之思想；大死節復仇之義，則有尚武之風。民族主義立，尚武之風行，則中國或可不亡；雖亡而民心未死，終有復興之日。」[19]許之衡在《讀〈國粹學報〉感言》中也說：「國魂者源於國學者也，國學苟滅，國魂奚存？而國學者又出於孔子者也，孔子以前雖有國學，孔子以後國學尤繁，然皆匯源於孔子，沿流於孔子，孔子誠國學之大成也，倡國魂而保國學者，又曷能忘孔子哉？」[20]國學關乎「國魂」，所以得到重視。當然，許之衡特別強調孔子，只是一家之言。就《國粹學報》而言，代表「國魂」的人物則不止一二。刊物前面有精緻的人物肖像畫：孔子、老子、孟子、墨子、神農、黃帝、舜帝、堯帝、夏

19　《國粹學報》第一年第五號。
20　《國粹學報》第一年乙巳第六號（光緒三十一年六月二十日）。

禹、商湯、倉頡、文王、武王、周公、許慎、鄭玄、伏生、董仲舒、朱熹、陸九淵、王陽明、陳白沙、黃梨洲、顧亭林、王船山、顏習齋等。在這裡，中國文化的代表人物與創造中華基業的帝王一併成為中國這個歷史悠久的民族國家的象徵。《國粹學報》直到1912年2、3月間停刊，共出82期，撰稿人達百餘人。國學保存會還設有對外開放的藏書樓，開辦國學講習會，發行《國粹叢書》、《國學教科書》，並創設神州國光社，出版《神州國光集》等。另外，《復報》、《醒獅》、《洞庭波》、《漢幟》、《江蘇》、《河南》、《教育今語雜誌》等刊物，也都或多或少的有一點國粹思想的色彩。

章太炎在清末民初國學研究中具有代表意義。他之所以幾十年鍥而不捨地堅持研究國學，並先後在東京、北京、上海、蘇州等地講授國學，就是因為在他看來，「國粹」可以激發民族精神，不管革命如何劇變，文化傳統必須保存[21]。1906年，他在東京留學生舉行的歡迎會上的演說中，強調要「用國粹激動種性，增進愛國的熱腸」[22]。據統計，在章太炎主編的15期《民報》上，刊發文章共169篇，其中屬於國學研究的57篇，約占34%。第6至24期，章太炎本人發表文章64篇，屬於國學研究的34篇，約占53%。1906年9月，章太炎設立國學講習會，分預、本兩科，預科講文法、作文、歷史，本科講文史學、制度學、宋明理學、內典學等，後來，又另開小班。國學

21　參見汪榮祖：《章炳麟與中華民國》，收《章太炎生平與學術》，三聯書店，1988年7月，第63頁。

22　《東京留學生歡迎會演說辭》，見湯志鈞編：《章太炎政論選集》上冊，中華書局，1977年版，第272頁。

講習會聽講者共達百數人之多。[23]日後在國學研究上建樹不凡的魯迅、錢玄同即小班學生。章太炎不僅直接培養了一批國學研究人才，而且其豐碩而卓越的成果，澤被數代，影響深遠。毛子水在《國故和科學的精神》裡說：「章君雖然有許多地方，不免有些『好古』的毛病，卻是我們一大部分的『國故學』，經過他的手裡，才有現代科學的形式。」[24]顧頡剛 1920 年 10 月 28 日寫給胡適的信中也肯定說：「直到歐化進來，大家受了些科學的影響，又是對於外國學術條理明晰，自慼有愧，發生了要『整理國故』的心思，始由章太炎先生等大昌其學。」[25]于佑任在給章太炎的唁電中有「以治史樹民族精神」一語，可謂知人之論。

國學不僅凝聚著民間知識份子的心血，而且引起了朝廷上下的關注。張之洞在戊戌年的《勸學篇》中就把「保國家」、「保聖教」、「保華種」聯繫起來，認為「三事一貫而已矣。保國、保種、保教，合為一心，是謂同心。保種必先保教，保教必先保國」。[26]光緒二十九年（1903 年）張之洞參與修訂的《奏定學堂章程》，新增《學務綱要》，其第九條規定「中小學堂宜注重讀經以存聖教」。其理由為：「外國學堂有宗教一門，中國之經書即是中國之宗教。若學堂不讀經書，則是堯舜

---

23 參見鄭師渠：《晚清國粹派文化思想研究》，北京師範大學出版社，1997 年 11 月第 2 版，第 22-24 頁。

24 毛子水：《國故和科學的精神》，載《新潮》第 1 卷第 5 號，1919 年 5 月 1 日。

25 收《胡適論學往來書信選》，河北人民出版社，1998 年版，第 1002 頁。

26 張之洞：《勸學篇・同心》，《張文襄公全集》（4），第 546-547 頁。轉引自羅志田：《國家與學術：清季民初關於「國學」的思想論爭》，第 109 頁。

禹湯文武周公孔子之道，所謂三綱五常者，盡行廢絕，中國必不能立國矣」。經書乃中國政教之本，「其本既失，則愛國愛類之心亦隨之改易矣，安有富強之望乎？」光緒三十一年（1905年）8 月，袁世凱、趙爾巽、張之洞等會銜奏請廢科舉廣學校章程，也強調學堂「首以經學根柢為重」，「蓋於保存國粹，尤為兢兢」。中小學的讀經尚屬國學的基礎教育，而進一步的深入研究則擬設通儒院來實現。《學務綱要》第二條說：「通儒院意在研究專門精深之義蘊，俾能自悟新理、自創新法，為全國學業力求進步之方。並設立中國舊學專門，為保存古學古書之地」。張之洞擬辦經科大學。1907 年，湖北試辦存古學堂，即意在保存國粹。江蘇、四川等省效仿之。四川中書科中書董清峻於光緒三十四年（1908 年）提出設立國學研究所以保存國學維繫人心的建議，其稟文說：

> 國學之日以墮落而即於亡，人人知其必然矣。然中國之所以成為中國，皆歷代以來之中國國學造成之；苟亡其學，則凡人之心將以學理不同之變易，盡與已成之中國相反而欲破壞其已成者。此論雖近迂，而其效則甚捷。然欲保存國學，其事甚難。何也？舊學之士雖多，真有學者本少；其真有舊學者又往往不通新學，輒與新理相忤而為眾所鄙棄，不能戰勝以圖存。至乎後起之士，非但不屑也，亦且不遑也。必也舊學專家又能普通新學，既能修之於己又善傳之於人，然後可以負保存之責任也。此等人絕無而僅有，難得而可貴，不數十年，掃地盡矣。似宜及今設一國學研究所，物色此等人聚處其中，

> 稍崇尚之；而使後來之秀，得歆慕焉薰陶焉濡染焉；冀一線之延，為將來發達之種子，庶幾有光大之一日也。[27]

董清峻建議國學研究所主要進行三類活動：一是「以新學之教授法編國學之教科書」，二是「傳其學於後之學者」，三是擔任其所建議創設的機關報之著述。另外，也有人提出從州縣到鄉鎮廣設圖書館，通過普及國學來保存國粹。[28]儘管民間與官方、革命派與維新派存在著種種矛盾，但在研究國學保存國粹上卻達成了共識。難怪《新世紀》第 44 期上署名為「反」的《國粹之處分》這樣說道：「近數年來，中國之號稱識者，動則稱國粹。環海內外，新刊之報章書籍，或曰保存國粹，或曰發揮國粹，甚者則曰國粹之不講則中國其真不可救藥」[29]。

朝野之間同聲相應的國粹主義思潮，並非鐵板一塊，其動機大異其趣：有的是要承傳民族文化傳統，有的是為了維護清廷統治，有的是藉此動員排滿的民族革命，有的則是文化與政治動機兼而有之。其方法也不止一端，有的恪守乾嘉學風，有的急於功利而大膽翻新，也有的如章太炎，持重而精進，正如侯外廬所評價的那樣：「他於求是與致用二者，就不是清初的經世致用，亦不是乾嘉的實事求是，更不是今文家的一尊致用，而是抽史以明因果，覃思以尊理性，舉古今中外之學術，或論

27　原出自「四川提學使方旭致敘永廳勸學所飭」，光緒三十四年十二月八日，宜賓市檔案館清代勸學所檔，卷號 3，第 54-55 頁。轉引自羅志田：《國家與學術：清季民初關於「國學」的思想論爭》，第 124 頁。

28　參見羅志田：《國家與學術：清季民初關於「國學」的思想論爭》，第 128 頁。

29　參照鄭師渠：《晚清國粹派文化思想研究》，北京師範大學出版社，1997 年 11 月第 2 版，第 2-7 頁。

驗實或論理要，參伍時代，抑揚短長，掃除穿鑿傅會，打破墨守古法，在清末學者中卓然淩厲前哲，獨高人一等。」[30]

儘管晚清國學研究還存在著種種問題，譬如，世界文化的多維性尚未成為共識，文化思辨有時染上了過於濃重的情感色彩，難以完全擺脫戀古的情結，研究方法創新性不足，等等；然而，對西方強勢文化衝擊下惶惑不安的士人心理到底不失為一種溫馨的撫慰，也給愛國情愫與種族革命激情的培育增加了催化劑，並且海外影響與時代的逼促也使得國故的重審帶有了一定的思想解放意義。因而，可以說晚清國學研究開創了五四整理國故之先河。[31]

第三節　整理國故的勃興

辛亥革命結束了清朝統治與皇權專制，國學研究因社會的劇烈震盪而風采減弱，但脈息未斷，1915 年國學昌明社創刊《國學》雜誌，編者倪羲抱在《序》中即表明為保存「吾國先聖昔賢之留遺」而辦，第二期又論述「愛國為研究國學之本」。新文化運動狂飆突起，一時間大有橫掃國故之概。然而，實際上新文化運動非但沒有盡掃國故，反而把國故研究推上了一個新臺階，這就是以科學的態度與方法整理國故。

1919 年 1 月，蔡元培在《北京大學月刊‧發刊詞》中指出，大學是「共同研究學術之機關。研究也者，非徒輸入歐化，而

30 侯外盧：《近代中國思想學說史》，生活書店 1946 年版，第 851 頁。
31 參照鄭師渠：《晚清國粹派文化思想研究》，第 293-304 頁。

必於歐化之中為更進之發明；非徒保存國粹，而必以科學方法，揭國粹之真相」。1923 年，在北京大學成立二十五周年紀念會上，蔡元培總結他任校長以來北大的宗旨說：在「課程一方面，也是謀貫通中西，如西洋發明的科學，固然用西洋方法來試驗；中國的材料，就是中國固有的學問，也要用科學的方法來整理他」。《新青年》與《新潮》，可以說是整理國故的尖兵。

新文化運動在起錨之初，就未放棄對傳統文化的研究之責。《新青年》，從第 1 卷第 2 號（1915 年 10 月 15 日）起，開始刊載易白沙的《述墨》；第 1 卷第 6 號（1916 年 2 月 15 日）、第 2 卷第 1 號（1916 年 9 月 1 日）又相繼刊出易白沙的《孔子平議》。第 3 卷第 5 號（1917 年 7 月 1 日）「書報介紹」欄目有丹麥白蘭兌（今譯勃蘭兌斯）的《十九世紀文學之主要潮流》，亦有王國維的《宋元戲曲史》、吳梅的《顧曲麈談》。新潮社對國故問題的關注更為自覺，並且引起了頗大的反響。1919 年 1 月，《新潮》第 1 卷第 1 號在介紹與鼓吹世界新潮的同時，有對「國故」及國故研究的評介。第 1 卷第 4 號上，傅斯年的《清代學問的門徑書幾種》，比起後來胡適、梁啟超為青年開國學書目要早上四年。文章末尾，傅斯年指出，「中國學問不論哪一派，現在都在不曾整理的狀態之下，必須加一番整理，有條貫了，才可給大家曉得研究。」他把「整理中國歷史上的一切學問」視為應做的事業。這可以看作新文化陣營整理國故的發端。1919 年 5 月 1 日出刊的《新潮》第 1 卷第 5 號上，毛子水在《國故和科學的精神》文中，儘管在總體上對國故的評價偏低，但還是認為「國故是應當研究的」，「一國的學術史和一國民族的歷史，無論重要不重要，在世界學術上，總算占了一個位置；所以我們便可以去研究它。」通過研究，「可以知道中國從前的學術思想和中國民族所以不很發達的緣故，我們亦就可以知道用什麼法子去救濟他」。傅斯年在編後語中明確提出「整理國故」的概念，他還對毛子水的過分貶低民族傳統有所修正，認為中國擁有悠久的歷史文化，因而「中華國故在『世界的』人類學，考古學，社會學，言語學，等等的材料上，占個重要的部分」，國故的整理與發現，將給世界學術增光添彩亦未可知。但他認為研究國故與輸入新知，二者的範圍、份量、需要，是一和百的比例。同年，朱希祖也在《北京大學月刊》第 1 卷第 3 期發表《整理中國最古書籍之方法論》，進行整理國故方法的探討。

以往人們習慣於把五四時期的整理國故說成是胡適發起的。胡適的確較早地注意到這一問題。1917 年 7 月 6 日，他在歸國途中停留東京時，買到《新青年》第 3 卷第 3 號，上面刊有日本學者桑原騭藏的《中國學研究者之任務》（初刊於日本《太陽雜誌》三月號），胡適在日記中記下了讀後感：「《中國學研究者之任務》一文，其大旨以為治中國學宜採用科學的方法，其言極是。……末段言中國書籍未經『整理』，不適於用。『整理』，即英文之 systematize。其所舉例，如《說文解字》之不便於檢查，如《圖書集成》之不合用，皆極當，吾在美洲曾發願『整理』《說文》一書，若自己不能成之，當數人為之。又如《圖書集成》一書，吾家亦有一部，他日當為之作一『備檢』。」[32]這段當時尚未公開的日記對於文壇並沒有發

[32] 《胡適留學日記》，臺北：遠流出版公司，1986 年版，第 255-256 頁。轉引自徐雁平：《胡適與整理國故考論——以中國文學史研究為中心》，安

生作用，但能說明稍後胡適對整理國故的敏銳反應源自其相當的思想基礎。《新潮》等刊物上的討論引起了胡適的共鳴，他比歸國途中更為清醒地意識到整理國故問題的重要性與複雜性。1919 年 8 月 16 日，他在《論國故學——答毛子水》裡認為做學問不當先存狹義的功利觀念，而是應該抱有「為真理而求真理」的態度來看待整理國故。到同年 11 月 1 日所寫的《「新思潮」的意義》裡，則高屋建瓴地將整理國故納入到新文化發展戰略中來，把「研究問題、輸入學理、整理國故、再造文明」[33] 一併視為新思潮的題中應有之義。文中指出了整理國故的目的在於：「從亂七八糟裡面尋出一個條理脈絡來；從無頭無腦裡面尋出一個前因後果來；從胡說謬解裡面尋出一個真意義來；從武斷迷信裡面尋出一個真價值來。」並且提出要用科學的方法，做精確的考證。而後，他又在《〈國學季刊〉發刊宣言》等篇中，對整理國故的意義、原則及方法等做了全面而深入的闡釋。《〈國學季刊〉發刊宣言》總結了近三百年來國學研究的成績、經驗與教訓，指出整理國故的三個方向：「第一，用歷史的眼光來擴大國學研究的範圍。第二，用系統的整理來部勒國學研究的資料。第三，用比較的研究來幫助國學的材料的整理與解釋。」擴大範圍，意味著廟堂的文學可以研究，草野的文學也應該研究。系統的整理，包括「索引式的整理」、「結賬式的整理」、「專史式的整理」。比較的研究，即博採海外的研究成果與科學方法，以給我們開無數新法門，給我們添無數借鑑的鏡子。

徽教育出版社，2003 年 6 月版，第 42 頁。

33 《「新思潮」的意義》，《新青年》第 7 卷第 1 號，1919 年 12 月 1 日。

胡適整理國故的理念，伴隨著整理國故運動的發展而不斷變化。1919 年 8 月說對待學問不應存功利目的，整理國故應該抱有為真理而真理的態度。1922 年又說整理國故是「我們『最易為力而又最有效果』的努力方向」，北京大學「在世界學術上，尚無何等地位。要想能夠有一種學術能與世界上學術上比較一下，惟有國學。」[34]這裡顯然有了要維護民族自尊的功利心。稍後，強調評判的態度——價值的追問——重新估定一切價值，再到追求「治病」、「打鬼」的效應，功利目的越發明顯。他的研究方法，也總結為「十字真經」：「大膽的假設，小心的求證」。胡適不僅以其觀念與方法為整理國故運動提供了引領與推動作用，而且他本身也是整理國故的身體力行者。他在《紅樓夢》、《水滸傳》、《西遊記》、《三國志演義》、《儒林外史》、《鏡花緣》、《三俠五義》、《海上花列傳》、《兒女英雄傳》、《官場現形記》、《老殘遊記》等小說的考證研究，《楚辭》研究，白話文學史，墨子等思想家研究，哲學史研究，《左傳》、《呂氏春秋》等史學研究，章實齋等學者研究，禪宗史研究等方面，做出了開風氣之先的業績。陳炳堃在《最近三十年中國文學史》中就對胡適的小說考證予以好評，他說，胡適之前未嘗沒有小說考證，如錢靜方的《小說叢考》、蔣瑞藻的《小說考證》，「但都不過是一些斷片的筆記，零星的考證材料，不好算做若何有條理有見解之歷史的考證，

34 《教務長胡適之先生的演說》，《北大日刊》，1922 年 12 月 23 日，第 8 冊，第 2 頁；胡適：《再談談整理國故》，1924 年 1 月，轉引自許嘯天編：《國故學討論集》上，上海書店 1991 年 12 月據群學社 1927 年版影印。

文學的批評。又如王夢阮的《紅樓夢索引》，蔡元培的《石頭記索引》，似乎可以說是歷史的考證了，但經胡適考證的結果，指出他們不過搜羅許多不相干的零碎史實，來附會《紅樓夢》的情節，其實他們並不曾做《紅樓夢》的考證，只做了許多《紅樓夢》的附會！我以為胡適在這方面最大的貢獻，不在他這十幾篇小說上的考證批評文章，而在他於這種考證批評上應用的方法。」[35]

整理國故雖經新潮社與胡適自 1919 年即正式宣導，但是，要等學校與文壇上白話文確立正統地位之後，新文化陣營才有餘裕解決這一課題，所以整理國故形成熱潮還是 1923 年前後的事情。這一脈絡，從作為新文學重鎮的《小說月報》上，即可見一斑。1921 年 1 月出刊的《小說月報》第 12 卷第 1 號上，《改革宣言》認為「中國文學變遷之過程則有急待整理之必要」，因而把它與介紹西洋文學變遷過程並列為「研究」欄目的內容。在後面提出的「二三意見」中，進一步強調說「中國舊有文學不僅在過去時代有相當之地位而已，即對於將來亦有幾分之貢獻，此則同人所敢確信者，故甚願發表治舊文學者研究所得之見，俾得與國人相討論。」但在最初兩年，《小說月報》整理傳統文學的內容並不多，以致於蕪湖讀者陳德徵致雁冰信提出這方面的希望。信中說：「借外國文學以加重中國文學底質，這是我們應有的努力。然而於中國底文學，絕不想整理之而發揚之，也是一件不無遺憾的事。或者有人說，中國文學，不值得研究，或者中國文學，太難研究，或者，中國文學

---

[35] 陳炳堃：《最近三十年中國文學史》，太平洋書店，1937 年版，第 164 頁。

之研究，似非急務，這都是不懂文學為何物者或盲然於中國文學者之談。中國夾以偉大的國民性，在幾千年歷史當中，可說充塞了文學的天才或天才底作品，彼底質既厚而量又富，難道不值得研究？就使中國民族是被損害的民族，也應有彼特有的長處，難道不值得研究？中國文學，散亂無紀，研究固是一件極不容易的事，或者沒有藍本可考，沒有系統的專書可憑藉，研究起來，恐怕被知中國文學而又珍守秘訣的貴族式的先生們訕笑：這都是沒有勇氣的結果。正因為不能引起那班珍守秘訣而又嘲笑人的自私文學家底訕笑，所以我們無論如何該研究，該將研究所得的示人，就是隔靴搔癢，就是毫沒精采，也不打緊！因為犯了『隔靴搔癢』『毫無精采』的毛病，才能引起他們底訕笑，才能於發揚中國文學上有所補益呵。中國文學，有彼自己底位置，我們除非有意蔑視，終當引為急宜研究的一件事。」「我不贊成復辟式的復古，和《學衡》派一樣；我以為應拿現在的眼光思想，去窺測批評中國文學，我以為應拿現在的運動和文字，去反證和表述中國文學，我希望有人起來研究中國文學，希望《小說月報》有兼研究這一項的傾向。我並不是希望專研究外國文學者轉向以復古，這是要鄭重聲明的。」[36]沈雁冰答道：「研究中國文學當然是極重要的一件事，我們亦極想做，可是這件事不能逼出來的。我的偏見，以為現在這種時局，是出產悲壯慷慨或是頹喪失望的創作的適宜時候，有熱血的並且受生活壓迫的人，誰又耐煩坐下來翻舊書呵，我是一個迷信『文學者社會之反影』的人；我愛聽現代人的呼痛聲訴

36　《譯名統一與整理舊籍》，《小說月報》第 13 卷第 6 號，1922 年 6 月 10 日。

寃聲，不大愛聽古代人的假笑佯啼，無病呻吟，煙視媚行的不自然動作；不幸中國舊文學裡充滿了這些聲音。我的自私心很強，一想到皺著眉頭去到那充滿行屍走肉的舊籍裡覓求『人』的聲音，便覺得是太苦了；或者我是舊書讀得太少，所以分外覺得無味。去年年底曾也有一時想讀讀舊書，但現在竟全然不想了。不過這都是我個人的偏見，冰不敢以此希望別人；照現在『假古董』盛行的情勢而論，我反極盼望懂得真古董的朋友出來登個『謹防假冒』的廣告呢！」沈雁冰在《小說月報》的全面改革上立有頭功，但由於他的左翼立場，對整理國故始終保持一種批評的姿態。

鄭振鐸與沈雁冰的態度有差異。1922 年，鄭振鐸在《文學旬刊》第 51 期上發表《整理中國文學的提議》——第 14 卷第 1 號除了在頭條位置發表鄭振鐸的長篇文章《讀毛詩序》之外，還開設了「整理國故與新文學運動」欄目，內收 6 篇文章。鄭振鐸的《新文學之建設與國故之新研究》提出整理國故的兩個理由：一是改革社會的文藝觀念，使人們認識到新舊文學的差異；二是要告訴人們，「新文學運動，並不是要完全推翻一切中國固有的文藝作品，這種運動的真意義，一方面在建設我們的新文學觀，創作新的作品，一方面卻要重新估定或發現中國文學的價值，把金石從瓦礫堆中搜找出來，把傳統的灰塵，從光潤的鏡子上拂拭下去。」顧頡剛在《我們對於國故應取的態度》中，批評一些人「以為新與舊的人截然兩派，所用的材料也截然兩種：研究了國故就不應再有新文學運動的氣息；做新文學運動的也不應再去整理國故。所以加入新文學運動的人多了，大家就歎息痛恨於『國粹淪喪』了。他們不知道新文學與國故並不是冤讎對壘的兩處軍隊，乃是一種學問上的兩個階段。生在現在的人，要說現在的話，所以要有新文學運動。生在現在的人，要知道過去的生活狀況，與現在各種境界的由來，所以要有整理國故的要求。……國故裡的文學一部分整理了出來，可以使得研究文學的人明瞭從前人的文學價值的程度更增進，知道現在人所以應做新文學的緣故更清楚」。這一期仿佛《小說月報》走上整理國故舞臺的亮相，此後，在「讀書雜記」、「研究」、「國內文壇消息」、「選錄」等欄目，傳統文學方面的內容明顯多了起來。從第 15 卷第 1 號（1924 年 1 月）開始，鄭振鐸發表《中國文學者生卒考》（附傳略），介紹秦代以來中國作家的生卒年、史料出處、身份、出身、經歷、性格、主要作品、藝術風格、文學史上的地位及影響等，改變了以往只有外國作家傳略和「文學家研究」欄目中只對外國開放的偏枯現象。與整個編輯思想的變化相關，第 15 卷第 1 號的插圖中有《現存一千二百年前的楊惠之的塑像》四幅，這是《小說月報》改革以來第一次刊出中國古代藝術圖像資料。第 15 卷第 6 號屈原像上了封面。第 16 卷第 1 號有沈雁冰的《中國神話的研究》，第 15 卷第 1 號開始連載的鄭振鐸《文學大綱》二十九章中，中國傳統文學占了十一章。1926 年 6 月，讀者早有呼聲、編輯部籌畫多時的《中國文學研究》專號，作為《小說月報》第 17 卷的號外出刊。這是五四時期新文學雜誌規模最大的一次對傳統文學的整理，分上下兩冊，約 80 餘萬字。作者陣容強大，既有國學大師梁啟超、陳垣，又有新文學作家鄭振鐸、沈雁冰、郭紹虞、俞平伯、朱湘、劉大白、臺靜農、滕固、許地山、歐陽予倩、汪仲賢、鐘敬文等，還有新進學者陸侃如，以及外國學者塩谷溫、倉石武四郎等。

從《中國文學專號》的作者陣容可以看出，在整理國故上面，新派與舊派的界限模糊了。所謂新派與舊派，本來都是中國文化之子，不過對中國文化在新的歷史條件下發展路徑的設定不同而已。中國知識份子作為傳統文化的重要承載者與承傳者，與中國文化有著割不斷的血脈聯繫。在內心深處，知識份子是把文化同民族與國家緊密聯繫在一起的，尤其是近代以來，列強以大炮轟開國門、中華民族危機逐步加深之後，在現代民族意識覺醒的同時，中國文化更是成為人們心靈的慰藉，並且具有了民族認同的政治意義。

五四時期整理國故的心理內趨力，既植根於文化傳統的深厚的生命底蘊，又緣於民族身份認同的焦慮。文化認同是民族認同的重要內涵，不能設想一種民族身份的認同會建立在徹底決裂的文化立場之上。當新文化運動狂飆突起之際，為了迅速打開局面，激進者難免對傳統文化有些偏激之詞，甚至在語言上有醜化和暴力的色彩，這使一些人感到震驚與恐懼，情不自禁地以傳統文化的護衛者與繼承者的姿態站在新文化運動的對立面。1919 年 1 月成立的國故社，於同年 3 月出版《國故》月刊，即以「昌明中國固有之學術」為宗旨。1922 年 1 月創刊的《學衡》雜誌也標榜「論究學術，闡求真理，昌明國粹，融化新知」。其保守、遲鈍、迂執的另一面，不無對傳統文化忠貞不二的可愛之處。保守派對傳統文化的極力維護，對新文化陣營及時調整文化戰略起到了不容忽略的作用，一個切近的例證就是：正是在《國故》的逼促下，《新潮》才正式提出了整理國故。也正是在互相駁難的過程中，新文化陣營整理國故的思路才越來越清晰、越來越寬廣。胸襟博大的蔡元培，面對林紓對「盡廢古書，行用土語為文字」[37]的猛烈抨擊時，在申明「相容並包、思想自由」的同時，強調的是傳統文化在北大教學中的重要位置與新文學宣導者的深厚古文造詣。這不能僅僅看作論戰的策略，而是的確道出了實情。傳統文化已經成為其精神結構重要因素的激進派，即使在反傳統時也在從傳統汲取力量，當新文化運動高潮過去後，在感受了迎接異文化的新奇和破壞舊文化的快意之餘，他們不能不感受到文化認同的困境，五四後期知識份子的苦悶與困惑便與此有關。激進派漸漸意識到：一個民族的文學與文化雖然可以在外來因素的刺激與啟迪下發生革命性的飛躍，但不可能離開傳統底蘊的支持，有著深厚歷史積澱的中國文化尤其如此。新文學新文化要想成就一番事業，必須向民族傳統回溯。傳統文化豐富而複雜，要明瞭其發展歷史與本來面目，弄清究竟何者可資繼承借鑑、發揚光大，何者可以與西方文化溝通、融會，何者屬於糟粕必須摒棄，何者是被舊勢力曲解利用需要還原重構，則要費一番整理的功夫。

第一次世界大戰的慘劇，促使西方對自身文化進行反思，並重新審視東方文化的價值。

中國人從中受到鼓舞與啟迪，梁啟超的《歐遊心影錄》，便見得出整理國故得到了來自西方文化動向的助力。他一方面批評盲目自誇說西學都是中國所固有的故步自封者，另一方面，也不滿於那些沉醉西風者，「把中國甚麼東西都說得一錢不值，好像我們幾千年來，就像土蠻部落，一無所有，豈不更

[37] 林紓：《致蔡鶴卿太史書》，《公言報》，1919 年 3 月 18 日。

可笑嗎？」他希望「人人存一個尊重愛護本國文化的誠意」，「要用那西洋人研究學問的方法去研究他，得他的真相」，「把自己的文化綜合起來，還拿別人的補助他，叫他起一種化合作用，成了一個新文化系統。」然後，「把這新系統往外擴充，叫人類全體都得著他好處。」[38] 1920 年 3 月歐遊歸來，梁啟超全力投入到整理國故的學術建設中去，出版了《墨經校釋》、《清代學術概論》、《墨子學案》、《中國歷史研究法》、《大乘起信論考證》、《陶淵明》，完成了《儒家哲學》等著作自不必說，僅 1921、1922 年兩年間，就應京、津、滬、寧、濟南等地大學及教育團體的邀請，連續講演中國文化學術，達 200 次以上。

梁啟超晚年學術建樹之多，動力之一是教育事業的需求。這不僅僅是個案，整理國故之所以形成氣候而且碩果累累，同大學學科制度的建立密切相關。伴隨著高等教育的發展，加上西方科學主義思潮的影響，為了系統地輸入與研究西學，通徹地整理國學，大學紛紛成立研究機構，研究高深學問，培養專門人才。二十年代初，全國有 10 多所高等院校建立了國學門（系）或國學專修科。1920 年夏，北京大學研究所重組為國學、外國文學、社會科學、自然科學四門，招收研究生做專題研究，培養了羅庸、張煦、鄭天挺、容庚、商承祚等出色人才。1925 年調整後的課程，三類中專有一類（C 類）說明為「關於整理國故之方法者屬之」，其中包括必修科目：中國目錄學、中國校勘學、中國古禮學、中國古樂學、中國古厲數學、中國古器

38 引自《歐遊心影錄》中的《中國人對於世界文明之大責任》，上海《時事新報》，1920 年 3 月。

物學等[39]。東南大學於 1922 年 10 月成立國學研究會，國學院於 1923 年制定了「整理國學計畫書」，規定成立「以科學理董國故」的「科學部」和「以國故理董國故」的「典籍部」。清華學校一則為提升清華程度，實現學術獨立，為「融會中西」打基礎，二則為改變校內外對清華忽視中國文化的印象[40]，於 1925 年設立國學研究院。首批聘請王國維、梁啟超、趙元任、陳寅恪為教授，李濟為講師，後來又聘梁漱溟等任教。課堂演講有王國維的《古史新證》、《尚書》，梁啟超的《中國通史》、《歷史研究法》，趙元任的《方言學》，陳寅恪的《西人之東方學目錄學》，李濟的《民族學》、《考古學》等；指導學生進行的專題研究，有王國維的《上古史》、《金石學》、《中國文學》，梁啟超的《中國文學史》、《中國哲學史》、《中國文化史》、《宋元明學術史》、《清代學術史》、《東西交通史》、《中國史》、《史學研究法》，趙元任的《現代方言學》、《中國音韻學》、《中國樂譜樂調》，陳寅恪的《年曆學》、《古代碑誌與外族有關係者之研究》，李濟的《中國人種考》等 27 個科目，細目則有 37 種。至 1929 年，招收 74 人，除 2 人退學與 4 人病故外，實際完成學業者 68 人，其中有姜亮夫、姚明達、王力、徐中舒、陸侃如、楊鴻烈、謝國楨等，成為國學研究的一支生力軍，同時推出涉及多種學科的成果。清華國學研究院設立的意義不止於國學研究本身，而且對於這所

---

39 參照馬越編著：《北京大學中文系簡史》（1910-1998），北京大學出版社，1998 年 4 月。

40 參照蘇雲峰：《從清華學堂到清華大學》，三聯書店，2001 年 4 月版，第 282-283 頁。

特殊背景的學校裡，中國文化中國教師從受歧視到受重視、直至從留美預備校向大學體制的轉軌，也起到了重要的作用。1926 年 10 月 10 日，廈門大學成立國學研究院，匯集了沈兼士、林語堂、周樹人、顧頡剛等人。除了個人專案（如沈兼士的「楊雄《方言》之研究」，周樹人的「古小說鉤沉」，顧頡剛的「漢以前的知識界與宗教界」等）之外，還擬共同編纂一大規模的《中國圖書志》，只是後者由於多種緣故未能如願。1930 年 6 月 4 日，北平大學女子師範學院成立國學研究所，分工具之學、語言文字學、史學、地學、哲學、教育學、文學、民俗學八組著手研究。以「工具之學」而言，包括叢書書目索引、廿四史人地名索引、校勘工作（《文苑英華辨證》等十二種）、文字彙聲工作、文學論文索引工作；以「文學」而言，有陸侃如的古代文學史（西元前 1401 年至 207 年）研究，馮沅君的中國戲劇史研究，孫楷第的中國小說史纂著等。[41]

大學文學專史課程的設置為教員與學生提供了系統研究與學習的契機。魯迅對國學素有濃郁的興趣，但多為以浙東為空間橫軸、以魏晉為時間縱軸的性情之舉，然而 1920 年 8 月被聘為北大講授中國小說史的兼職講師之後，則於同年 11 月開始了《中國小說史略》的寫作，上下兩卷先後於 1923、1924 年正式出版，填補了中國小說無史的空白；《漢文學史綱要》，則是 1926 年起在廈門大學等校的授課講義[42]。與此相同，20 世紀中

---

41 參照徐雁平《胡適與整理國故考論——以中國文學史研究為中心》，安徽教育出版社，2003 年 6 月版，第 51-52 頁。

42 1927 年在中山大學講授時改題為《古代漢文學史綱要》，1938 年編入《魯迅全集》時改稱《漢文學史綱要》。

國學術史上具有開創意義的著作不少都是大學教育助產的寧馨兒[43]。與大學教育相應，各類學術刊物紛紛問世，提供了發表國學研究成果的園地，如北大的《研究所國學門月刊》、《國學季刊》，東南大學的《國學叢刊》、《國學研究會講演錄》及國學叢書，清華的《國學論叢》、《實學月刊》及教授主編的叢書[44]，燕京大學的《燕京季刊》。受此影響，有的報紙也開闢了副刊，如《民國日報》的「國學副刊」等。

整理國故不是幾個人偶發思古之幽情的個人行為，而是諸多文化派別的共同行為；不是突兀而起的偶然現象，而是文化、教育、心理、文學等多方需求的必然結晶；不是什麼人借此來阻礙新文化乃至社會改革的消極性策略，而是文化轉型過程中對外來影響與民族傳統關係的自行調整；不是歷史的退步，而是在新的時代條件下，整理澄清傳統文化、發揚光大民族傳統的歷史進步。無論是就民族心理而言，還是從文化演進來說，整理國故都有其歷史必然性。

第四節　矛盾與差異

由於國故本身的複雜性與人們對待國故的態度及方法的差異性，整理國故一直伴隨著種種矛盾與衝突。其實，圍繞著國

43 如胡適的《中國哲學史大綱》、劉師培的《中古文學史》（1923 年 10 月）等。

44 如王國維的《蒙古史料四種校注》、陳寅恪的《大寶積經論》、李濟的《西陰村史前的遺存》、趙元任的《現代吳語的研究》等。

故問題的矛盾可謂由來已久。當年張之洞在湖廣總督任上創辦存古學堂，即有不同意見。莊俞認為「存古」即意味著「亡今」：「古者，今之對待詞也；已往曰古，現在曰今。存者，亡之對待詞也；已往曰亡，現在曰存。時也、人也，屬於已往，雖欲存之而不可得；屬於現在，則其存也無待他求」。學術「其適用於時與人也，雖至今存可也；其不適用於時與人也，雖現在不能存也。嗟乎！古之學術，非不博碩精微；無如後之能者，日新而月異之，使古之所謂博碩精微者，天然處乎淘汰之列」。「存古學堂之所以能發現者，嶷器保存國粹四字，足炫惑一般人之觀感也」。然而學術只能進不能退，「國家之興學也，所以培養一般國民，使適於國家之用也。今日何日？一武裝之和平世界也，一優勝之競爭世界也。人今而我古，人存而我亡。有心人方戚戚憂之，乃不知並力圖維，以與人抗；而欲存人之所亡者，以求倖存於斯世，是非悖時，即為頑固」。「時異勢遷，國衰民魯。保存國粹，不足以補救大局、安全身家」。[45]這種質疑「保存國粹」合理性的聲音，在五四時期不乏同調。

歷史的發展常常無法擺脫左右搖擺的困境，當需要廓清迷霧、開闢新文化道路之初，難免有偏激的反傳統；當通過整理國故向傳統回溯時，又容易出現過分誇大國故作用的傾向；而後者又勢必激起強烈的反駁。胡適為清華學生開出了列有 183

45　莊俞：《論各省可不設存古學堂》，《教育雜誌》第三年第五期，第 2829-2830、2834 頁，轉引自羅志田：《國家與學術：清季民初關於「國學」的思想論爭》，生活·讀書·新知三聯書店，2003 年 1 月版，第 122-123 頁。

種書目的《一個最低限度的國學書目》[46]，引得一時間開書目之風大盛，梁啟超的《國學入門書要目及其讀法》，列出書目150餘種，指定其中25種以上為「最低限度之必讀書目」，稱「若並此未讀，真不能認為中國學人矣」；李笠的《國學用書撰要》列有370餘種；陳鐘凡的《治國學書目》開出400餘種。開書目之風引起多方反響。復古派趁機老調重彈：以駢文古文詩詞歌賦對聯之類為國學，要小學生讀文言做文言；揭出「六經以外無文」的舊招牌，叫人到經書裡尋求文章的正宗；誇耀歐人之學中國皆有之，不必捨近求遠；京滬等地還有人提倡孔門的禮樂，等等。新文化陣營對此做出迅疾反應，有的為「國學」正名[47]，以防魚目混珠；有的則對整理國故的必要性、現實性及過分誇大，予以尖銳的質疑。一是在激烈者眼裡，「整理國故者『貌似陽虎』」，遂「以『思想復辟』目之」[48]。陳獨秀譏刺胡適等「妙想天開，要在糞穢裡尋找香水」，「自尋煩惱」。[49]他甚至根本否定「國學作為名詞存在的合理性」[50]。二是認為現在不是時候。吳稚暉主張先要建成「一個乾燥無味的物質文明，人家用機關槍打來，我也用機關槍對打，把中國站住了，再整理什麼國故，毫不嫌遲。」[51]茅盾雖然承認「『整理舊的』也是新文學運動題內應有之事」，但他認為目前整理

46 《讀書雜誌》第7期，1923年3月4日。
47 參見《國故學討論集》第1集，上海群學出版社，1927年版。
48 曹聚仁：《春雷初動中之國故學》，收《國故學討論集》上，第83頁。
49 《國學》，《前鋒》第1期，1923年7月1日。
50 獨秀：《國學》，《前鋒》第3期，1924年2月1日。
51 轉引自郭沫若：《整理國故的評價》，《創造周報》第36號，1924年1月13日。

國故是「把後一代人的事業奪到自己手裡來完成」。在白話文尚未在社會裡取得深切的信仰，建立不拔的根基時，多數做白話文者跟了幾個專家的腳跟，埋頭在故紙堆中，整理國故，結果是國故並未能因多數人趨時的整理而得了頭緒，社會上卻引起了「亂翻古書」的流行病。對於社會上的復古運動，整理國故難辭其咎。[52]三是擔心把青年引向復古。周作人在《思想界的傾向》文中就對將來可能出現的國粹主義勃興局面表示杞憂。成仿吾批評說，國學運動的「神髓可惜只不過是要在死灰中尋出火燼來滿足他們那『美好的昔日』的情緒，他們是想利用盲目的愛國的心理實行他們倒行逆施的狂妄」。「我願從事這種運動的人能夠反省，我尤切願他們不再勾誘青年學子去狂舐這數千年的枯骨，好好讓他們暫且把根基打穩。」[53]四是反對過高估計整理國故的價值。郭沫若認為，「整理的事業，充其量只是一種報告，是一種舊價值的重新估評，並不是一種新價值的從新創造，它在一個時代的文化的進展上，所效的貢獻殊屬微末。」魯迅也指出老先生整理國故與青年追求活學問新藝術，「各幹各事，也還沒有大妨害的，但若拿了這面旗子來號召，那就是要中國永遠與世界隔絕了。倘以為大家非此不可，那更是荒謬絕倫！」[54]曹聚仁反對「國故救國觀」與「國故救世觀」，認為以此態度尊國故，治國故，「國故必永陷於萬劫不復之深淵」[55]。

---

52 雁冰：《進一步退兩步》，《文學周報》第 122 期，1924 年 5 月 19 日。
53 《國學運動的我見》，《創造周報》第 28 號，1923 年 11 月 18 日。
54 魯迅：《未有天才之前》，北京師範大學附屬中學《校友會刊》，1924 年第 1 期。
55 曹聚仁：《國故學之意義與價值》，收《國故學討論集》，第 57-59 頁。

饒有意味的是，有的反對之聲是來自反對以「科學方法」治國學者，譬如裘毓麐（匡廬）在一篇文章中說道：「余見胡適所開《國學書目》，標曰『最低限度』。而所列之書，廣博無限：經學小學，則清代名家之大部著述，以及漢、魏、唐、宋諸儒之名著，無不列入。理學則宋、元、明、清學案及《二程全書》、《朱子全書》、《朱子大全集》、《陸象山全集》、《王文成全集》，復益以宋、元、明儒專集數十種。子則二十二子及其注解，復益以周秦後諸家所作、為世所傳誦者。佛典則《華嚴》、《法華》等經，《三論》、《唯識》等論禪宗語錄，相宗注疏，廣為搜羅。此所謂思想部也。若文學則歷代名人詩文專集百數十家，宋元來通行之辭曲小說多種。凡此皆胡氏之所謂『最低限度』書目也。然論其數量，則已逾萬卷；論其類別，則昔人所謂專門之學者，亦已逾十門。凡古來宏博之士，能深通其一門者，已為翹然傑出之材；若能兼通數門，則一代數百年中，不過數人。若謂綜上所列諸門而悉通之者，則自周孔以來，尚未見其人。……」在裘毓麐看來，開列如此難以企及的書目卻號稱「最低限度」，讓人覺得「今昔文人所說，大抵誇而不實，高而不切，欺世之意多而利人之心少，自炫之意多而作育之心少」[56]。

質疑之聲雖然不無誤解與偏頗之語，但也確有擊中要害之處。到 1926 年夏，胡適也對「流風所被」鬧出的弊病深表痛心：「多少青年，他也研究國學，你也研究國學，國學變成了出風

---

56 轉引自錢基博：《現代中國文學史》，嶽麓書社 1986 年 5 月據上海世界書局 1936 年 9 月增訂版影印本，第 497-499 頁。參照黃修己：《中國新文學史編纂史》，北京大學出版社，1995 年 5 月版，第 26-28 頁。

頭的捷徑，隨便拿起一本書來就是幾萬字的介紹。有許多人，方法上沒有訓練，思想上沒有充分的參考材料，頭腦子沒有弄清楚，就鑽進故紙堆裡去，實在走進了死路！」他為自己應負的責任而表示懺悔，強調整理國故「重在『整理』」，告誡青年「治國故只是整理往史陳跡，切莫以為這中間有無限環寶！」「這種死路，要從生路走起；那不能在生路上走的人決不能來走，也不配來走！」[57]梁啟超則提醒說，「研究國學有兩條應走的大路」，一是「文獻的學問。應該用客觀的科學方法去研究」，整理國故即是；二是「德性的學問。應該用內省的和躬行的方法去研究。」後者是整理國故無法涵蓋然而「可說是國學裡頭最重要的一部分，人人應當領會的。必走通了這一條路，乃能走上那一條路」[58]。然而，五四時期乃至整個 20 世紀，「德性的學問」、即人生哲學的研究始終未能全面而深入地展開，而文獻的學問、即整理國故則在不同意見的不斷交鋒中，開創了宏大的局面。

研究國故是多種文化派別的共同行動，但並沒有整齊劃一的步伐，在對待國故的態度與方法上存在著諸多差異，大致可分為泥古、疑古、釋古三派。

20 世紀初，鄧實等以「發明國學，保存國粹」為《國粹學報》宗旨，章太炎借國故宣導民族主義，無疑具有進步意義。但到了新文化運動興起之後，國學研究隊伍發生了分化，有些轉而投身新潮之中，成為叱吒風雲的人物，如錢玄同；有些則

---

57 《研究所國學門第四次懇親會紀事》，《北京大學研究所國學門月刊》第 1 卷第 1 號。

58 梁啟超：《治國學的兩條大路》，轉引自許嘯天編：《國故學討論集》上，上海書店 1991 年 12 月據群學社 1927 年版影印，第 2、9 頁。

基本上因循舊軌，對新文化運動持反對態度，如劉師培、黃侃。若單從《國故》月刊第三期的張煊文章《駁新潮國故和科學的精神篇》來看，國故派的主張未可全然否定，如：國故中亦有科學；國故在四萬萬人心中依然生存，「使國人之治之者尚眾，肯推已知而求未知，為之補苴罅漏，張惶幽眇，使之日新月異，以應時勢之需，則國故亦方生未艾也」；「執國故以排歐化，持歐化而蔑視國故者，病正同是」；他把研究國故，比喻成「非為保存敗布，實欲製造新紙」，認為國故與歐化「二者正宜相助而不宜排斥」。但從《國故》月刊及其同人發表的其他成果來看，多為版本校勘、真偽考辨、錯簡訂正、修辭及用語分類、字義辨析、音韻舉例、經典引申等，基本承襲傳統，少有對西學的借鑑，以樸學功底見長，而個性化的創新不夠。《國故》月刊甚至在形式上也恪守舊例，文字豎排，有的用句讀，有的通篇不用一個標點。從孟真（傅斯年）在《新潮》第 1 卷第 1 號上對後來列名為《國故》特別編輯的馬敘倫的《莊子劄記》的批評中，「泥古派」的弊病即可見一斑，「故訓」之弊有：（一）抄錄成說，而不附以解證；（二）解證不見條理與新見；（三）駁某說時，沒有獨立而明確的根據；（四）語涉博物時，只有異名羅列，而不說到底為何物；（五）談及地理，則放之蕩之。「玄譚」則滿篇玄旨，失之籠統。毛子水在《國故和科學的精神》裡，強調只有具備科學精神的人才能去研究，才能使國故學成為科學，否則，反倒要受害。他批評國故派追慕國故，以國故的方式對待國故，確為切中要害之論。[59]傅斯年在

59　毛子水：《國故和科學的精神》，《新潮》第 1 卷第 4 號；《駁新潮國故和科學的精神篇訂誤》，《新潮》第 2 卷第 1 號。

編後《附識》中，也認為「追慕國故」愚不可及，本著一切以古義為斷的「大國故主義」行下去，在社會上有非常的危險。由於國故派在新文化背景下顯得勢單力薄，未能成什麼氣候，對社會也就沒有什麼危險可言，但態度與方法的雙重保守卻嚴重限制了其自身的國學建樹。

胡適雖然承認清朝樸學方法有「暗合科學」之處，但在他看來，樸學暗含的科學方法還是「不自覺的」，整理國故要想達到預期目的，必須借取西方自覺的科學方法。他以杜威的實驗主義、赫胥黎的存疑主義及歷史進化論燭照並融會樸學傳統，「大膽的假設」，「小心的求證」[60]的方法論，就是這種燭照並融會的結晶。胡適關於擴大範圍、系統整理、溯源探流、精密考證、比較研究的主張與「大膽的假設」、「小心的求證」的程式設定，的確給整理國故運動提供了方法論的指導，但更為重要的影響還是在於他所大力提倡的「評判的態度」[61]，即尼采所說的「重新估定一切價值」。本著這一態度，他對習俗相傳下來的制度風俗、古代遺傳下來的聖賢教訓、社會上糊塗公認的行為與信仰、古代學者的見解與方法，大膽地提出了一系列質疑，進行了學理性的「捉妖」、「打鬼」工作。他的考證功夫及其豐碩成果都建立在這種充滿懷疑精神的評判態度之上：有對文言文學生命力及其正統地位的懷疑，才有白話文學主體論及《白話文學史》；有對種種穿鑿附會的「紅學」的懷疑，才有推出自敘傳與後人補綴說的《紅樓夢》考證。胡適的懷疑精神與歷史演進法直接啟迪了顧頡剛「層累地造成的古史」

60 胡適：《清代學者的治學方法》，《國故學討論集》中，第 43 頁。
61 同註 60。

觀及其代表的「古史辨」派，促成了影響深遠的被及多學科的疑古思潮[62]。

疑古思潮當然並非沒有瑕疵，如胡適對文言文學是死文學的判斷，絕對化地否定了文言文學的生命價值，也忽略了文學史上文言占主流的實際，當時即被保守派抓住了把柄，今天以歷史主義眼光看來確有偏頗之處；顧頡剛最初訓禹為蜥蜴（「禹是一條蟲」），引起一片譁然，反對之聲十分強烈，顧很快便放棄了這一假說。但是，五四時期的疑古思潮卻有其不可替代的特定歷史作用。如果遠溯歷史，疑古可謂自古有之，自漢代到清末，今文經與古文經之爭便帶有一點疑古辨偽的意味。但古代的「疑古」，除了李贄、黃宗羲等屈指可數的異端之外，大多是爭正統，同傳統文化的基本結構並沒有根本性的衝突。五四時期的疑古思潮則不然，它向素來被視為神聖不可冒犯的經典、禮教乃至中國古史系統發起全面挑戰，引起了強烈的文化震動。而且由整理國故推向高潮的疑古思潮，又不同於新文化運動之初情緒色彩濃郁的批判，而是在學理性的考證、辨析、論證中不斷推進的。疑古思潮打破了儒家一尊的地位，打破了民族出於一元的觀念，打破了地域向來一統的觀念，打破了古代為黃金世界的觀念，打破了倫理、文學等方面的許多陳舊觀念與學術範式；從而為思想解放的深入發展、傳統文化的現代化轉型與多元一體的民族國家建構提供了尋找歷史根據的空間。

如果說胡適代表了疑古派的話，那麼，王國維、陳寅恪等清華學者則是釋古派的代表。同為清華國學研究院導師的梁啟

62　《古史辨》第1冊問世一年間重印近20版，其影響可見一斑。

超可以說是一個超乎學術流派之上的特殊人物。他早在 20 世紀之初就宣導「詩界革命」、「文界革命」、「小說界革命」與「史界革命」，致力於新學的介紹、中國傳統學術思想的整理與歷史文化的研究，對動搖舊思想、舊文化產生了深遠影響，在這個意義上，說他是五四時期整理國故的前驅之一亦不為過。他在二十年代的學術撰述，雖然雄風猶在，且愈加成熟，但與胡適等新銳相比，則不以疑古見長就在情理之中了。稱王、陳為「釋古派」，也並不是說他們沒有懷疑精神，事實上，他們在運用西方科學方法闡釋中國學術問題時，一個潛在的前提就是對傳統範式在一定程度上的質疑。只是他們不主張、也不贊同胡適那種立論的方式、咄咄逼人的姿態與功利主義訴求。胡適雖然說過做學問不當先存狹隘的功利觀念，而是「當存一個『為真理而求真理』的態度。研究學術史的人更當用『為真理而求真理』的標準去批評各家的學術。學問是平等的。發明一個字的古義，與發現一顆恒星，都是一大功績」[63]；但實際上，其追隨者姑且不論，連胡適自己也不能完全擺脫功利主義誘惑，有時為了立論或「打鬼」等需求，求證變得不那麼小心起來。陳寅恪在《馮友蘭〈中國哲學史〉上冊審查報告》中，就把批評鋒芒指向了胡適等人：「今日之墨學者，任何古書古字，絕無依據，亦可隨其一時偶然興會，而為之改移。幾若善博者能呼盧成盧，喝雉成雉之比。此近日中國號稱整理國故之普通狀況，誠可為長歎息者也。」[64]此語雖然顯得有些尖銳，但的確切中了要害。陳寅恪把自己同「號稱整理國故」者區別

[63] 《論國故學——答毛子水》，《新潮》第 2 卷第 1 號。

[64] 陳寅恪：《金明館叢稿》二編，上海：古籍出版社，1980 年版，第 247-248 頁。

開來，顯然是在態度及方法上不願與疑古派苟同的緣故。胡適十分自得、而且影響巨大的「十字真言」——「大膽的假設，小心的求證」，在陳寅恪看來，顛倒了應有的程式，假設在先，便有先入為主之嫌，考證的科學性難以保證。他接受了德國蘭克所代表的實證主義史學，堅持從史料出發，如實地說明歷史[65]。如果說疑古派勇於證偽、不憚於破壞舊物的話，釋古派則更傾向於證實，樂於以創造性的勞作填補學術空白。清華最初作為留美預備校而創辦，與一般學校相比，外國教職員和西學課程比例較大，因而借鑑歐美學者的科學方法、尤其是實證方法，對中國文化作精密與系統的研究，成為國學研究院的濃郁氛圍。陳寅恪學問淵博，造詣深厚，屬大器晚成之人，學術成果多在三十年代以後。整理國故運動期間，最能代表清華釋古姿態的要數王國維。很難指出王國維對於舊物破壞了什麼，但很容易說出他創造了許多令人歎為觀止的業績。他早年的《紅樓夢評論》、《人間詞話》、《宋元戲曲史》等即已見出叔本華哲學等西方影響，晚年把西方實證科學與中國乾嘉學派的考據傳統融為一體，做出了新的開拓。他利用甲骨文、古器物、及其銘文、簡牘、古寫本等考古新發現，1925 年在《古史新證》中，正式提出了取地下之文物與紙上之遺文互相釋證的「二重證據法」，除此之外，他在方法上的貢獻還有如陳寅恪所指出的「取異族之故書與吾國之舊籍互相補正」、「取外來之觀念，與固有之材料互相參證」[66]，不僅在西北地理和元史、甲骨學、

65　參照劉克敵：《陳寅恪與中國文化》，上海：人民出版社，1999 年 9 月，第 98 頁。

66　陳寅恪：《王靜安先生遺書序》。

殷商史等方面做出了出色的建樹，而且在現代學術方法論亦有凸出的貢獻。學衡派雖然對新文化運動的激進潮頭持批評態度，但在整理國故上卻是積極參與者，就方法論而言可以歸為釋古派。吳宓、陳寅恪既是清華人、又屬學衡派自不必說，學衡派成員多有留學經歷與外語背景，所以在治學方法上具有開放性與創新性。如吳宓自覺地將比較文學方法引入中國；柳詒徵針對傅斯年「史料即史學」的「新漢學家」觀點，力倡「史實之綜合與推論，其精神與新漢學家不同」[67]；張其昀提倡寫史以上古、中古、近古、近世一類的分期法代替斷代法，以紀傳、編年與紀事本末三體合用的西方通史寫法取代單一體例；張蔭麟概括出編撰通史中的五種「削筆標準」——新異性、實效、文化價值、「訓誨功用」、現狀淵源，主張除了訓誨標準之外加以綜合運用；諸如此類，豐富了文學研究與史學研究的方法論。[68]

泥古、疑古與釋古的分野，是不同文化性格的知識份子在文化轉型期對待國故的自然選擇，每一種都有其歷史必然性，每一種對於整理國故都有或多或少的貢獻。正是在眾多派別的相互衝突、相互競爭與共同努力之下，為中國學術（學科與範式等）的科學化打下了堅實的基礎。為此，楊杏佛才說「自科學思想輸入中國以來，惟整理國故一方面，略有成績。」[69]

---

67 胡先驌：《梅庵憶語》，《子曰叢刊》第4輯，轉引自鄭師渠：《在歐化與國粹之間——學衡派文化思想研究》，北京師範大學出版社，2001年3月版，第267頁。

68 參照鄭師渠：《在歐化與國粹之間——學衡派文化思想研究》，北京師範大學出版社，2001年3月版，第251-255頁。

69 原載《學燈》第5卷第6冊第27號，轉引自吳文祺：《重新估定國故學

第五節　當代啟迪

作為 20 世紀二十年代遍及大江南北的文化思潮，整理國故成果豐碩，影響深遠。價值重估觀念的確立，方法論意識的自覺，目錄學的精細化，材料的重新分類、條貫化，文學史、哲學史、學術史等專史脈絡的梳理與理論的概括，等等，都奠定了現代學術的堅實基礎。以中國文學史為例，自 1904 年始有用作東吳大學講義的黃人《中國文學史》，到 1918 年 10 月，14 年間大約不超過 10 種，而從 1919 年到 1936 年，17 年間則約近 90 種。[70]再來看索引式的整理國故，燕京大學洪業 1930 年創辦哈佛燕京學社引得編纂處，1931 至 1951 年，他所主持的「引得編纂處」，一共整理出版「引得」六十餘種，如 1933 年版《日本期刊三十種中東方學論文篇目附引得》，1940 年版《一百七十五種日本期刊中東方學論文篇目附引得》等。這種索引式的整理是一種基礎性的工作，其多種成果在 20 世紀五六十年代和八十年代先後由中華書局和上海古籍出版社重印，至今仍然發揮著作用。[71]更值得注意的是整理國故培養出一大批支撐起 20 世紀國學研究大廈的人才，僅在文學研究方面，就有鄭振鐸、顧頡剛、聞一多、朱自清、鍾敬文、馮沅君、陸侃如、郭紹虞、曹聚仁、顧實、陳鐘凡、朱希祖、胡懷琛、劉盼遂、

之價值》，收《國故學討論集》上冊，第 46 頁。

70 此數目據陳玉堂：《中國文學史書目提要》，轉引自徐雁平：《胡適與整理國故考論——以中國文學史研究為中心》，安徽教育出版社，2003 年 6 月版，第 31 頁。

71 參見徐雁平：《胡適與整理國故考論——以中國文學史研究為中心》，安徽教育出版社，2003 年 6 月版，第 46-48 頁。

劉永濟、胡雲翼、鄭賓于、衛聚賢、俞平伯、唐圭璋、夏承燾、劉大白、游國恩、徐中舒、胡小石、王伯祥、任二北、趙萬里、趙景深、錢南揚、傅惜華、胡寄塵、徐嘉瑞、葉德鈞、吳文祺、郭昌鶴、鄭逸梅、容肇祖、孫楷第、楊世驥、阿英、劉大傑、余冠英、蕭滌非、錢鍾書、王季思等。

整理國故對於新文學的意義更是不能低估。小說、戲曲地位的飆升，為新文學四大文體門類的確立鑄定了半壁江山。白話文學與民間文學的研究被納入國學範疇加以系統的梳理與理論的闡發，為新文學的合法性提供了歷史的支持。傳統文化的重審，給整個新文學陣營以深刻的提示，使新文學在發展進程中自覺地從傳統中汲取養分。魯迅的古代小說研究，茅盾的神話研究，郭沫若的古代史研究，鄭振鐸的文學史、俗文學研究，等等，新文學作家的國學研究參與了現代學術大廈的構建自不必說；魯迅、茅盾、鄭振鐸、郭沫若等人的歷史小說與歷史劇，魯迅、陳子展等人的雜文，張恨水、趙樹理、馬烽、西戎等人的新通俗小說，文藝大眾化與民族風格的追求等，都從整理國故運動有所汲取。

整理國故不僅對於學術史、文學史具有重要的歷史意義，而且其視野的拓展與方法論的探索，至今仍給我們以深刻的啟迪。

先來看對象問題。較之晚清的國學研究，五四時期整理國故的範圍大為擴展，除了以「經史之學」為中心的傳統國學之外，還開闢了明清檔案、野史、雜史、方志、譜牒、筆記、金石、刻文、考古發掘、方言調查、民俗學、俗文學等廣闊領域，把古代與現代結合起來，古代文獻與現實生活結合起來，正統與民間結合起來，為 20 世紀乃至今日的學術奠定了良好的基礎。

在古代文學觀念中，詞曲小說一向被人鄙視為小道末技，在文學殿堂裡只能叨陪末座。近代以來，隨著社會經濟生活的巨變，西方文化的湧入，詞曲小說在文學上的位置被重新估定，漸由文苑的附庸取得獨立的地位。諸多詞曲翻刻本紛紛問世，學術研究也予以關注，最有代表性的要數王國維與吳梅，如王國維的《人間詞話》、《戲曲考源》、《宋元戲劇史》，吳梅的《顧曲麈談》、《詞餘講義》等。「到了文學革命運動起來以後，新進研究詞曲的人似乎要轉到一個新的方向。他們這種研究工作的目的，不是為的保存什麼國粹，也不一定為的特別欣賞這種藝術，乃是研究詞曲在韻文上的變遷，及其使用活的語言之技術，為創造新的詩歌新的戲曲一種有力的參考。因此，有些從事戲劇運動的人，以為要創造中國歌劇，應以現有京劇乃至昆劇元雜劇為根據，尋覓其沒落的徑路，開發其原有或應有之精神，對於其形式施以改造，使它能夠多量吸收新的要素。田漢氏便是如此主張。也有些新詩人的作品，在韻律方面，甚至意境方面，都想受詞曲上一點有益的影響。如胡適氏研究詞曲，他的新詩也就有些詞調了。」[72]19 世紀末以來，古佚小說的發現和翻印，替文學史添上了許多珍貴的材料。如《遊仙窟》、《新編五代史平話》、《大唐三藏取經詩話》、《大宋宣和遺事》、《京本通俗小說》、《三國志平話》、《三國志通俗演義》等。但全面的整理與研究則應歸功於整理國故，如《三國演義》、《水滸傳》、《西遊記》、《紅樓夢》、《儒林外史》、《鏡花緣》、《水滸續集》、《兒女英雄傳》、《三俠五義》、

72 陳炳堃：《最近三十年中國文學史》，第 160 頁。

《海上花列傳》、《官場現形記》、《老殘遊記》等加以校讀標點、考證批評。小說史研究，也有魯迅的《中國小說史略》、張靜廬的《中國小說大綱》、范煙橋的《中國小說史》、胡懷琛的《中國小說研究》等。敦煌俗文學在歷經劫難之後，得到高度重視。羅振玉、蔣斧、容肇祖、胡適、鄭振鐸等均有研究成果。胡適在教育部第三屆國語講習班、南開學校、南開大學、教育部第四屆國語講習所講授《國語文學史》，1927 年 4 月北京文化學社以南開油印本講義作底本出版《國語文學史》。後又根據新的材料修改、擴充，於 1928 年 6 月由新月書店出版《白話文學史》上卷。

民間的口頭文學也得到高度重視。梁啟超指出：「韻文之興，當以民間歌謠為最先。歌謠是不會做詩的人（最少也不是專門詩家的人）將自己一瞬間的情感，用極簡短、極自然的音節表現出來，並無意要他流傳。因為這種天籟與人類好美性最相契合，所以好的歌謠，能令人人傳誦曆幾千年不廢。其感人之深，有時還駕專門詩家的詩而上之。」[73]他的《中國之美文及其歷史》，就從古歌謠講起。早在 1918 年 2 月，北京大學就成立了歌謠徵集處，5 月 20 日起，《北京大學日刊》開始發表歌謠選。每天登載歌謠一首，稱為《歌謠選》，主編是劉半農。前後共陸續刊登了 148 首歌謠。1919 年 3 月《新青年》第 4 卷第 3 期上，刊發《北京大學徵集全國近世歌謠簡章》。1920 年 12 月 13 日，北大教師又組成了歌謠研究會，1922 年北大研究所國學門成立，歌謠研究會也歸併進去，成為與考

---

73 梁啟超：《中國之美文及其歷史》，轉引自郭延禮《中國近代文學發展史》第二卷，山東教育出版社，1991 年版，第 1023 頁。

古、風俗並列的研究室，整理歌謠工作，納入整理國故的範疇。這一年的校慶（12 月 17 日）開始印行《歌謠周刊》，重新發表徵集簡章。《歌謠周刊》（後改為研究所《國學門周刊》）從 1922 年末到 1925 年 6 月，實際印行了 97 期。歌謠研究會前後共收集歌謠 13000 餘首。出版物除《歌謠周刊》外，還印行過一個《歌謠紀念增刊》、《吳歌甲集》、《孟姜女故事的歌曲》、《看見她》（《一首歌謠整理研究的嘗試》）等專冊。不僅專門的刊物與《小說月報》等文藝雜誌刊登歌謠，而且就連《北京大學研究所國學門月刊》這樣的學報，也用大量篇幅刊登《淮南情歌》、《吳歌與山東歌謠之轉變》、《關於劉守真的傳說》、《祝英臺故事的歌曲》等歌謠、傳說及研究文章。《北大歌謠研究會徵集全國近世歌謠簡章》，特別申明「歌辭文俗，一仍其真，不可加以潤飾」，「歌謠性質並無限制；即語涉迷信或猥褻者，亦有研究之價值，當一併錄寄，不必先由寄稿者加以斟擇。」《北京大學研究所國學門月刊》第 2 卷第 3 號在「通信」欄刊登讀者牛聚五的來信，講述民國十三年，他的家鄉發生的一樁鬧劇：方士教人辟穀，竟至於餓死二人。來信認為，這種現象發生的原因、範圍及沿革變遷，「在在有研究的價值」。編者魏建功在編後語中說：「本學門開辦以來，一面注重『考古』以便求得較為真確的文化史實，一面也留心『考今』，好在活材料裡找出我們民族的生命之厄運和幸運的事蹟。我們的歌謠研究會、方言學會以至於風俗學會，無一不是為這現代的橫方面材料整理的組織。」學術機構、學術刊物對民間材料如此關注，在今天看來，簡直是匪夷所思。但在五四時期，卻是實實在在的事情。現代歷史地理學與「古史辨」

派的開創者顧頡剛，同時也是現代民俗學的奠基人之一。而現在的民間文學，則幾乎被排除於「國學」之外，表面上被單列似乎受到重視，實際上則頗受冷遇。民間文學研究隊伍與陣地都有萎縮的趨勢，除了屈指可數的幾份民間文學專業刊物之外，在一般學報與人文社科刊物上，不大容易見到民間文學論文，更不要說原生態的作品。五四時期重視民間文學，一則與平民主義思潮有關，二則新文學急於從最初來自民間的古代白話文學尋找立足的根據；如今，新文學早已根基牢固，現代學術經過將近百年的積累與磨練，在相當成熟的同時，也或多或少地染上了沙龍化色彩，於是，民間文學的學術地位的落差，就註定出現了。殊不知民間文學與所謂經典文學是可以轉化的，詩經中的國風、漢樂府、唐代竹枝詞、元曲、白話小說等俗文學變為雅文學即是現成的例證；即使在由俗變雅之前，其中蘊涵的豐富資訊，也著實不可小覷。現實生活中，民間文學並不因為網路時代的逐步走來而失去其發榮滋長的旺盛而頑強的生命力。相反，數位化、網路化反倒增加了新的快捷的傳播管道，促進它的高產與快速流行。當然它們現在還說不上是國故，但今日之鮮活的口頭文學，如果不趁鮮採摘，會失去很多難以追回的資訊。學術研究如果長期中斷與現實生活、民間生活的聯繫，會變得老氣橫秋，精緻化的同時必然會逐漸走向僵化。

再來看方法論問題。整理國故運動中，長於考證的傳統樸學方法，形形色色的西方學術方法，都有人使用。中西方法，孰優孰劣，至今仍有爭論。其實，從整理國故業績突出的學者與學術生命力長久的成果來看，最好的方法是在融會中西方法的基礎上富於靈性的個性創造。章太炎在 20 世紀第一個十年就已完成的諸子研究，雖不能說沒有瑕疵，但其貴有自得，「他的解析思維力，獨立而無援附，故能把一個中國古代的學庫，第一步打開了被中古傳襲所封閉著的神秘堡壘，第二步拆散了被中古偶像所崇拜著的奧堂，第三步根據他的自己判斷能力，重建了一個近代人眼光之下所看見的古代思維世界。」[74]到了五四時期，他對新文化運動不無微詞，表面上看，他成了落伍者，實際上，這位 20 世紀最早以治史眼光看六經、消解了六經至上的神聖光環的懷疑主義先驅者，此時仍內斂著理性主義精神。1922 年 4 月至 6 月，他在上海講國學，當講到「國學之自體」時，說「經史非神話」、「經典諸子非宗教」，這與五四精神是血脈相連、息息相通的。他講治國學之法時所提倡的「辨書籍真偽」、「通小學」、「明地理」、「知古今人情之變遷」，在樸學與西學之間架起了橋樑。正如侯外廬所說：「太炎之為最後的樸學大師，有其時代的新意義，他於求是與致用二者，就不是清初的經世致用，亦不是乾嘉的實事求是，更不是今文家的一尊致用，而是抽史以明因果，覃思以尊理性，舉古今中外之學術，或論驗實或論理要，參伍時代，抑揚短長，掃除穿鑿傅會，打破默守古法，在清末學者中卓然淩厲前哲，獨高人一等」[75]。曾經從章太炎學習國學的魯迅，在五四前就輯錄過《古小說鉤沉》、謝承《後漢書》等，五四時期，他以分析的眼光審視傳統文學，既不放過「團圓主義」、「瞞與騙」之類

74　侯外廬：《章太炎的科學成就及其對於公羊學派的批判》，收章念馳編：《章太炎生平與學術》，三聯書店，1988 年 7 月版，第 141 頁。

75　同註 74，第 160 頁。

的精神糟粕，予以猛烈的抨擊，同時，也不因噎廢食，而是做了卓有成績的整理國故工作。比起胡適的只重白話文學來，魯迅的眼界更為開闊，胸襟也更為博大。1924 年基本完成《嵇康集》的校訂，1926 年由北新書局出版《小說舊聞鈔》（輯錄），1927 年出版《唐宋傳奇集》（輯錄）；此外還有《會稽郡故書雜集》、《嶺表錄異》及未完成的《漢畫石刻》。魯迅的輯佚稽考，「體例謹嚴、搜羅宏富、輯文完善、考證精審」[76]，如蔡元培所說：「完全用清儒家法。惟彼又深研科學，酷愛美術，故不為清儒所囿，而又有他方面的發展，例如科學小說的翻譯，《中國小說史略》，《小說舊聞鈔》，《唐宋傳奇集》等，已打破清儒輕視小說之習慣；又金石學為自宋以來較發展之學，而未有注意於漢碑之圖案者，魯迅先生獨注意於此項材料之搜羅；推而至於《引玉集》，《木刻紀程》，《北平箋譜》等等，均為舊時代的考據家鑑賞家所未曾著手。」[77]「神魔小說」、「人情小說」等的小說類型的歸納，淘汰了「四大奇書」、「才子書」等舊概念，既承傳了「辨章學術考鏡源流」的目錄學傳統，又汲取了西方小說類型概念，在此基礎上做了會通熔鑄。《漢文學史綱要》的一些章題，諸如《書》與《詩》、老莊、屈原及宋玉、李斯、漢宮之楚聲、賈誼與鼂錯、藩國之文術、司馬相如與司馬遷，是著者從當時的文學史中提煉出來的幾個典型現象，其中有作家，有作品，也有地方色彩、文化氛圍，還有文學與政治的關係等，視角富於變化。魯迅擬寫的《中國

[76] 林辰：《魯迅輯錄〈古小說鉤沉〉的成就及其特色》，《文學評論》，1962 年第 6 期。

[77] 《魯迅先生全集序》，《魯迅全集》第 1 卷卷首，上海復社，1938 年版。

文學史》，據許壽裳回憶，六章題目中有《從〈離騷〉到〈反離騷〉》、《酒・藥・女・佛》、《廊廟和山林》等。這顯然也不是從什麼邏輯預設出發的，而是抓住了各個時代最具代表性的典型現象，酒、藥指魏晉文人的生存狀態，女和佛指彌漫於齊梁的宮體詩和崇尚佛教以及佛教翻譯文學的流行。廊廟與山林，是用來概括唐代作家在朝或在野而對現實採取不同的態度和傾向。在《中國小說的歷史的變遷》裡，值得注意的是「第五講」將明代小說梳理成「兩大主潮」，一是講神魔之爭的，二是講世情的，這不合通行的唯一中心論的梳理，顯示出著者的靈活性。《中國小說史略》是中國人所著第一部小說專史，以時間為經，以類型為緯，其體系固然從西學有所借鑑，但諸如「神魔小說」、「人情小說」、「譴責小說」等，均為著者的新創。魯迅「能從豐富複雜的文學歷史中找出帶普遍性的、可以反映時代特徵和本質意義的典型現象，然後從這些現象的具體分析和闡述中來體現文學的發展規律」[78]。

整理國故的實踐已經證明，國故不只應該作為西方學術方法燭照的對象，而且也可以成為觀照自身的光源成分；但無論是樸學，還是西學，沒有能夠切合一切對象的方法，最好的方法只能是從具體的研究對象出發，在博取雜收、融會貫通的基礎上，加以充滿個性的感悟與智慧的提煉而獲得。這樣，傳統文化資源才能得到較為充分的開發利用，也才有望早日建立起富於中國特色的學術話語體系，以平等的身份參與世界學術對話。

---

[78] 參照王瑤：《中古文學史論・重版題記》，北京大學出版社，1998 年版。

第四章　翻譯文學

第一節　問題的提出

中國的翻譯文學，最早可以追溯至《左傳》等古典文獻裡的零星記載。東漢開始的佛經翻譯，包含了豐富的文學內容，諸如《法華經》、《維摩詰經》、《盂蘭盆經》等堪稱佛教文學的代表作。近代翻譯文學開始把外國文學作為文學來翻譯，但是，存在著一些影響翻譯文學品質及其發展的問題，譬如：以「意譯」和譯述為主，其中根據譯者感情好惡、道德判斷及審美習慣而取捨、增添、發揮、誤譯、改譯、「中國化」（人名、地名、稱謂、典故等中國化，小說譯為章回體等）的現象相當嚴重；原著署名權沒有得到充分尊重，不少譯著不註明著者，或者有之但譯名混亂，還有一些譯著也不署譯者名[1]；譯作中只有少數用白話翻譯，大多數與代表性成果則為文言；各種文體不平衡，小說居多，而詩歌、散文較少，話劇更是寥寥可數。

五四時期，由於新文化啟蒙運動的強力推動，新文學開創基業的急切需求，以及新聞出版業與新式教育的迅速發展，翻譯文學呈現出波瀾壯闊的局面，取得了前所未有的成績，邁進了一個新紀元。譯者隊伍不斷擴大，發表陣地星羅棋佈，讀者群

---

1 參照郭延禮：《中國近代翻譯文學概論》，湖北教育出版社，1998 年 3 月版，第 33-43 頁。

遍佈社會各個階層，翻譯文體漸趨豐富，白話翻譯升帳掛帥，翻譯批評相當活躍，翻譯品質有了飛躍性的進步，翻譯文學作為一個獨立的文學門類，堂而皇之地步入了中國現代文學的殿堂。

20 世紀三四十年代，文學史家意識到翻譯文學的重要性，把翻譯文學列入文學史框架，如陳子展《中國近代文學之變遷》（上海中華書局 1929 年 4 月）與王哲甫《中國新文學運動史》（北平傑成印書局 1933 年 9 月），分別將「翻譯文學」列為第 8 章與第 7 章，田禽的《中國戲劇運動》（商務印書館 1944 年 11 月）第 8 章為「三十年來戲劇翻譯之比較」，藍海《中國抗戰文藝史》（現代出版社 1947 年 9 月）也注意到抗戰時期翻譯界的「名著熱」現象。

然而，進入 20 世紀五十年代以後，在中國現代文學作為一個獨立的學科逐漸形成的過程中，翻譯文學卻反而受到不應有的冷落。截止目前，有 220 種以上的現代文學史著作，在通史性質的著作中，沒有一種為翻譯文學設立專章；有的著作只是把翻譯文學作為五四新文學的背景來看待，而當述及第二、三個十年時，就看不見翻譯文學的蹤影了；有的著作述及魯迅、郭沫若、茅盾、巴金、曹禺、梁實秋、卞之琳、周立波、穆旦等著譯均豐的作家時，對其翻譯只有寥寥幾筆，述及沈從文、丁玲、艾蕪、蕭軍、蕭紅、端木蕻良、路翎、賀敬之等作家時，對其所受翻譯的影響，也是一筆帶過，而沒有把翻譯文學的建樹及其影響放到文學史整體框架中來考察。饒有意味的是，十卷本《中華文學通史》[2]，魏晉南北朝文學與近代文學部分，分

[2] 張炯、鄧紹基、樊駿主編：《中華文學通史》，華藝出版社，1997 年版。

設「佛經翻譯」與「近代翻譯與翻譯文學」專章，而現當代文學部分，本來佔有更為重要地位的翻譯文學，卻連專節也沒有。

翻譯文學為何受到冷落？究其原因，或許與翻譯文學研究較為繁難有關，它需要研究者最好要懂至少一門外語，要有寬廣的世界文學與文化視野。另外，大概也有學科劃分過細的緣故，現代文學界把翻譯文學讓給了比較文學界。後者對現代翻譯文學給予了相當的關注，八十年代末以來陸續推出一些成果，譬如：陳玉剛主編的《中國翻譯文學史稿》（中國對外翻譯出版公司 1989 年），梳理了近代以來中國翻譯文學的歷史脈絡，介紹並評價了重要翻譯家與社團、刊物、出版社的建樹，注意到翻譯對文學創作的影響；郭延禮《中國近代翻譯文學概論》（湖北教育出版社 1998 年 3 月），馬祖毅《中國翻譯簡史》增訂版（副標題標明「『五四』以前部分」，中國對外翻譯出版公司 1998 年 6 月），對 1917 至 1918 年的翻譯稍有涉獵；謝天振、查明建主編的《中國現代翻譯文學史》（上海外語教育出版社 2005 年 3 月），為第一本現代翻譯文學通史，既有歷史脈絡的勾勒，也有重要譯者與國別文學的翻譯情況；王向遠《二十世紀中國的日本翻譯文學史》（北京師範大學出版社 2001 年 3 月），王建開《五四以來我國英美文學譯介史（1919-1949）》（上海外語教育出版社 2003 年 1 月）等，則在國別文學翻譯研究上有所建樹。

現代文學界之所以忽略翻譯文學，深層原因至少有二：一是學科初創期，正值中華人民共和國剛剛誕生，政治上強調獨立自主，反封鎖的同時容易走向封閉保守，社會心態自豪之中不無自大，回首現代文學歷史，成績斐然，有意無意地迴避外國文學的影響，忽略翻譯文學的價值。初創期的認知模式一旦形成，便沿襲為學科慣性，影響至今。二是翻譯文學的屬性問題一直是個懸案，外國文學界認為翻譯文學已經不是原本意義上的外國文學，中國文學也從「血緣」上予以排斥，這樣就把翻譯文學推到邊緣化的位置。如果不是近年來交叉學科、邊緣學科得到鼓勵，前面列舉的現代翻譯文學研究成果也未必能夠出現。

翻譯文學的屬性到底怎樣，在理論層面姑且不論；就歷史層面而言，現代翻譯文學碩果累累、影響巨大是一個不爭的事實。面對這樣的現象，文學史研究怎麼能夠視而不見，或者拱手讓人呢？從五四時期就可以看出翻譯文學在現代文學史上的重要地位。

第二節　先驅者對翻譯價值的認識

較之近代，五四時期對翻譯文學有了更為全面、更為深刻的認識。沈雁冰把翻譯視之為當下最關係新文學前途盛衰的一件事[3]。鄭振鐸對此論述更多，《翻譯與創作》中說，「翻譯者在一國的文學史變化更急驟的時代，常是一個最需要的人。」《俄國文學史中的翻譯家》再次強調指出：「就文學的本身講，翻譯家的責任也是非常重要的。無論在那一國的文學史上，沒有不顯出受別國文學的影響的痕跡的。而負這種介紹的責任的，卻是翻譯家。」他舉出威克立夫的《聖經》譯本被稱為「英

3 《譯文學書方法的討論》，《小說月報》第 12 卷第 4 號。

國散文之父」，路德的《聖經》譯文是德國近代文學的基礎，俄國文學史上翻譯事業對於俄語的形成乃至俄國文學發展的作用，來說明翻譯家對於本國文學建設是如何的重要。他在《俄國的詩歌》中，又拿幾個以翻譯著稱的詩人為例，充分肯定「灌輸外國的文學入國中，使本國的文學，取材益宏，格式益精，其功正自不可沒」[4]。鄭振鐸多次說過翻譯之於創作不僅僅為「媒婆」而止，《翻譯與創作》中將其比作哺乳的「奶娘」，還稱之為開窗「引進戶外的日光和清氣和一切美麗的景色」。在新文學前驅者看來，通過翻譯至少可以從三個方面汲取營養滋補新文學。

一是文學觀念。傳統文學觀念中載道教化佔有重要地位，新文學前驅者意識到，要想完成文學觀念的現代轉型，將家族主義、奴性主義等傳統之「道」置換成人道主義、個性主義等現代之「道」，改變視文學為高興時的遊戲與失意時的消遣的觀念，把文學看作一項表現人生、關乎人生的重要事業，並且真正把文學作為文學來看待，把握其基本特徵與發展規律，必須大力譯介外國文學理論。

二是文藝思潮。胡愈之在《近代文學上的寫實主義》[5]中指出，「翻譯文藝，和本國文藝思潮的發展，關係最大」。「新興的象徵主義神秘主義，和我國文藝思想，隔離尚遠，惟有寫實文學，可以救正從前形式文學，空想文學，『非人』的文學的弊病。」五四時期認為引進寫實主義是當務之急，但對其他文藝思潮亦有汲取。

4　《民鐸雜誌》第 3 卷第 2 期，1922 年 2 月 1 日。

5　《東方雜誌》第 17 卷第 1 號，1920 年 1 月 10 日。

三是文體建設。新文學對於中國文學傳統無論情願不情願、自覺不自覺，都必然有所承傳，而對於外國文學卻是自覺地從語體到文體多有借鑑。這種借鑑很大程度上是通過翻譯來實現的。胡適主張「趕緊多多的翻譯西洋的文學名著做我們的模範」[6]。曾樸贊同「把世界已造成的作品，做培養我們創造的源泉」[7]。沈雁冰也說，「若再就文學技術的主點而言，我又覺得當今之時，翻譯的重要實不亞於創作。西洋人研究文學技術所得的成績，我相信，我們都可以，或者一定要採用。採用別人的方法——技巧——和徒事仿效不同。我們用了別人的方法，加上自己的想像情緒……，結果可得自己的好的創作。在這意義上看來，翻譯就像是『手段』，由這手段可以達到我們的目的——自己的新文學。」[8]

近代翻譯文學已經使國人初步見識到新穎的外國文學樣態及其所表現的異域風土人情，意識到文學也可以承載政治使命與科學啟蒙職責。五四新文化運動興起以後，對文學的思想啟蒙要求提到了議事日程上來。但在一些人眼裡，新文學盡可承擔啟蒙的重任，而翻譯文學則只是為創造中國新文學所做的準備；文學創作是終極目標，而文學翻譯則不過是權宜之計。這實際上輕視了翻譯的價值。時在日本的郭沫若，正處於創作熱情高漲期，加之年輕人的敏感，因為自己的創作在報上發表時被排在翻譯的下面，便發出了「覺得國內人士只注重媒婆，而不注重處子；只注重翻譯，而不注重產生」的感慨。他認為，

---

6 《建設的文學革命論》。

7 《病夫復胡適的信》，《真善美》1 卷 12 號。

8 《一年來的感想與明年的計畫》。

「翻譯事業於我國青黃不接的現代頗有急切之必要……不過只能作為一種附屬的事業，總不宜使其凌越創造、研究之上，而狂振其暴威。」[9]十分看重翻譯的鄭振鐸，在題為《處女與媒婆》的短文中，對這種帶有一定傾向性的看法提出質疑，認為「他們都把翻譯的功用看差了。處女的應當尊重，是毫無疑義的。不過視翻譯的東西為媒婆，卻未免把翻譯看得太輕了。翻譯的性質，固然有些像媒婆。但翻譯的大功用卻不在此。……就文學的本身看，一種文學作品產生了，介紹來了，不僅是文學的花園，又開了一朵花；乃是人類的最高精神，又多一個慰藉與交通的光明的道路了。如果在現在沒有世界通用的文字的時候，沒有翻譯的人，那末除了原地方的人以外，這種作品的和融的光明，就不能照臨於別的地方了。所以翻譯一個文學作品，就如同創造了一個文學作品一樣；他們對於人們的最高精神上的作用是一樣的。」稍後，他又在《俄國文學史中的翻譯家》中指出：「翻譯家的功績的偉大決不下於創作家。他是人類的最高精神與情緒的交通者。」[10]在 1922 年 8 月 11 日《文學旬刊》上的《雜譚》中，他再一次說：「現在的介紹，最好是能有兩層的作用：（一）能改變中國傳統的文學觀念；（二）能引導中國人到現代的人生問題，與現代的思想相接觸。」

鄭振鐸一再強調翻譯文學對於精神建設的重要價值，這正體現出五四新文化啟蒙運動的時代特徵。這種見解並非鄭振鐸的個人看法，而是新文學先驅者的共識。沈雁冰在《新文學研

9　轉引自鄭振鐸：《處女與媒婆》，《時事新報・文學旬刊》第 4 號，1921 年 6 月 10 日。

10　《改造》雜誌，1921 年 7 月。

究者的責任與努力》中明確指出：「介紹西洋文學的目的，一半是欲介紹他們的文學藝術來，一半也為的是欲介紹世界的現代思想——而且這應是更注意些的目的。」他在主持《小說月報》全面革新一年之際，回顧說：「我們一年來的努力較偏在於翻譯方面——就是介紹方面。時有讀者來信，說我們『蔑視創作』；他們重視創作的心理，我個人非常欽佩，然其對於文學作品功用的觀察，則亦不敢苟同。」要追尋永久的人性，溝通人間的心靈，提升人類的精神境界，並非一人乃至一國作家所能完成，在這個意義上，「翻譯文學作品和創作一般地重要，而在尚未有成熟的『人的文學』之邦像現在的我國，翻譯尤為重要；否則，將以何者療救靈魂的貧乏，修補人性的缺陷呢？」[11]在《介紹外國文學作品的目的——兼答郭沫若君》[12]中，他再次強調：「翻譯家若果深惡自身所居的社會的腐敗，人心的死寂，而想借外國文學作品來抗議，來刺激將死的人心，也是極應該而有益的事。」五四時期的翻譯實踐的確如此。魯迅翻譯武者小路實篤的《一個青年的夢》，就是想借此喚醒彼此隔膜、無端仇視的國民；翻譯廚川白村的《出了象牙之塔》，「也並非想揭鄰人的缺失，來聊博國人的快意」，而是覺得「著者所指摘的微溫，中道，妥協，虛假，小氣，自大，保守等世態，簡直可以疑心是說著中國。尤其是凡事都做得不上不下，沒有底力；一切都要從靈向肉，度著幽魂生活這些話」。魯迅想借此讓「生在陳腐的古國的人們」意識到自身的腫痛，以便獲得

[11] 《一年來的感想與明年的計畫》，《小說月報》第 12 卷第 12 號，1921 年 12 月 10 日。

[12] 《時事新報．文學旬刊》第 45 號，1922 年 8 月 1 日。

割治腫痛的「痛快」，防止「倖存的古國，恃著固有而陳舊的文明，害得一切硬化，終於要走到滅亡的路。」[13]五四時期的許多外國文學作品，之所以能夠進入譯者視野、通過翻譯而與廣大中國讀者見面，就是因為其中表現的個性主義、人道主義、民主、自由、平等、科學等現代觀念，正為新文化啟蒙運動所急需。翻譯在跨文化交流與現代啟蒙中的確發揮了重要作用。

1921 年 8 月 12 日《京報》「青年之友」裡有一篇文章說，「凡是翻譯的文學，只足供研究文學的人的研究資料而不能盡文學的真正任務——兒童文學尤其不是翻譯的文學所能充當」。當月 20 日，《時事新報・文學旬刊》第 11 號發表署名春的《兒童文學的翻譯問題》，對此質疑道：「翻譯不過是把文學作品的形式，變換一下，至於作品裡所表現的思想情感，經過一度翻譯之後，是決不會全然消失的；便是作品裡的情調，風格，韻律，要是譯得好，也往往能保存到八九分。那麼翻譯出來的東西，為什麼竟『不能盡文學的真正任務』呢？難道神曲的英文譯本，浮斯德的法文譯本，罪與罰的德文譯本，都只是『研究文學的人的研究資料』，不能算為一種文學作品嗎？」接著，作者以《一千零一夜》、安徒生童話、《魯濱遜漂流記》為例，說除了本民族能夠閱讀原本以外，全世界大多數兒童所讀的都是譯本，難道那些譯本都不能成立嗎？人類的思想感情有相通的地方，兒童尤其如此，兒童文學不應有國界的分別。中國的問題，不是翻譯過多了，而是嫌少，所以，他呼籲「為了我們的孩子，為了我們的文化前途」，應該多多翻譯西洋童話。文章雖然是

---

[13] 魯迅：《出了象牙之塔・後記》，北京：未名社，1925 年 12 月版。

從兒童文學切入，但觸及了對整個翻譯文學功能的認識。在新文學前驅者看來，翻譯文學可以作為創作的準備，也能夠充當認識外部世界的視窗與精神啟蒙的工具，但其功能決非僅僅如此而已；翻譯文學作為一種精神產品，具有超越地域和民族的人類普遍價值，作為一種文學作品，具有超越時空的審美魅力。

第三節　翻譯文學的選擇

五四時期以個性解放、思想革命為標誌的新文化啟蒙思潮波瀾壯闊，因而表現個性解放、人性解放、女性解放、思想自由、社會批判的外國文學作品引起普遍共鳴，翻譯的數量最大。周作人在《〈點滴〉序》裡說，這部集子所收譯作有一種共同的精神，「這便是人道主義的思想。」[14]考慮到周作人在《人的文學》裡把人道主義界定為個人主義的人間本位主義，那麼，《點滴》的主旨就涉及了通常意義上的人道主義與個人主義。豈止一部《點滴》，整個五四時期的翻譯文學都表現出這種傾向。「易卜生熱」、「泰戈爾熱」、「拜倫熱」與「俄羅斯文學熱」均源於此。兒童文學翻譯盛況空前，安徒生、格林、王爾德、小川未明等人的童話，拉封丹、萊辛、克雷洛夫等人的寓言，卡洛爾的《阿麗思漫遊奇境記》、科洛迪的《木偶奇遇記》、亞米契斯的《愛的教育》等兒童文學名著等大批地譯介進來，也是因為由「人」的發現而意識到了「兒童」的獨特性。

---

[14] 周作人輯譯：《點滴》，北大出版部，1920 年 8 月版。

鴉片戰爭以來愈益加重的民族危機，逐漸喚起了中華民族的覺醒，尤其是甲午戰爭敗於從前的學生日本手下，中國人在品嚐了巨大的恥辱之後對民族壓迫的話題分外敏感，開始注意到《黑奴籲天錄》這樣的反抗民族壓迫的作品。第一次世界大戰以中國所參加的協約國的勝利告終，但並沒有改變中國飽受列強侵奪的地位，於是爆發了五四愛國運動，而後又由一系列慘案激起「五卅運動」等反帝愛國運動。在這種背景下，被壓迫的弱小民族的文學得到了五四時期翻譯界的熱切關注。

周作人曾與魯迅一道通過《域外小說集》譯介被壓迫民族的文學，五四時期這方面的翻譯更多，譯有波蘭、南非、新希臘、猶太、保加利亞、芬蘭等弱小民族的作品。周作人對顯克微支十分推重，曾經譯過他的《炭畫》、《樂人揚珂》、《天使》、《燈台守》、《酋長》等。不少譯壇健將都在弱小民族文學的翻譯方面投入精力。如沈雁冰就譯過愛爾蘭、猶太、烏克蘭、匈牙利、波蘭、捷克、克羅地亞、阿根廷、尼加拉瓜、亞美尼亞、保加利亞、巴西、土耳其、埃及、黎巴嫩、智利等國的作品。譯壇新人也不甘落後，王魯彥 1926 年出版了譯著《猶太小說集》，1928 年又結集出版了《顯克微支小說集》與所收多為波蘭、匈牙利、保加利亞、芬蘭等國作品的《世界短篇小說集》。

伴隨著新文學運動的發展，弱小民族文學的翻譯呈上升趨勢。1915 年 10 月《新青年》第 1 卷第 2 號刊出泰戈爾的《讚歌》之後，隔了兩年多，自 1918 年 6 月第 4 卷第 6 號「易卜生號」起，弱小民族的文學作品多了起來，所屬有印度、挪威、芬蘭、丹麥、波蘭、猶太、亞美尼亞、愛爾蘭等。《小說月報》全面改革以後，有意識加強弱小民族文學的譯介，沈雁冰在第

12 卷第 6 號《最後一頁》中表示：「我們從第七期起欲特別注意於被屈辱民族的新興文學和小民族的文學；每期至少有新猶太、波蘭、愛爾蘭、捷克斯拉夫等民族的文學譯品一篇，還擬多介紹他們的文學史實。」《小說月報》實踐了這一計畫，翻譯的作品來自波蘭、挪威、匈牙利、印度、猶太、亞美尼亞、阿富汗、捷克（波西米亞）、喬具亞（格魯吉亞）、新希臘、芬蘭、保加利亞、克羅地亞、塞爾維亞、烏克蘭、智利、巴西、安南（越南）等。1921 年 10 月 10 日出刊的第 12 卷第 10 號特闢為「被損害民族的文學號」，集中推出一批成果，更是表現出新文學陣營的鮮明態度。這一期出版以後，在讀者中引起熱烈的反響。1921 年 11 月 9 日《時事新報‧學燈》發表署名 C 的《介紹小說月報〈被損害民族的文學號〉》，文章說：「人類本是絕對平等的。誰也不是誰的奴隸。一個民族壓伏在別一個民族的足下，實較勞動者壓伏於資本家的座下的境遇，尤為可悲。凡是聽他們的哀訴的，雖是極強暴的人，也要心肝為摧罷！何況我們也是屢受損害的民族呢？」「我們看見他們的精神的向上奮鬥，與慷慨激昂的歌聲，覺得自己應該慚愧萬分！我們之受壓迫，也已甚了，但是精神的墮落依然，血和淚的文學猶絕對的不曾產生。」從中可以看出，五四時期大力譯介被損害民族的文學，實在是於我心有戚戚焉。愛爾蘭劇作家葛列格里夫人致力於創建愛爾蘭民族戲劇，作品多有反抗外來統治、主張民族獨立的內涵。獨幕劇《月出》作於愛爾蘭爭取民族獨立運動中的 1907 年，寫一名當時隸屬於英國政府的愛爾蘭警官在碼頭識破扮作流浪藝人的越獄者（抵抗運動領導人）身份，抓捕越獄者的官方職責與民族同情心、民族獨立意志發生衝突，警官最後放棄了逮捕。這個劇本引起中國翻譯界與戲劇界的注意，五四時期有爽軒據此改編的《月出時》，收入凌夢痕編著《綠湖》第一集（民智書局 1924 年 2 月），後來又有黃藥眠譯本《月之初升》（上海文獻書房 1929 年 5 月）、陳鯉庭編譯、陳治策改編的《月亮上升》（北平中華平民教育促進會 1935 年 5 月）等版本問世。抗戰時期，舒強、何茵、呂復、王逸據此改編的《三江好》（武漢戰爭叢刊社 1938 年 1 月）廣為傳播，演出反響強烈。[15]

一般認為五四新文學的主旨是反帝反封建，實際上，表現在創作方面主要是以個性解放、人性解放與女性解放來反抗封建禮教與專制社會，而翻譯則是反帝反封建並重，換言之，反帝的主旨主要體現在翻譯方面，即弱小民族文學的翻譯方面，借他人之酒杯澆我中華民族飽受壓迫與屈辱之塊壘。說翻譯文學是中國現代文學的有機組成部分，這也是根據之一。

第四節　翻譯文學的成就

正是由於對翻譯文學的價值有了全面而深刻的認識，讀者有強烈的需求，舉凡五四時期重要的報刊，很少有不刊登翻譯作品的。「譯文」、「譯叢」、「譯述」、「名著」等五花八門的翻譯欄目與各種重點推介的「專號」、「專輯」，成為報刊吸引讀者的一道亮麗的風景。《新青年》從其初名《青年雜誌》開始，就注意譯介外國文學作品。1923 年 6 月改為完全政

15　參照王建開：《五四以來我國英美文學作品譯介史》，上海外語教育出版社，2003 年 1 月版，第 240 頁。

治化的季刊之後，仍舊發表譯文，只不過內容變成《國際歌》等政治性的作品罷了。《每週評論》、《新潮》、《國民》、《少年中國》、《解放與改造》、《曙光》、《新社會》、《人道》、《努力周報》等綜合性刊物，翻譯文學都佔有一席之地，至於《小說月報》、《文學周報》、《詩》、《晨報副刊》、《京報副刊》、《民國日報‧覺悟》、《時事新報‧學燈》等文藝性雜誌與報紙副刊，翻譯文學更是佔有大量篇幅。出版機構也成為翻譯文學的重要園地，單部譯著的出版已嫌不夠，推出叢書演成風氣。《文學研究會叢書》、《小說月報叢刊》、《文學周報社叢書》、《少年中國叢書》等影響較大的叢書中，翻譯佔有重要分量，更有一些翻譯文學叢書競相問世，如《未名叢刊》（北新書局、未名社等）、《近代世界名家小說》（北新書局）、《歐美名家小說叢刊》（北新書局）、《世界名著選》（創造社出版部）、《小說世界叢刊》（商務印書館）、《世界文學名著》（商務印書館、上海金屋書店、北新書局）、《新俄叢書》（上海光華書局）、《歐羅巴文藝叢書》（上海光華書局）、《世界少年文學叢刊》（上海開明書店）、《近代世界短篇小說集》（上海朝花社）、《共學社叢書‧俄羅斯文學叢書》（商務印書館）等，翻譯及其閱讀成為一種時代風尚，發表與出版翻譯文學成為新聞出版業的生財之道和與時俱進的表徵。

翻譯隊伍空前壯大起來，林紓、伍光建、曾樸等譯界前輩餘勇猶在，留學浪潮與國內新式教育培養出來的莘莘學子踴躍上陣，胡適、魯迅、周作人、劉半農、沈雁冰、鄭振鐸、趙元任、李青崖、謝六逸、沈澤民、張聞天、夏丏尊、陳大悲、歐陽予倩、陳望道、李劼人、宋春舫、郭沫若、成仿吾、郁達夫、田漢等新文學前驅者更是譯海弄潮兒。五四時期社團蜂起，百家爭鳴，不僅有新文學激進派與保守派、中間派之爭，而且新文學陣營內部也存在著種種矛盾衝突。但無論社會發展觀、文學觀及審美取向有著怎樣的歧異，文學翻譯是五四時期眾多流派的共同行動。翻譯者對文學翻譯傾注了極大的熱情與無量的心血，取得了輝煌的成就。見之於報刊的譯作之多簡直難以盡數，出版的譯著據不完全統計，至少在 520 種以上。

創造社的刊物，最初的《創造》季刊譯作所占分量不大，《創造周報》有所增加，連載郭沫若翻譯的《查拉圖司屈拉》等，《洪水》載有張資平、達夫、韻鐸、陶晶孫等的譯作。創造社成員的譯著有郭沫若譯施篤姆《茵夢湖》(與錢君胥合譯)、歌德《少年維特之煩惱》與《浮士德》、波斯莪默・伽亞謨《魯拜集》、《雪萊詩選》、尼采《查拉圖司屈拉鈔》等，田漢譯王爾德《莎樂美》、莎士比亞《哈孟雷特》與《羅密歐與茱麗葉》、菊池寬《海之勇者》與《屋上的狂人》、武者小路實篤《桃花源》、《日本現代劇選》、梅特林克《愛的面目》等，張資平譯日本短篇小說選《別宴》，徐祖正譯島崎藤村《新生》等。創造社出版部出版成紹宗、張人權譯都德《磨坊文箚》，郭沫若譯高爾斯華綏《法網》、《銀匣》，郭沫若與成仿吾譯《德國詩選》，曾仲鳴譯法朗士《堪克實》，孫百剛譯倉田百三《出家及其弟子》等，儘管郭沫若在《創造》季刊第 1 卷第 2 期《編輯餘談》裡說創造社「沒有劃一的主義」，而且後來在其發展中也確有多種聲音，但總體上，其翻譯與創作一樣，流露出鮮明的浪漫主義傾向。

新月社偏重西歐文學的翻譯，如陳西瀅譯法國莫洛懷《少年歌德之創造》，徐志摩譯德國哥斯《渦堤孩》、英國曼殊斐兒《曼殊斐兒》（與西瀅合譯）、《曼殊斐兒小說集》、法國伏爾泰《憨第德》、愛爾蘭占姆士《瑪麗瑪麗》（與沈性仁合譯）等。

未名社側重於俄羅斯文學的翻譯。《未名叢刊》收翻譯作品 23 種，其中 17 種為俄羅斯文學，五四時期翻譯的有《蘇俄的文藝論戰》、《十二個》、《窮人》、《外套》、《爭自由的波浪及其他》、《往星中》、《工人綏惠略夫》、《黑假面人》等。

就社團而言，成績最大、而且最能顯示出五四時期海納百川般廣闊胸襟的當屬文學研究會。文學研究會的翻譯計劃性較強，《小說月報》先後組織了「俄羅斯文學研究」、「法國文學研究」兩個號外，「被損害民族的文學號」、「非戰文學號」、「泰戈爾號」（上下）、「安徒生號」（上下）等專號，拜倫、羅曼・羅蘭、芥川龍之介等專輯；此外還有屠格涅夫、陀思妥耶夫斯基、柴霍甫（通譯契訶夫）、莫泊桑、法朗士、霍甫特曼等「文學家研究」與「檀德六百周年紀念」（檀德，通譯但丁）等專欄。當意識到某些方面需要加強時，便組織相關欄目、譯作予以推動。據初步統計，《小說月報》12 卷到 18 卷，譯介了 35 個國家的 270 多名作家的作品；此外，刊出 206 條「海外文壇消息」，還有「歐美最近出版文藝書籍表」、「現代文壇雜話」、「近代名著百種述略」等。《文學周報》（初名《文學旬刊》）1 卷至 9 卷（1921 年 5 月 10 日創刊到 1927 年底），發表的翻譯作品在 300 篇以上。除了在《小說月報》、《文學周報》、《詩》等刊物譯介之外，文學研究會還組織出版了多種叢書。《小說月報叢刊》（1924 年 11 月至 1925 年 4 月）60 種，其中譯著 31 種（含著譯混合、但以翻譯為主的 3 種）。《文學周報社叢書》28 種，其中譯著 1926 至 1927 年 8 種，1928 年 3 種。《文學研究會叢書》最初計畫出書 83 種，其中譯著 71 種，編著外國文學史與泰戈爾研究 10 種[16]。後來實際出版的有 107 種，其中譯著 1921 至 1927 年 46 種，1928-1939 年 16 種。[17]

眾多社團、流派、譯者對翻譯對象的選擇見仁見智，各有側重，總體上對從古至今的東西方文學都有涉獵，視野十分廣闊。從時段來看，以 18 世紀以來的文學為主，最近延伸到與五四時期同步的俄蘇赤色文學；遠的則有希臘神話、荷馬史詩、伊索寓言等；文藝復興時期的但丁、莎士比亞、莫里哀等均有翻譯，其中莎士比亞劇作較多，有田漢譯《哈姆雷特》、《羅密歐與茱麗葉》、曾廣勳譯《威尼斯商人》、邵挺、許紹珊譯《羅馬大將該撒》、張采真譯《如願》（即《皆大歡喜》）等。

從國家、民族來看，既有如前所述的小國與被損害的民族，也有英、法、意、德、俄、美、日、西班牙等強勢國家、民族。最初，英國文學翻譯最多，1921 年以後，俄羅斯文學翻譯急起直追，在報刊上佔有顯著位置，尤其是 1921 年以後，增勢迅猛，

16 《文學研究會叢書編例》，《小說月報》第 12 卷第 8 號。

17 此數字據賈植芳、蘇興良、劉裕蓮、周春東、李玉珍編：《文學研究會資料》下，河南人民出版社，1985 年 10 月版。另據《新文學史料》1979 年 5 月第 3 輯重刊《文學研究會叢書緣起》的編者注，該叢書共 125 種，其中創作 54 種，翻譯 71 種（小說 30 種、戲劇 20 種、文藝理論 10 種、詩歌 3 種、散文 1 種、童話和寓言等 7 種）。

結集出版達 85 種，超過清末以來一直領先的英國，一躍居於首位。五四之前，東西方文學的翻譯失衡，除了有限的日本文學翻譯之外，譯壇幾乎是西方文學的天下。後來，東方文學的分量逐漸加重。日本文學的翻譯劇增，結集出版的就有大約 40 種。東亞還有安南（越南）民歌、《高麗民歌》等。南亞有劉半農譯印度 Paramahansa《我行雪中》等詩，鄭振鐸編譯《印度寓言》，焦菊隱譯《沙恭達羅》第四、五幕（題名《失去的戒指》）；泰戈爾翻譯更是一度形成熱潮，1920 至 1925 年間報刊發表其作品翻譯 230 餘篇次，出版其譯著 16 種，近 30 個版本。西亞有波斯詩人莪默・伽亞謨作品的多種翻譯（胡適、郭沫若、劉半農等譯）。阿拉伯文學還有黃弁群、吳太玄據《一千零一夜》裡的《阿里巴巴和四十大盜》編譯的《秘密洞》，雁冰譯紀伯倫《聖的愚者》等。猶太文學翻譯，除了包含在《新舊約全書》（由基督教新教會主持，中外教徒、學者集體翻譯）中的文學部分之外，還有赤城譯《現代的希伯來詩》、沈雁冰等譯《新猶太小說集》、《賓斯奇集》等。

從創作方法來看，既有現實主義（普希金、果戈理、屠格涅夫、托爾斯泰、陀思妥也夫斯基、契訶夫、高爾基、易卜生、蕭伯納等）、自然主義（福樓拜、莫泊桑、左拉、霍普特曼、田山花袋、島崎藤村等）、浪漫主義（歌德、席勒、雨果、梅里美、拜倫、雪萊、華茲華斯、惠特曼等），也有古典主義（莫里哀、拉辛、拉封丹等）、象徵主義（梅特林克、勃洛克等）、表現主義（斯特林堡、恰佩克、尤金・奧尼爾等）、唯美主義與頹廢主義（波德賴爾、王爾德、羅瑟蒂、佩特、道生等），以及多種創作方法交織融會、色彩斑駁的眾多作家。

從文體形式來看，既有近代西方文論公認的小說、詩歌、散文、話劇等四大體裁，也有理論、批評與作家傳記、評傳等文類。小說中，有短篇小說，中篇小說，長篇小說；抒情小說，詩意小說，敘寫自我心境、身邊瑣事的「私小說」，科學小說，寓言小說等。詩歌中，有自由體詩，十四行詩，小詩，史詩，民歌，國歌，校歌，散文詩等。散文中，有抒情散文、隨筆、劄記、雜感、講演、日記、科學小品等。戲劇中，有話劇（獨幕劇，多幕劇），詩劇，木偶劇，狂言（日本諷刺小品劇），歌劇，電影劇本（如陳大悲譯葛雷漢貝格《愛爾蘭的野薔薇》）等。兒童文學，有童話，寓言，故事，童謠，兒童詩，兒童劇，連環畫，神話，民間傳說，歌曲（歌詞配曲譜）（如落花生譯《可交的蝙蝠與伶俐的金絲鳥》）等。

從文類來看，雅文學固然佔據主流位置，俗文學也沒有被拒之門外。如美國通俗小說家巴勒斯 1914 年創作的《人猿泰山》，一問世即成暢銷書。1923 年 3 月 23 日至 10 月 19 日，《小說世界》1 卷 12 期至 4 卷 3 期連載胡憲生譯《野人記（泰山歷險記）》，附插圖多幅；1925 年 2 月，此譯本由商務印書館結集出版，三四十年代，又有多種單行本問世。其他如偵探小說、言情通俗小說等也有大量譯介。

從藝術風格來看，有悲劇的悽愴、悲壯、莊嚴，喜劇的諷刺、幽默、詼諧，也有悲喜劇的複合色調；典雅華麗，質樸自然，深沉雄渾，輕盈飄逸，委婉曲折，爽直明快，陰鬱晦暗，激昂明朗，等等，可謂千姿百態。五四時期的文學翻譯真正做到了海納百川，有容乃大。

第五節　翻譯文學的效應

翻譯文學是在新文化啟蒙運動背景下推向高潮的，這一背景決定了諸如對象的選擇、時間的先後等翻譯策略，也勢必產生精神啟蒙的積極效應。《新青年》刊出的「易卜生號」帶動起一股「易卜生熱」，熱潮從翻譯界放射到社會上，成為女性解放、個性解放的動力源。勇於爭取自身權利的娜拉成為女性解放的一個共名、一面旗幟。年輕女性在娜拉出走行動的感召下，大膽反抗封建禮教、逃離家庭專制樊籬的事例不勝枚舉。魯迅《傷逝》女主人公子君宣言似的話語「我是我自己的，他們誰也沒有干涉我的權利」，就是娜拉在中國的投影。郭沫若翻譯的《少年維特之煩惱》，惹動了多少少男少女春心蕩漾。「拜倫熱」為代表的浪漫主義文學翻譯，同五四時期青年知識份子中狂飆突進般的激進情緒互為因果，壯大了除舊佈新的聲勢。武者小路實篤等人的新村題材文學的翻譯，為中國的「新村主義」仰慕者提供了崇拜的偶像。「泰戈爾熱」因第一次世界大戰而起，由泰戈爾 1924 年四五月間訪華而陡然高漲，對於撫慰在西方文化猛烈衝擊下失去心理平衡與文化自信的國人來說，不啻於一劑良藥。俄羅斯黃金時代、白銀時代文學的翻譯，喚起了讀者的深深共鳴，平添了反抗專制的勇氣和力量。赤俄文學的翻譯更是激蕩起革命的情緒。出自列悲、鄭振鐸與耿濟之、瞿秋白等人筆下的《國際歌》多種譯本，鼓舞著幾代共產黨人前仆後繼，為民族獨立與人民解放浴血奮戰。

作為新文學語體的白話，一是從古代、近代的白話文學承傳而來，二是從生活中的日常言語汲取源泉，但如何使古代白話轉化為現代白話，將日常言語提煉成文學語言，則不能不歸功於翻譯文學。胡適、魯迅、周作人等新文學創作的前驅者，大抵也是現代翻譯文學的前驅者，他們在閱讀與翻譯外國文學的過程中仔細體味原作的語言韻味，摸索文學的白話表達方式，從而創造了現代白話文學語體。也就是說，現代文學的白話語體，不僅表現在創作之中，而且表現在翻譯之中，有時甚或首先成熟於翻譯之中。胡適的譯詩《老洛伯》、《關不住了》、《希望》等，堪稱《嘗試集》中最早成熟的作品與最出色的作品。周作人最初成熟的白話文作品也應該說是他翻譯的《童子 Lin 之奇蹟》、《皇帝之公園》、《酋長》、《賣火柴的女兒》等。伴隨著翻譯藝術的進步，白話寫作能力也在逐漸提高。魯迅 1919 年翻譯的《一個青年的夢》，尚嫌生澀，甚至還有誤譯，而到了 1922 年翻譯的《桃色的雲》，就變得圓潤曉暢起來，1927 年翻譯的《小約翰》，則可以說是到了爐火純青的程度。與此相應，他的創作文筆也逐步走向圓潤、老練、豐富。比較一下《吶喊》與《彷徨》、《故事新編》，五四初期雜文與後來的《野草》、《朝花夕拾》乃至三十年代雜文，其語言發展的軌跡清晰可見。文學翻譯推動白話作為新文學的語言載體迅速走向成熟，實現了胡適所設定的「國語的文學、文學的國語」。其重要意義不可低估，它不僅有利於全民文化水準的普遍提高，而且為臺灣、香港、澳門同胞的中華民族認同，提供了巨大的凝聚力。

在翻譯文學的啟迪之下，中國現代文學的表現空間與藝術形式得到極大的拓展。農民這一中國最大的社會群體走上文學舞臺，女性世界得到本色的表現，個性與人性得以自由的伸展，心理世界得到深邃而細緻的發掘，景物描寫成為小說富於生命力的組成部分，審美打破中和之美至上的傳統理想，呈現出氣象萬千的多樣風格。自由體詩、散文詩、絮語散文、報告文學、心理小說、話劇、電影劇本等新穎的文體形式，在中國文壇上生根發芽、開花結果。文學理論與文學史著作的翻譯，為現代文學的理論建設提供了寶貴的資源。翻譯還為中國文壇打開了一個新奇絢麗的兒童文學天地，兒童乃至成人從中汲取精神營養和品味審美怡悅自不必說，作家也從中獲得了兒童文學創作的範型和藝術靈感產生的媒質。可以說沒有外國兒童文學翻譯，就沒有中國現代兒童文學。翻譯文學與在其影響下茁壯成長的新文學一道向世界表明：中國現代文學正在追趕世界文學潮流，成為世界文學的有機組成部分。

文學翻譯不僅鍛煉了胡適、魯迅、周作人等一代新文學先驅，而且培養了一代新作家，王魯彥、李霽野等就是從翻譯開始文學生涯的，翻譯作品還為丁玲、路翎等幾代文學青年提供了創作的範型，引導他們走上了文學道路。

翻譯文學在為讀者展開廣袤世界的同時，也改變了讀者把文學僅僅視為欣賞消閒的心理慣性，培養了適應現代社會的讀者。翻譯文學的讀者群由學生青年擴展到普通市民，讀者從新鮮的感召到由衷的喜愛，從被動地接受到主動地尋求。現代中國的文化水準、話語方式乃至精神面貌，都或顯或隱地與翻譯文學的傳播接受密切相關。翻譯文學不僅為現代文學的發展提供了動力與範型，而且為整個社會不斷提供有生命力的話題，推動了中國現代歷史進程。

正是由於譯者對翻譯的傾心投入，翻譯與創作有著如此密切的關係，新文學前驅者每每把二者平等相待。鄭振鐸在 1922

年 5 月 11 日《文學旬刊》第 37 期新闢的「最近的出產」專欄上發表《本欄的旨趣和態度》，把「出產」的範圍界定為：「所謂文藝的出產自然把本國產——創作文學——和外國產——翻譯文學——都包括在內。我們把翻譯看作和創作有同等的重要。」朱湘在《說譯詩》中說，英國詩人班章生有一首膾炙人口的短詩《情歌》，無論哪一種英詩選本都選入，其實它不過是班氏自希臘詩中譯出的一首；近世的費茲基洛譯波斯詩人莪默・迦亞謨的《茹貝雅忒》，在英國詩壇上廣有影響，有許多英國詩選也都將它採錄入集。他以此為例，指出：「由此可見譯詩這種工作是含有多份的創作意味在內的。」[18]現代文學史上第一部新詩集——新詩社編輯部編輯、上海新詩社出版部 1920 年 1 月初版的《新詩集》（第一編）裡，就收有孫祖宏翻譯的《窮人的怨恨》、沫若翻譯的《從那滾滾大洋的群眾裡》、王統照翻譯的《蔭》。同年 3 月由上海亞東圖書館初版的第一部個人詩集——胡適的《嘗試集》，也收入譯詩《老洛伯》、《關不住了》、《希望》、《哀希臘歌》、《墓門行》。1952 年，胡適編選《嘗試後集》時，仍然把白郎寧的《清晨的分別》、《你總有愛我的一天》、葛德的 Harfenspieler《別離》、《一枝箭，一支曲子》、薛萊的小詩、《月光裡》、莪默詩、Michau 詩等譯詩收入其中。趙景深詩集《樂園》也是著譯兼有，收創作 10 首，譯詩 25 首。周作人的散文集《談龍集》收有譯作《希臘神話引言》、《初夜權引言》，徐志摩的散文集《巴黎的鱗爪》收有譯作《鷂鷹與芙蓉雀》、《生命的報酬》。現代第一部創作小說集《沉淪》裡，

18　《文學周報》第 290 期，1927 年 11 月 13 日。

也收有歌德《迷娘的歌》的譯文。周作人在《藝術與生活序一》中這樣說明集子裡收錄三篇譯文的理由：「我相信翻譯是半創作，也能表示譯者的個性，因為真的翻譯之製作動機應當完全由於譯者與作者之共鳴，所以我就把譯文也收入集中，不別列為附錄了。」二三十年代影響較大的幾套叢書，譯著都佔有相當大的比重，如《小說月報叢刊》收譯著 32 種，占 53.3%；《文學周報社叢書》收譯著 12 種，占 42.9%；《文學研究會叢書》收譯著 61 種，占 57%。由此可見，在新文學前驅者看來，翻譯文學是中國新文學的一個組成部分。王哲甫在《中國新文學運動史》中說：「中國的新文學尚在幼稚時期，沒有雄宏偉大的作品可資借鏡，所以翻譯外國的作品，成了新文學運動的一種重要工作。」這句話道出了他將翻譯文學納入新文學史的原因。實際上，翻譯文學作為中國現代文學建構的重要工作，並非止於新文學初創期，到三四十年代乃至整個 20 世紀都是如此。

對於現代精神啟蒙，對於作家的養成、讀者審美趣味的薰陶、文學表現領域的開拓、文體範型與創作方法創作技巧的示範引導、現代文學語言的成熟，乃至整個現代文學的迅速萌生與茁壯成長，翻譯文學都起到了難以估量的巨大作用。翻譯文學不僅僅是新文學產生與發展的背景，而且從對象的選擇到翻譯的完成及成果的發表，從巨大的文學市場佔有量到對創作、批評與接受的廣泛而深刻的影響，都作為走上前臺的重要角色，直接參與了現代文學歷史的構建和民族審美心理風尚的發展，翻譯文學是中國現代文學的有機組成部分。因此，對於翻譯文學應該給予足夠的重視。

第五章　魯迅

第一節　在吶喊與彷徨中筆耕一生

1918年5月，當《新青年》第一次出現署名「魯迅」的現代白話小說《狂人日記》之時，其激進而深邃的思想與卓異的表現形式固然引起同調者的共鳴，但「在一般社會看來，那一百多面的一本《新青年》幾乎是無句不狂，有字皆怪的，所以可怪的《狂人日記》夾在裡面，便也不見得怎樣怪，而曾未能邀國粹家之一斥。前無古人的文藝作品《狂人日記》於是遂悄悄地閃了過去，不曾在『文壇』上掀起了顯著的風波。」[1]然而，隨著《孔乙己》、《藥》、《明天》等小說一篇接一篇地問世，並且瞭解到「魯迅」與《阿Q正傳》的作者「巴人」、《我之節烈觀》、《我們現在怎樣做父親》等雜文的作者「唐俟」同為一人時，人們對魯迅不能不刮目相看了。等到《吶喊》（1923年8月）、《中國小說史略》（上卷，1923年12月；下卷，1924年6月）、《熱風》（1925年11月）、《華蓋集》（1926年6月）、《彷徨》（1926年8月）、《墳》（1927年3月）、《華蓋集續編》（1927年5月）、《野草》（1927年7月），譯著《工人綏惠略夫》（1922年5月）、《愛羅先珂童話集》（1922年7月）、《一個青年的夢》（1922年7月）、《苦悶

1　沈雁冰：《讀〈吶喊〉》，《文學周報》第91期，1923年10月8日。

的象徵》（1924 年）、《出了象牙之塔》（1925 年）等相繼出版，以厚重的實績為魯迅奠定了新文學主將的地位。

魯迅的成功並非一蹴而就，他早在留學日本期間便已涉足文壇，1903 年 6 月 15 日，在《浙江潮》第 5 期上發表編譯的歷史小說《斯巴達之魂》與雨果短篇小說《哀塵》的譯文。而後，相繼出版《月界旅行》、《地底旅行》、《造人術》等譯著，發表《摩羅詩力說》、《文化偏至論》等文藝論文。他與周作人嘔心瀝血、寄予厚望的譯著《域外小說集》一二兩集，銷路卻遠不如人意，不得不中止譯印多集的計畫；文藝論文提出的「立人」思想因超前而未能在當時引起國人的共鳴。

魯迅，1881 年 9 月 25 日誕生於浙江紹興府會稽縣（今屬紹興市）東昌坊口新臺門周家，原名周樟壽，字豫山，後改名樹人，字豫才。祖父周福清，字介孚，辛未科（1871）進士，欽點翰林院庶吉士，後任知縣、教官、內閣中書。在這個書香門第裡，魯迅幼年的生活還算安寧，先後在家塾與三味書屋接受啟蒙教育。但 1893 年周福清因科場案入獄，父親周鳳儀的秀才被革掉，從此家道中落。三年後，父親病逝，作為長子的魯迅品嚐了從小康人家墜入困頓所遭遇的世態炎涼，心靈上留下了痛苦的烙印。1898 年 5 月，魯迅去南京考入江南水師學堂，學管輪，10 月改入江南陸師學堂附設的礦務鐵路學堂，1902 年 1 月以一等第三名的優秀成績畢業。南京新式學堂打開了他的視野，學習格致（物理、化學）、算學、地理等自然科學知識，通過嚴復譯《天演論》等接觸到進化論等西方人文精神，並從《時務報》等報刊受到維新思潮的薰陶。

1902 年 3 月，經兩江總督批准，魯迅赴日本留學，4 月入東京弘文學院普通科，1904 年 4 月結業。同年 9 月考入仙臺醫學專門學校。這一方面是想要借助西醫救治像他父親一樣被庸醫所誤的病人，戰爭時候便去當軍醫，另一方面因為日本維新大半發端於西方醫學，想藉此促進國人對於維新的信仰[2]。以魯迅的聰穎與用功，從第一學年所取得的成績來看，順利畢業當不成問題，但是，種種緣故卻使他中斷了醫科學業。1904 年 2 月 8 日爆發的日俄戰爭，1905 年 9 月以日本取勝告終。日本戰爭宣傳機器高速運轉，煽動起日本民眾狂熱的戰爭熱情，日本打敗強大的沙俄，自信確立了在亞洲的霸主地位，達到了「脫亞入歐」的目標，滋生出盲目的民族自大情緒。每逢日軍取得一次勝利，古樸的仙臺小城必被喧囂的祝捷會、提燈遊行所擾攘，幽靜的仙臺醫專勢難倖免，迴盪著歡呼的聲浪。沉浸在戰爭狂熱與勝利喜悅之中的日本人完全忽略了一個中國留學生備受傷害的心靈。正是在日俄戰爭背景下，魯迅位於中等的考試成績受到一些日本學生的無端懷疑，雖然事情很快就被澄清，流言不消自滅，但魯迅的委屈與憤慨可想而知。日俄兩國在中國土地上廝殺爭利，使受蹂躪的中國蒙羞，人民遭難；日本取代沙俄在中國東北佔據了支配地位，為日後的進一步擴張奠定了基礎。這一切怎能不讓中國學子激憤滿腔。中國留日學生 3000 餘人聯名向清政府軍機大臣發出反對《樸茨茅斯條約》的抗議電報。8000 餘名東京留日學生於 12 月 4 日開始實行總罷課，反對日本文部省 11 月頒佈的「清國留學生取締規則」。陳

2　參照魯迅：《吶喊・自序》、《俄文譯本〈阿 Q 正傳〉序及著者自敘傳略》等。

天華於 12 月 8 日在橫濱海灣憤而蹈海自殺，留下絕命書，鼓勵同志誓死救國。時在東京度假的魯迅，踴躍參加這場留學生愛國運動。1906 年 1 月新開細菌學課，課上加映的日俄戰爭幻燈片裡，一個據說是替俄國做了偵探的中國人被日軍砍頭，而一群中國人圍觀鑒賞，被殺者與圍觀者「一樣是強壯的體格，而顯出麻木的神情」。這給他以強烈的刺激，「覺得醫學並非一件緊要事，凡是愚弱的國民，即使體格如何健全，如何茁壯，也只能做毫無意義的示眾的材料和看客，病死多少是不必以為不幸的。所以我們的第一要著，是在改變他們的精神，而善於改變精神的是，我那時以為當然要推文藝」（《吶喊・自序》）。課堂上日本同學的鼓掌歡呼，更加讓魯迅忍無可忍，他毅然決然地於 1906 年 3 月從仙臺醫專退學，到東京去尋找志同道合的同胞，從事文藝運動。

20 世紀初，中國留學生選擇的熱門專業是法政、實業與自然科學，這種選擇自有其時代背景。魯迅最初選擇學醫，所要走的也是科技救國的道路。然而，比起理性選擇的自然科學來，魯迅的個性氣質更適於文學。魯迅的文人氣質來源於浙東文化的薰陶、家庭氛圍的浸染與個人的天性。浙東文化源遠流長，創立永康學派的陳亮，引領永嘉學派的葉適，開創金華學派的呂祖謙，明代大儒劉基、宋濂、方孝儒、王陽明，明清之際黃宗羲，清代全祖望、黃以周、孫詒讓、章學誠，近代章太炎等，構成了重視人的主體性等厚重的人文傳統。祖父周福清對子弟的教育法很特別，雖然仍教子弟做時文，但宣導自由讀書，特別是獎勵讀小說。在這種寬鬆別致的教育方法引導下，魯迅得以從自家、蒙師、親屬那裡讀到很多小說、野史等文史雜書，汲取了豐富的文學素養，形成了雅俗兼備的審美能力。地域文化、家庭氛圍以及周福清個性狷介、敏感而犀利的天性遺傳等因素，鑄成了魯迅的文人氣質和益於走向文學道路的知識結構。一旦外在的刺激來臨，魯迅便走上了棄醫從文的道路。

東京是中國革命黨人的海外活動中心，魯迅留學之初就深受民族民主革命氛圍的感染，課餘常赴會館，往集會，聽講演。1903 年 3 月，他剪去髮辮，攝「斷髮照」，作《自題小像》[3]抒發愛國情懷：

靈臺無計逃神矢，風雨如磐暗故園。
寄意寒星荃不察，我以我血薦軒轅。

他參加了光復會的籌備工作，後列名為會員，接受陶成章的委託，保藏過光復會的機密文件。但他從事的主要還是精神文化工作。最初只是在課餘發表《斯巴達之魂》、《月界旅行》、《造人術》等譯述文字與《說鈤》及《中國地質略論》等科學論文，棄醫從文後全身心投入文藝運動，發表《摩羅詩力說》、《科學史教篇》、《文化偏至論》等論文。但文藝運動進行得並不順利，計畫中的《新生》雜誌未能如願面世，與周作人合譯的《域外小說集》只印行了第一、二冊，因銷行寥寥而中止。他後來回味起這種「叫喊於生人中，而生人並無反應，既非贊同，也無反對，如置身毫無邊際的荒原，無可措手的」（《吶喊・自序》）寂寞，感到莫大的悲哀。為了維持家庭生計，魯迅於 1909 年 8 月歸國。留學期間，儘管宣導文藝運動的宏願未能實現，但魯迅在思想、語言與文學等方面的收穫很大。20 世

3　《魯迅全集》第 7 卷，人民文學出版社，1981 年版，第 423 頁。

紀初，日本相繼興起的尼采熱、易卜生熱、托爾斯泰熱，給魯迅提供了個人主義與人道主義的思想資源，夏目漱石等人對日本近代化進程中文化衝突的思考引起了他的共鳴，日語的精通及德語等外語的粗通為他直接從外國文化中汲取營養與文學翻譯創造了條件，外國文學作品的大量閱讀為其日後的創作奠定了基礎，「尊個性而張精神」的「立人」思想，兼取中外、融會創新的文化建設思路，也都在此時基本確立。

回國以後，他先後任浙江兩級師範學堂生理學和化學教員、紹興府中學堂生物學教員及監學、浙江山會初級師範學堂監督。1912 年 2 月，應中華民國臨時政府教育總長蔡元培邀請，赴南京任教育部部員，5 月隨臨時政府遷往北京，先後任教育部僉事、社會教育司第一科科長、通俗教育研究會小說股主任等職。因對辛亥革命後的政治局面失望，且新文藝的時機尚未成熟，於公餘時間抄古碑，輯錄、校勘古書，搜集、研究金石拓本，翻譯一些社會教育、兒童教育等方面的論文，並研究佛學思想。

以《新青年》為主要陣地的新文化運動重新喚起魯迅壓抑多年的文學啟蒙熱情，1918 年 5 月，他在《新青年》第 4 卷第 5 號以魯迅為筆名發表他的第一篇白話小說《狂人日記》，以狂人發現「吃人」的恐懼與自省這一別致的構思，來「暴露家族制度和禮教的弊害」(《〈中國新文學大系〉小說二集序》)，給人以「痛快的刺戟，猶如久處黑暗的人們驟然看見了絢麗的陽光」[4]。同期《新青年》上，還有他的《夢》、《愛之神》等新詩，創作從此一發而不可收。《狂人日記》的發表標誌著

[4] 雁冰：《讀〈吶喊〉》，《文學周報》第 91 期，1923 年 10 月 8 日。

中國現代小說的誕生，1921 年 12 月 4 日至 1922 年 2 月 12 日《阿 Q 正傳》在《晨報副刊》上的問世，更是奠定了魯迅作為世界級作家的地位。五四時期，魯迅以小說、雜文等多種文體富於獨創性的藝術形式表現人性解放、個性解放的啟蒙主題，在顯示出文學革命實績的同時，也展現了新文學主將的卓異姿態。

從 1920 年起，魯迅先後被聘為北京大學、北京高等師範學校、北京女子高等師範學校（1924 年改為北京女子師範大學）等校講師，講授中國小說史及文藝理論等課。這一工作促使魯迅取得了豐碩的學術成果，也給他的婚姻生活帶來了轉機。早在 1906 年，魯迅被母親以病重為由從日本召回與前幾年訂親的朱安結婚，此後一直承受著無愛婚姻的痛苦。1925 年秋前後，他與北京女子師範大學國文系學生許廣平在女師大風潮中結下的友情逐漸發展為愛情。1926 年三一八慘案後，因名列於所傳北洋軍閥政府通緝名單，離寓避險月餘。8 月，為了躲避政治迫害，也為了開闢新的個人生活，他與許廣平同車離京，分赴廈門、廣州。魯迅任廈門大學教授，年底辭職。1927 年 1 月抵廣州，任中山大學教授，2 月任文學系主任兼教務主任。四一五事變發生後，因營救被捕學生無效忿而辭職。9 月偕許廣平離穗赴滬，10 月，在上海與許廣平同居，開始了以寫作為業的晚年時光。

四一二事變以來的一系列慘變給魯迅以強烈的震動，「以為將來必勝於過去，青年必勝於老人」的直線性進化論思路也被「轟毀」（《三閑集・序言》）。「革命文學」論爭促使魯迅閱讀並翻譯了一些馬克思主義文藝理論著作，加上一而貫之的平民立場，他走向左翼文藝運動，參與籌組左翼作家聯盟並擔任執行委員，編輯《萌芽》、《前哨》、《十字街頭》等左翼文學刊物，宣導並大力支持新興木刻運動。他與瞿秋白、馮雪峰、柔石、殷夫等共產黨人作家結下了深厚的友誼，並先後參加革命互濟會、中國自由運動大同盟、中國民權保障同盟和反帝反戰同盟，積極支援中國共產黨建立抗日統一戰線的主張。

在上海，除了創作 5 篇歷史小說與翻譯大量外國文學之外，魯迅執著於雜文寫作，以筆作刀槍，抨擊當局的專制統治與帝國主義的侵略行徑，批判形形色色腐朽落後的社會文化現象，剖析民族文化性格中的種種弊端。

從五四時期開始，魯迅就對年輕作家予以關心與扶持，先後參與發起未名社、莽原社、朝花社等文學社團，為黎錦明、葉永蓁、柔石、蕭紅、蕭軍、葉紫、徐懋庸、曹靖華、林克多、白莽、葛琴、任國楨、韋叢蕪、董秋芳等人的作品或譯著作序，大力推動青年作家作品的出版，為培養文學新人傾注了無量的心血。

魯迅晚年帶病工作，為中華民族的覺醒與解放鞠躬盡瘁，死而後已。1936 年 10 月 19 日晨 5 時 25 分，魯迅因肺氣腫等引發的自發性氣胸逝世於上海北四川路底施高塔路大陸新邨 9 號寓所。在他的靈柩上，覆蓋著上海民眾代表敬獻的一面寫有「民族魂」的白底黑字旗。

魯迅筆耕一生，成就卓著，生前出版小說集 3 部、散文詩集與回憶散文集各 1 部、雜文集 12 部、書信集 1 部，學術著作 1 部，翻譯著作 20 餘部，逝世後有多種《魯迅全集》及各類文集問世，著譯總字數約 700 萬字。

第二節　小說世界：今古眾生相

魯迅的第一篇小說是辛亥革命之後創作的《懷舊》，刊登在 1913 年 4 月 25 日《小說月報》第 4 卷第 1 號，署名周逴。作品雖有敘事簡潔靈活與諷刺尖銳生動之長，為此博得主編的讚譽，但語體為文言，趣味的追求帶有當時文壇的流行色，同注重發掘社會內涵的憂憤深廣的現代小說尚有不小的距離。

魯迅所作現代小說結集為三部。第一部小說集《吶喊》，1923 年 8 月北京新潮社初版，收 1918 至 1922 年所作小說 15 篇。取名為《吶喊》表明了魯迅在五四高潮期的戰鬥姿態。之所以要吶喊，不止是為了慰藉那在寂寞裡奔馳的猛士，也是緣於未能忘懷自身作為啟蒙前驅曾有的寂寞的悲哀，更是為了讓「無聲的中國」變成有聲的中國。寂寞不僅是魯迅創作的強大內趨力，而且作為他洞察社會歷史和國民靈魂的重要視點，復現於《吶喊》的藝術世界之中。

《狂人日記》採用主人公獨語形式，本身就是一個寓言。狂人從寫滿「仁義道德」的歷史中看出分明都是「吃人」二字，自然不能見容於世，不僅古久先生與趙貴翁們與他為敵，而且小孩子也同他作對，不僅村人對他虎視眈眈，而且自家大哥也同他們一夥。在他所生存的環境裡，他被視為瘋子，瘋人瘋語同常人的日常話語無法溝通，所以即使他周圍擠滿了形形色色的人，他也仍是一個寂寞的孤獨者，周圍的人愈多，他就愈顯得寂寞。這是早醒者、先驅者的寂寞，狂人形象正疊印著魯迅十年前寂寞的痛苦體驗。既然覺醒了，就要發出聲音，打破寂寞，狂人戳破禮教的種種謊言，揭露其「吃人」的真實，勸戒人們「真心改起」。《狂人日記》的憂憤深廣之處，不僅在於狂人的犀利發現與執著勸戒如閃電一般劃破滿天烏雲，而且還在於狂人在向傳統與庸眾挑戰的同時，也對生存於傳統和庸眾之中的自己產生了懷疑：「我是吃人的人的兄弟」，已是一重羞恥；「我未必無意之中，不吃了我妹子的幾片肉」，「我」竟「有了四千年吃人履歷」，則是更深重的羞恥。反省之後的狂人終於明白：「難見真的人！」於是，他把希望寄託在未來，發出了「救救孩子」的吶喊。饒有意味的還在於作品的楔子與本文主體構成了強烈的反諷，狂人患被迫害狂時敢同幾千年的歷史傳統對抗，敢同絕對多數的庸眾對陣，而病癒之後，卻赴某地候補，這就意味著他向傳統的復歸、對庸眾的認同，他以歸降的方式消解了自身的寂寞。這無疑是至為深刻的精神悲劇。楔子以世俗邏輯與日常語言同本文主體的叛逆邏輯與錯雜之語的對立加大了作品的精神張力與藝術韻味。

《藥》裡的夏瑜活著時，為拯救蒼生社稷而奔走呼號，沒人能理解他生的價值；就義時，不過給看客們添一點刺激，沒人能懂得他死的意義；就義後，他的鮮血徒然被人蘸了饅頭去當作驅除癆病的靈丹妙藥，他的超拔、壯烈竟成為一班茶客困惑、奚落的談資。縱使作者給夏瑜的墳上憑空添上一個花環，也未能從根本上解除烈士生前死後的無邊寂寞。夏三爺、康大叔之流欲置夏瑜於死地而後快本不足為怪，令人痛苦的是圍觀的看客、求「藥」的華家人與閒聊的茶客事實上也參與了同先驅者的對峙，而後者才正是先驅者寂寞的主因。他們本來有著一致的利益，他們本該屬於同一陣營，但他們卻彼此隔膜，他們的隔膜不只是不同等級之間的隔膜，更是不同文化的隔膜。先驅者代表了可以推動歷史進步、社會發展的新文化，而一般民眾則承載著保守、封閉、愚昧、落後的舊文化。先驅者急欲啟蒙而不能，一般民眾急需啟蒙而未知，覺醒與昏睡、犧牲與苟活構成了非流血的對立，由此而來的寂寞也就更為沉悶、更為磨人。

孔乙己，這個小酒店裡唯一站著喝酒而穿長衫的人，每逢他來酒店，總能給店裡帶來快活的空氣，但他自己卻是落寞的。他是個時運不濟的讀書人，不要說金榜題名、入朝為官，就連「半個秀才」也沒混上，因而他的學問在短衣幫眼裡勢必一錢不值，他作為讀書人的尊嚴也就無從談起。當短衣幫嘲笑他時，他只有退避到之乎者也的文言世界裡去，才能恢復一點自信。然而，文言世界不給他暢行無阻的通行證，日常語言世界不肯接納他，他也不屑於屈尊俯就，這就註定了他的落寞命運，在別人的說笑聲中消逝了他那被打殘了的身影，並很快地被人們遺忘。[5]生存於士與民、文言世界與日常語言的夾縫中間，其尷尬的處境對讀書人是一種折磨，這種折磨每每使讀書人心理發生程度不同的扭曲。《白光》的主人公陳士成更其嚴重。一連十六回科考的緊張，十六回急切的期待，十六回落第的沮喪，加之平日的辛苦與世人的白眼，在他的心中重疊交織，攪得他六神無主、五臟不安，他的心理能量積聚到難以承受的程度，在掘藏（挖出先人埋下的財寶）再一次落空之後陷入更大的迷狂，竟把月光當作財寶之光，追蹤到湖裡去圓他的及第發財夢，了結了他那寂寞的一生。兩個讀書人的尷尬生存與淒冷死亡是對傳統教育制度弊端的揭露與抨擊。

5　參照丸尾常喜著、秦弓譯：《「人」與「鬼」的糾葛——魯迅小說論析》，人民文學出版社，2006 年版，第 41-82 頁。

《吶喊》從多角度、多層次揭示出中國傳統社會的沉悶現實與國民扭曲的靈魂。在「還有些古風」的魯鎮裡，卻充斥著人間的隔膜與冷漠。華老栓茶店裡的閒談將冷漠指向常人難以理解的革命者；咸亨酒店裡的笑聲將冷漠宣洩給穿長衫的異類孔乙己；而到了《明天》裡面，酒客紅鼻子老拱、藍皮阿五之流，則把冷漠潑向痛失愛子的孀婦單四嫂子。《故鄉》裡面，遊子回鄉與兒童時代的摯友閏土重逢，有多少童年的趣話與思念之情憋在心裡，然而，閏土在現出歡喜和淒涼的神情之後，卻恭敬地稱「我」為「老爺」。在這裡，冷漠雖然隱去，可是隔膜卻是同樣讓人寒心。

早在留學日本時期，魯迅就對國民性問題十分關注，常常與友人探討國民性的弱點及其原因。到了五四時期，關於國民性弱點的剖析在其創作中全面展開。《吶喊》裡多篇作品觸及國民性格中的冷漠、麻木、迷信、自私等，尤其是《阿 Q 正傳》更是將國民性的弱點表現得淋漓盡致。阿 Q 是一個失去土地的流浪農民，靠打短工度日，「割麥便割麥，舂米便舂米，撐船便撐船」。「雖然多住未莊，然而也常常宿在別處」；即使在未莊，也大半是以土谷祠為家，只是工作略長久時，也或住在臨時主人家裡，因而可以說差不多是居無定所。阿 Q 虛榮，和別人口角時，間或瞪著眼睛吹噓「我們先前——比你闊的多啦！你算是什麼東西！」「阿 Q 又很自尊，所有未莊的居民，全不在他眼睛裡，甚而至於對於兩位『文童』也有以為不值一笑的神情。」文童的爹爹，他在精神上也不表格外的崇奉，因為他想「我的兒子會闊得多啦！」他的自尊不僅建立在盲目自信與虛妄未來的基礎之上，而且頗為狹隘與保守。進了幾回城，回來就以見識廣而自負；另一方面又很鄙薄城裡人，見城裡人對長凳的叫法、做魚的方法與未莊有別，就認定城裡人錯謬可笑。但是，他又很為自己的癩瘡疤而自卑，由此產生了「癩」、「光」、「亮」、「燈」、「燭」等一連串的諱言。一旦有人犯諱，不問有心無心，總要發起怒來，「口訥的他便罵，氣力小的他便打」，打罵起來吃虧居多，怒目而視又無效，他於無可奈何之中發明了自欺欺人的「精神勝利法」。譏笑我有癩頭瘡吧，「你還不配」；動起手來吃了虧，便想「我總算被兒子打了，現在的世界真不像樣……」；人家要他承認是畜生，他便自輕自賤地承認自己是蟲豸，「他覺得他是第一個能夠自輕自賤的人」，「第一個」的感覺讓他雖敗猶榮，心滿意足。即使當賭博贏來的一堆洋錢被賭徒們搶走之後，難以自我安慰的痛苦也終於被自打嘴巴克服了。待到實在無以安慰時，還有淩辱弱者的發洩管道與忘卻這一祖傳法寶。阿 Q 的性格中，不僅有這些個人的「獨創」，而且還無師自通地接受了許多來自傳統或來自官方的正統觀念，諸如「男女之大防」、「不孝有三無後為大」、排斥異端、對革命黨「深惡而痛絕之」等等。然而，精神勝利法也罷，正統觀念也罷，都只能自我寬慰一時，而無法完全壓抑本能的衝動。性本能驅使阿 Q 向女僕吳媽貿然求愛，結果遭到吳媽的抗爭、趙秀才的槓擊，阿 Q 因而失去了在未莊的生計，流浪到城裡，當了一回盜竊的小腳色，為後來的冤案留下了「前科」。當看到革命的消息給舉人老爺與趙太爺帶來恐慌時，底層社會的不平使他發乎真情地對革命有些「神往」了，自然，他的革命理想不過是把闊人家的傢俱搬到土谷祠裡，娶妻生子，傳宗接代，再就是報復平素蔑視與欺侮他的一干人等，奴役比他要弱一點的小D。但是，阿Q的命運實在不濟，等他去靜修庵「革命」，人家趙秀才與錢洋鬼子早就到靜修庵革過了——砸碎了「皇帝萬歲萬萬歲」的龍牌，順手牽羊拿走了一個宣德爐。他去找錢洋鬼子投革命黨，卻被趕了出來。而當趙家遭搶之後，無辜的阿Q卻被當作搶案的罪犯抓去、審訊、槍斃。阿Q一生最英雄了得的一件事，就是在去法場的路上說出半句「過了二十年又是一個……」由此，他贏得了一生中唯一的一次喝采——看客發出豺狼的嗥叫一般的叫好聲。魯迅極其深邃而又異常生動地刻畫出「沉默的國民的魂靈」（《俄文譯本〈阿Q正傳〉序及著者自敘傳略》），阿Q性格的塑造獲得了極大的成功。茅盾說：「我們不斷的在社會的各方面遇見『阿Q相』的人物，我們有時自己反省，常常疑惑自己身中也免不了帶著一些『阿Q相』的分子。但或者是由於怠於飾非的心理，我又覺得『阿Q相』未必全然是中國民族所特具。似乎這也是人類的普通弱點的一種。」[6]阿Q典型的確具有時空超越性，法國作家羅曼·羅蘭就說過：「這部諷刺的寫實作品是世界的，法國大革命時也有過阿Q，我永遠忘記不了阿Q那副苦惱的面孔。」[7]在文學理論批評與現實生活中，阿Q已經成為一個常常被提起的共名。

阿Q典型之所以如此成功，不僅因為充分展示了其性格中荒謬與必然、可憎與可悲錯雜交織的複雜性，而且在於深入地發掘出阿Q病態性格形成的社會文化背景。在一個等級森嚴、窮人連與闊人同姓的權利都被剝奪的環境，一個充斥著強權、冷漠

---

6 雁冰：《讀〈吶喊〉》。

7 轉引自許壽裳：《亡友魯迅印象記》，《人世間》復刊第6期，1947年8月20日。

和愚昧的社會，面對著趙太爺的掌嘴、趙秀才的大竹槓、假洋鬼子的「哭喪棒」、人們的欺侮與哄笑，阿 Q 不如此又能怎樣呢？阿 Q 曾經看見過革命黨的被砍頭，並以此來恫嚇王胡之類閒人，然而，當自己遊街示眾時，他也成為看客們圍觀、喝采的對象。在由螞蟻似的看客構成的社會裡，阿 Q 被殺仿佛螞蟻被碾死一樣輕而易舉。阿 Q 最後從喝采的人們那裡，想起了自己曾經遇見過的餓狼的眼睛——「又凶又怯，閃閃的像兩顆鬼火，似乎遠遠的來穿透了他的皮肉」，「而這回他又看見從來沒有見過的更可怕的眼睛了，又鈍又鋒利，不但已經咀嚼了他的話，並且還要咀嚼他皮肉以外的東西，永是不遠不近的跟他走。這些眼睛們似乎連成一氣，已經在那裡咬他的靈魂。」阿 Q 的肉體生命死於趙秀才的誣害報官與把總們的草菅人命，而愚昧的大眾則參與了對他靈魂的吞噬。魯迅藉此將「揭出病苦，引起療救的注意」（《我怎麼做起小說來》）的啟蒙主義指歸表現到了極致。

魯迅在譏刺阿 Q 病態人格的同時，對阿 Q 的命運也寄予了深切的同情，並且通過阿 Q 的「大團圓」結局，反映出辛亥革命的不徹底性：這場革命雖然推翻了帝制，但基層政權「倒還沒有什麼大異樣」，「知縣大老爺還是原官，不過改稱了什麼」，「帶兵的也還是先前的老把總」，連本來賦閑在家的舉人老爺也當上了民政幫辦。革命的震動尚未波及到民眾的精神層面，民眾也沒有看到革命給自己帶來什麼實際利益，期待革命能使自己翻身的阿 Q 反倒被老把總新官僚當作維持面子的犧牲品。魯迅曾經為辛亥革命的勝利而歡欣鼓舞，然而很快就陷入了深深的失望。如今，五四新文化運動已經使他走出失望的冰谷，他在鞭撻國民性弊端的同時，也對歷史予以深刻的反思。

第二本小說集《彷徨》，1926 年 8 月北京北新書局初版，收 1924、1925 年所作小說 11 篇。封面畫為魯迅的同鄉陶元慶所作，畫面上有三個人坐在椅子上，一個百無聊賴地仰面朝天，兩個淒淒惶惶地觀望著太陽，幾何線條構成的人物顯得有幾分僵硬，一副不知所措的樣子，不很圓的太陽似呈落日之狀，那種顫顫巍巍的樣態與人物的神情相依相生，正是作品中諸多人物彷徨無定心態的象徵。

《祝福》裡的祥林嫂帶著無邊的惶惑與恐懼，在寒風凜冽的雪夜倒斃於舊曆年底濃郁的祝福氛圍之中。她的悽楚結局，固然同喪夫失子的一連串悲慘事件相關，但禮教、迷信、人間冷漠等文化因子顯然參與了悲劇的製造，比較起來，祥林嫂所受精神摧折的痛苦、恐懼乃至絕望給讀者的震撼更為強烈。祥林嫂不過是四十上下的人，頭髮就已全白，「臉上瘦削不堪，黃中帶黑，而且消盡了先前悲哀的神色，彷彿是木刻似的；只有那眼珠間或一輪，還可以表示她是一個活物。」無家可歸，乞討糊口，她最為關注的本應是自身當下的生計，可是她向回鄉的讀書人所提出的問題卻是：「一個人死了之後，究竟有沒有魂靈的？」這貌似不著邊際的提問實際上包蘊著一個淒絕的悲劇。對於魂靈與地獄，她是希望有，還是希望無？如果真有所謂魂靈與地獄，那麼，她就能夠見到被狼吃掉了的兒子阿毛，重敘母子親情；可是另一方面，她也將面臨著被閻羅大王鋸開分給前後兩個丈夫的酷刑。究竟有沒有魂靈與地獄，連被她詢問的識文斷字的出門人也說不清，祥林嫂豈不更加懵懂？她只能帶著無邊的惶惑與恐懼離去，直至在寒風凜冽的雪夜長辭人世。祥林嫂的一生少有幸福可言，惶惑與恐懼倒是對她緊追不捨。最初嫁給小她十歲的男人為妻，在嚴厲的婆婆手下，陪伴著年少的丈夫度日，其痛苦與無奈可想而知。丈夫夭折後她偷跑出來做工，剛有些微的生存自由就嚐到了被尋蹤的驚恐，不久，被婆家抓回去強行改嫁。祥林嫂不願改嫁，在婚禮上鬧得頭破血流，這與其說是對先前的婆家的反抗，毋寧說反映了一女不嫁二夫的傳統觀念對她的毒害之深，她所拼死捍衛的並非自由發展的個性意志，而不過是封建禮教桎梏下扭曲了的群體意志。第二次婚姻給她帶來了意想不到的幸福，誰知好景不長，剛過幾年好日子卻又厄運臨頭，丈夫病歿，幼兒遭難，大伯收屋，無奈之中，她只好再次出來做工。此番雖說沒有了婆家追尋的擔心，可境遇和心境卻大不如前。家破人亡的重創已使她的臉上失去了笑影，記性變差，手腳也不似先前那樣靈活。更讓她惶惑不安的是，先前她最忙的祭祀，這回卻因為她再嫁而失去了參與忙活的權利。失去了丈夫與兒子，已是巨大的生活悲劇；為正統社會所不容，對於她來說，是更大的生存悲劇，她由此對自己的生存價值發生了懷疑。等到柳媽拿地獄的酷刑來恫嚇她，而她罄盡積蓄去廟裡捐門檻，卻還是不被主人所認可，她能夠賴以生存的精神支柱就被徹底摧垮了，不僅活著無法進入正統社會，死後也將受到嚴酷的懲罰，這叫她如何能夠得以安生呢？於是，當她從見多識廣的讀書人那裡仍然得不到明確的滿意的答案之後，那至為恐懼的地獄就成了她的唯一去處。

對於在地獄邊緣徘徊的祥林嫂來說，撒手人寰未始不是她絕望人生的解脫。而另一個在離婚風波中掙扎的農婦愛姑，還要承受著風浪顛簸的種種折磨。《離婚》中的這位女主人公，有著遠比祥林嫂強韌的個性。丈夫在外有了姘婦，要甩掉她，這在男權社會司空見慣的現象，許多女性都是忍氣吞聲地默默接受，可是愛姑卻不願輕易就範，鬧了三年不肯了局。即使父親看得對方陪貼的錢有點頭昏眼熱，她也決不退讓。當她再次去同婆家一方對陣時，仍要打他個人仰馬翻。誰知這回對方請來了與知縣大老爺換帖的七大人，在七大人的威嚴氣勢面前，她頓然折損了反擊的鋒芒，否定了自己堅持了幾年的立場，來前氣沖牛斗的鬥志化作了軟如爛泥的一句：「我本來是專聽七大人吩咐……。」苦鬥三年，頃刻瓦解，這正反映出性格剛直的愛姑在精神深層還潛藏著由等級制度鑄成的卑怯奴性。愛姑性格的喜劇性還在於，她先前力爭的目標並不是自身的幸福，而只是不讓丈夫一家如願，為了維持一紙婚書的「尊嚴」，她竟付出了三年的代價，透過表層的自尊，恰恰顯露出這位農婦的婚姻乃至整個生命的蒼白。剛直與奴性，自尊與自賤，愛姑並不自知地遊走於二者之間，這種性格的雙重反諷又浸透了濃濃的悲劇意味，讓人於笑中咂出苦澀。

《祝福》與《離婚》，不同於一般的農村題材作品，前者側重表現祥林嫂的精神痛苦，後者集中刻畫愛姑的性格矛盾，這種著眼點正好反映出《彷徨》的整體旨趣。《彷徨》寫作期間，新文化運動高潮已過，作者從進擊的亢奮中沉靜下來，得以對人們、尤其是知識份子的精神狀態有了一個從容觀察與深入思考的機會，付之筆端，就有了一篇篇洞幽燭微、鞭辟入裡的小說。《祝福》裡的「我」——見多識廣的讀書人，並不只是單純的敘事者，他面對祥林嫂追問時的惶急、踟躕、膽怯、搪塞，還有聽到祥林嫂死訊後的超脫與忘卻，就不僅一般性地折射出人間的冷漠，而且作者的意向恐怕更在於揭示某種知識份子的弱點。

對現代知識份子的深層審視是《彷徨》的重要主題。《在酒樓上》通過老友在酒樓邂逅的一個斷面，畫出了一個頹唐者的面影。呂緯甫，當年破除迷信、關心國家改革，思想與行動都是怎樣的敏捷，可是十年之後，卻變得痲木、敷衍起來。為夭折的幼弟遷墳，做得煞有介事；而事關育人大計的授課，卻當作無聊之事，聽憑學生家長的願望，講授《詩經》、《孟子》、《女兒經》等舊典。只因早年的理想在現實中碰壁，就失去了信念，眼前生活，敷衍了事，明日如何，隨波逐流，這種性格正像那飄搖不定的茫茫白雪，其走向與結局都令人為之擔憂。相形之下，那幾株毫不以深冬為意、鬥雪開著滿樹繁花的老梅，那赫赫的在雪中明得如火、憤怒而且傲慢的山茶花，則象徵著作者心目中的理想人格。《孤獨者》更是濃墨重彩地刻畫了一個退嬰者從竭力掙扎到自暴自棄的心路歷程。魏連殳在常人眼裡是個異類，這不僅因為他出外遊學多年，是個「吃洋教」的「新黨」，而且更緣於他的性格充滿著令人困惑的矛盾：對人總是愛理不理的，卻常喜歡管別人的閒事；常說家庭應該破壞，卻十分孝敬祖母；不信什麼傳統的老例，卻依從了族人對祖母葬儀的安排；然而就在默默地辦完祖母大殮之後，他卻失聲長嚎，宣洩心中的積鬱。新潮的回聲與傳統的壓力，在他胸中劇烈衝撞，再加上人間的勢利與舊勢力的攻訐擠兌，使他要為生計而發愁，他那顆敏感的心怎能不創傷累累、痛苦萬分？是迫於生計的無奈，還是抵擋不住欲望的誘惑，是出於對社會的屈折的報復，還是對理想與自身失去了信心，魏連殳竟然躬行起他先前所憎惡、所反對的一切，拒斥起他先前所崇拜、所主張的一切了，他入幕舊軍界，周旋於鑽營、饋贈、頌揚、奉承、應酬、傾軋之中。然而他的仕途「成功」實際上即是人格的失敗，一時的得意埋下了無以迴避的危機。當他作為一個不為傳統社會所容的孤獨者時，他飽嚐了受壓抑的苦悶；當他成為一個皈依傳統社會的退嬰者時，他也並不幸福；即使死了以後，他還要領受族人與房東的搜刮與數落。入棺後不妥帖的躺姿與不和諧的服飾，恰如魏連殳一生的象徵。難怪他在祖母的葬儀上，會「像一匹受傷的狼，當深夜在曠野中嗥叫，慘傷裡夾雜著憤怒和悲哀」。

在風浪顛簸的歷史進程中，怯懦者、退卻者與理想的彼岸無緣，而惟有勇敢者、執著者才有希望領略彼岸的風光。但即使是後者，也仍將面臨著重重考驗，倘若不能及時地拓展視野，擴大胸襟，把個性解放與社會解放聯繫起來，投身於社會解放的時代大潮之中，必將無法擺脫困境，承受種種精神創痛自不必說，甚至還會被社會所吞噬。《幸福的家庭》的男主人公，五年前以其反抗一切阻礙、為愛人犧牲的決心贏得了心上人的愛情，組成了理想中的新式家庭。然而，眼界僅僅局限於小家，不僅婚姻品質要大打折扣，只能從孩子的笑靨回想五年前愛人的可愛的嘴唇，而且寄希望於撈幾文稿費藉以維持生活的創作也滯澀難產。他不明白這一道理，就只能在瑣碎平庸的生活中咀嚼著靈感缺失、激情不再的苦悶與煩惱了。這篇作品像是一幅炭筆勾勒的諷刺漫畫，俏皮熱辣，而另一篇主題相近的《傷逝》，則猶如一支幽邃哀婉的變調小夜曲，深沉雋永。涓生與子君，一對多麼癡心傾慕的戀人，多麼勇敢無畏的鬥士，他們終於衝破家庭專制與封建禮教的樊籬，在吉兆胡同創立了充滿希望的愛巢。然而僅僅一年，他們便勞燕分飛，一個回到曾經義無反顧走出的舊式家庭，不久懨懨而逝，一個要以遺忘和說謊為前導，向著新的生路跨去。巢覆卵破，誰之罪過？守舊勢力當為禍首。封建氣味十足的遺老遺少造謠生事，導致涓生失業，新派青年即使滿腹經綸，要在封閉、保守的社會裡找到飯碗也並非易事。生計困窘，愛情遇到了嚴峻的挑戰，才有了後來一連串的變故。然而，子君與涓生難道就沒有一點責任？愛情誠然美麗甜蜜，值得為了她而同傳統勢力抗爭，但愛並不是人生的全部，此外尚有諸多人生要義，第一便是生活，人必生活著，愛才有所附麗。可是他們婚後大半年，只是沉醉於愛——盲目的愛，而將別的人生要義全盤忽略了。愛情本身，也須時時更新、生長、創造，否則，逆水行舟不進則退，當熟讀了彼此的身體與靈魂，新鮮感失去，隔膜感露頭，豈不會熟而生厭、隔膜加深？「我是我自己的，他們誰也沒有干涉我的權利！」當子君在戀愛時說出這番話時，顯得多麼勇敢、堅定，真可以讓人預見中國女性的輝煌曙色。但她的視野未免狹小，自由戀愛結出了婚姻果實之後，她便沉溺於成功的喜悅與家居生活之中不能自拔。她不再讀書，也沒有想到婚後仍須保持人格的獨立，而是寄希望於涓生帶著她前行，她一遍又一遍地重溫涓生求愛的一幕，以家務的辛勞與感情的溫存維繫愛人的心，用飼養叭兒狗阿隨與小油雞打發餘暇，在同房東小官太太的暗鬥中發洩憤懣。狹隘導致脆弱，當生活遇到挫折，她便很快表現出頹唐來，與先前的勇敢相較，儼然判若兩人。以愛情為生命的子君，一旦失去了愛情，更是一蹶不振，只能絕望地走向連墓碑也不會有的墳墓。涓生比子君清醒，先明白了愛情必須有所附麗、必須時時更新。但他過於自我中心，沒有想到愛不只是一種獲得滿足的快慰，也是一種理應付出的責任，既然兩個人結為連理，就應該風雨同舟、共度難關。當生活遇到困境、子君稍嫌落伍時，他所想的不是同舟共濟，而是擔心自己被子君墜住、同歸於盡。於是，他向子君坦露冷酷的真實，不惜以可以預見的子君的慘劇為代價，去尋自己的生路。他如願以償了，可是曾有的愛與子君的死怎會輕易忘卻，悔恨與悲哀將在新的生路上永遠同他相伴。五四時期個性解放思潮高漲，愛情與婚姻題材的作品數不勝數，大多是表現青年男女同專制家庭與封建禮教的衝突，《傷逝》則把重心放在新式青年的精神剖析乃至愛情的哲學思考上，堪稱獨標一幟、超群出眾。

魯迅用鋒利的解剖刀剖析各色人等的靈魂，自然不會放過虛偽的道學家。《肥皂》裡的四銘嘴上大罵剪了頭髮的女學生「攪亂天下」，但他念念不忘光棍對女乞丐的調戲之語，如受「神啟」一般買來香皂，回到家裡盡發些無名火，卻恰恰暴露了他的心理機微，倒是知夫莫若妻，太太一語戳中了他的隱秘。不過，翌日早晨，香皂被太太取用，這就在對道學家予以犀利諷刺之餘，又增添了幾分對芸芸眾生體知寬容的幽默。《高老夫子》也有異曲同工之妙，主人公謀了個教席，並非為了教書育人，實際上不過是為了去看看女學生。心裡有鬼，半屋子蓬蓬鬆鬆的頭髮便令他草木皆兵，於是，下課的時間尚早，而講義已經翻完，窘態十足，成為學生的笑料。高老夫子還是回到牌桌上最為輕鬆自如。

比較起來，《吶喊》洋溢著批判的激情，而《彷徨》則浸透著精神剖析的冷靜。這種變化，與作者隨著時代變遷的心境密切相關。他在 1932 年 12 月所作的《自選集·自序》裡回顧說：「後來《新青年》的團體散掉了，有的高升，有的退隱，有的前進，我又經驗了一回同一戰陣中的夥伴還是會這樣變化，……得到較整齊的材料，則還是做短篇小說，只因為成了游勇，布不成陣了，所以技術比先前好一些，思路也似乎較無拘束，而戰鬥的意氣卻冷得不少。」1933 年 3 月，他為日本友人所作《題〈彷徨〉》——「寂寞新文苑，平安舊戰場。兩間餘一卒，荷戟獨彷徨。」——更是詩性的象徵。新的戰友雖在尋覓，精神與藝術的探究卻未中止，吶喊進擊後的曲折徘徊，反倒給他提供了一個深入審視精神世界與細緻打磨藝術技巧的契機，所以才有刻畫的深切、技巧的圓熟，才有一篇篇至今讀起來仍然回味無窮的精品。「路漫漫其修遠兮，吾將上下而求索。」《彷徨》就留下了魯迅在精神與藝術兩個方面孜孜探索的閃光足跡。

第三部小說集《故事新編》，1936 年 1 月上海文化生活出版社初版，收 1922 至 1935 年所作小說 8 篇。《補天》寫於 1922 年 11 月，原題《不周山》，初收《吶喊》，後來收入《故事新編》時改題《補天》。創造社批評家成仿吾在《創造季刊》第 2 卷第 2 期（1924 年 1 月）發表的《〈吶喊〉的評論》中，批評《狂人日記》、《孔乙己》、《藥》、《阿 Q 正傳》等都是「淺薄」「庸俗」的「自然主義」作品，只有《不周山》一篇，「雖然也還有不能令人滿足的地方」，卻是表示作者「要進而入純文藝的宮廷」的「傑作」。1930 年《吶喊》第十三次印刷時，魯迅索性將其抽下，以示對這一不能令人心服的批評的回敬。五四時期，魯迅本想從古代與現代兩個方面取材創作小說，但由於啟蒙的迫切需求，而且一時不滿於古代題材中插入現實細節的「油滑」，五四啟蒙高潮時所作小說多取現實題材，古代題材則只寫了《不周山》一篇。1926 年到廈門以後，由於遠離熱鬧的新文學中心，教授古代文學史，與古代題材又接近起來，加之與戀人許廣平遙遙相望，思念之情除了寄託於魚雁頻傳和回憶散文之外，還有古代題材的小說創作，《鑄劍》（初發時題為《眉間尺》）、《奔月》就是在這種背景下動筆的。本擬寫成八則《故事新編》，因奔向廣州而中止。1934 年 8 月，有感於時局的逼促，作《非攻》。1935 年 9 月，文化生活出版社總編輯巴金向魯迅約稿，希望魯迅作品納入他所主持的大型叢書《文學叢刊》第一輯中，魯迅爽快地允諾，於 1935 年 11 月 29 日至 12 月 25 日，短短不到一個月的時間，抱病完成《理水》、《采薇》、《出關》、《起死》四篇，《故事新編》終遂夙願。

《故事新編》通過「神話，傳說及史實的演義」（《自選集・自序》）等古代題材的描寫，一方面著眼於歷史精神的澄清，另一方面旨在刻畫「中國的脊樑」。

《補天》之所以取女媧煉石補天的神話，來作描寫古代題材的試筆，固然是緣於作者從佛洛依德的精神分析學受到啟發與刺激，意欲描寫性的發動和創造以至衰亡，但大概也緣於作者從女媧的覺醒與創造發現了與五四精神的相通之處。女媧一覺醒來，便感到了苦悶與缺憾，於是她不管那天邊的日月是誰下去是誰上來，而是盡情地伸展自己的腰肢。當她舒展自我、熱血賁張時，天地與她融為一色，大海的波濤為她起舞，她情不自禁地沉浸於創造的詫異與快慰之中。長久的歡喜之後，就有了因疲乏而來的焦躁、隨意、困倦。從性覺醒到性高潮再到孕育這一生命歷程的含蓄描寫，多麼像個性解放思潮乃至整個五四啟蒙運動的發生、發展直至衰歇的歷史過程。這篇小說的特出之處，不僅在於以典雅凝練的筆觸，出色地完成了文學史上要麼竭力迴避要麼恣意張揚的性描寫，以象徵的手法出神入化地把生命歷程與歷史進程疊印在一起，而且在於作品沒有就此止步不前，而是進一步表現了女媧以天下為己任的寬闊胸襟和敢於同災難抗爭的無畏勇氣。她急公好義，為了早日補上殘破了的天，消弭戰爭帶來的禍患，她日日夜夜堆蘆柴，柴堆高多少，她也就瘦多少，等到終於將天補成一色青碧，她卻吐出了最後的呼吸。天邊那一輪光芒四射的太陽，另一邊生鐵一般冷且白的月亮，誰是下去，誰是上來，先前，她是忙於發散生命的活力，無暇理會，現在，她已為天下獻出寶貴的生命，無法知曉。女媧從覺醒的亢奮到悲壯的獻身，猶如包在荒古的熔岩中的流動的金球，無論是噴發還是隕滅，都給世間留下永恆的輝煌。在這一神話中的巾幗英雄身上，分明看得見啟蒙先驅者的身影。同時，在民族文化受到西方文化的劇烈撞擊、顯露出種種罅漏的背景下，魯迅作為衝決傳統堡壘的驍將，也許會從女媧這位被中華民族世世代代視為人類始祖的偉大母親身上獲得心理上的慰藉。

如果說《補天》正好與奮進中的吶喊相諧共振的話，那麼，《奔月》裡的羿則多少可以折射出啟蒙運動落潮後弄潮兒的落寞感。當年，羿上射九日，下射封豕長蛇，如何英雄了得；而今，卻錯把家雞當野鴿，豈不愧煞人也！但這篇作品的主旨在於譏諷極端自私的小人，末路英雄的落寞情緒並未怎樣渲染。對於魯迅這樣錚錚鐵骨的硬漢來說，他更樂於褒揚剛氣、豪氣、正氣，譏刺怯懦、狹隘、邪僻。完成於 1927 年 4 月 3 日的《鑄劍》，就是一曲為正義而復仇的壯歌。眉間尺的父親費了整三年的精神，為大王煉成稀世寶劍，不僅沒有因功受賞，反而以血飼劍，身首異處。殺父之仇激起了本來性情優柔的眉間尺的火性，他仿佛一夜之間長大成人，毅然踏上了復仇之路。為了復仇，眉間尺不惜獻頭。為了伸張正義，黑色人宴之敖慨然相助。他不僅用計以利劍砍下了不義之王的頭，而且當其落在滾沸的水裡垂死掙扎時，他從從容容地斬下自己的頭，與眉間尺的頭協力奮戰，將惡王咬得一敗塗地、確死無疑，並且讓那不義之王無法享受哀榮。眉間尺與宴之敖，以壯烈的殉身，達到了報仇雪恨、伸張正義的目的。其決絕的復仇精神與崇高的道義品格，給讀者以強烈的震撼，也讓人能夠窺見一點作者的人格世界。魯迅對人間充滿了愛心，但另一方面又疾惡如仇，對敵人決不手軟。1926 年初，他發表《論「費厄潑賴」應該緩行》，主張對於咬人之狗，即便落水，也要痛打而不留情。1926 年 3 月 18 日，北洋軍閥政府對手無寸鐵的請願市民開槍射殺，死者 47 人，傷者 150 餘人，造成了震驚中外的三一八慘案。魯迅憤而寫道：「血債必須用同物償還。拖欠得愈久，就要付更大的利息！」（《無花的薔薇之二》）1936 年 9 月 5 日，他在病中寫的雜文《死》裡擬定的遺囑的最後一條就是：「損著別人的牙眼，卻反對報復，主張寬容的人，萬勿和他接近。」對於自己的怨敵，他說「一個都不寬恕」。十幾天後寫出的《女吊》讚賞紹興戲劇中帶復仇性的女吊，稱之為「比別的一切鬼魂更美，更強的鬼魂」。在魯迅看來，在官家推崇的儒家恕道的對立面，民間還潛藏著脈息不絕的復仇精神，這是民族得以保存風骨、剔除贅疣的生命活力，《鑄劍》就是對這一生機的復甦與禮贊。

戰國時期的思想家墨子，反對儒家的「天命」和「愛有等差」說，主張「兼愛」、「非攻」，並有「摹頂放踵，利天下為之」的實踐精神，成為中國傳統文化的重要源頭之一。魯迅早在 1917 年曾錄寫過《墨經正義》，後來在雜文中也多次提到墨子，他自身的務實精神與埋頭苦幹就同墨子息息相通。《非攻》選取墨子化解楚國攻宋危機的歷史故事，形象地展現了墨子的思想光彩、聰明才智與人格風範，也褒揚了宋國的墨家弟子不懼強國、屏棄玄虛、切實備戰的明智之舉。墨子是個仁者，聞聽楚國欲攻宋，慮及宋人遭殃，他自告奮勇，赴楚勸阻。他也是個智者，目光犀利，洞幽燭微，機敏過人，辯才出眾，能夠巧妙設局，引君入甕，讓對方沒有還手的餘地，從前來挑釁的儒家門徒到心口不一的自家子弟，從狡黠的公輸般到魯直的楚王，無一不敗在他的手下。墨子更是個勤勉刻苦的實幹家，既徒步遠行甘冒風險去說服攻伐者，又囑咐宋人做好應戰的準備，以防不測。待到危機解除，他才如釋重負，至於自己備嘗艱辛，則毫無怨言。《非攻》對墨子的塑造，表達了作者對這位古代哲人的崇敬與認同，也寄予了對時局的深切關注。一方面，自九一八事變起，日本步步進逼，民族危機日益加重。1932 年初，日本製造上海一二八事變，挑起淞滬戰爭。1932 年 3 月，偽「滿洲國」出籠。1933 年 1 月 3 日，日軍攻佔山海關。2 月，進犯熱河。3 月，侵佔赤峰，並向長城各口推進。4 月，侵佔北戴河。5 月，相繼佔領唐山與灤縣、遵化、玉田、平谷、薊縣、三河等縣城。1934 年 3 月 1 日，溥儀在日本扶持下由「執政」改稱「皇帝」，改年號為「康得」。8 月 13 日，駐山海關、秦皇島日軍舉行大規模軍事演習。故都北平，危在旦夕；神州大地，痛遭蠶食。另一方面，當局奉行「攘外須先安內」的方針，1933 年 9 月，調集 100 萬兵力第五次圍剿紅軍。1933 年 5 月 26 日成立的察哈爾民眾抗日同盟軍，6 月即被蔣介石電令取消，在三路兵馬逼迫下，8 月抗日同盟軍總部被迫撤銷，原總司令馮玉祥離職賦閑，前敵總指揮吉鴻昌 11 月 9 日在天津被捕，24 日在北平就義，前敵總司令方振武流亡香港。1933 年 11 月 20 日在福建成立的抗日反蔣的「中華共和國人民革命政府」，僅堅持兩個月，即在當局部署的軍事進攻下失敗。正是在這種背景下，憂國憂民的魯迅創作了《非攻》。

大禹是中國傳說中的治水英雄，中國傳統鏈條中光彩熠熠的一環，據《莊子・天下》說，墨子稱頌「禹大聖」，若非躬行儉樸實幹、為天下而操勞的「禹之道」，不足謂墨。魯迅自幼崇敬大禹，不僅自己的感情色調與行為方式上有大禹的投影，而且在《〈越鐸〉出世辭》等著述中多次表露對大禹的崇仰之心，《理水》更是精心剪裁了幾幅剪影，生動地刻畫了大禹克己奉公、腳踏實地、開拓進取的英雄形象。大禹太太對丈夫過家門而不入惡咒式的抱怨，舜的評價與民眾的反映，是側寫；面貌黑瘦，足不穿襪，滿腳底都是栗子一般的老繭，行動風風火火，言語簡潔明快、直率坦誠，是直寫；作品的大部分篇幅用來描寫大員們的懶惰、保守與學者的無聊玄談等種種醜態，則是為了反襯大禹的光彩人格。滔滔洪水，不僅見證了大禹的偉大人格，而且映照出官場、學界、乃至整個社會的種種惡習流弊。對於百姓，作品在表現了他們的直率、執著等可貴品格的同時，也諷刺了怕見官的怯懦與粉飾生活的作假。

社會腐惡、文化弊端與奴性人格，一直是魯迅的現實題材創作的鋒芒所指，當他筆涉古代題材時，亦復如此。《補天》裡二王為爭王位殃及人間，學仙的逃生者的卑怯，愚忠者的昏昧，道學家的無聊，《奔月》裡逢蒙的忘恩負義、狂妄自大，嫦娥的自私、懶惰、庸俗，《鑄劍》裡大王的殘忍、貪婪，王后、王妃、大臣、太監的愚忠與蠢笨，閒人們的無聊、刁鑽，《非攻》裡曹公子的空談「民氣」，等等，均在譏刺婉諷之列。但較之《吶喊》、《彷徨》，《故事新編》的批判性特色主要的還是在於對傳統文化精神源頭的澄清，創作於 1935 年 12 月的後三篇作品就是其集中的體現。伯夷叔齊互讓王位繼承權，且反對武王「以暴克暴」，寧死不食周粟，在歷史上頗有美名。《采薇》則採取了反傳統的視角，對這兩位儒家推重的賢人予以重新審視，揭示其性格中的喜劇性。伯夷叔齊的性格，一是僵化、迂闊，既然已經確知商王無道，卻又以所謂「仁」、「孝」、「先王之道」來阻擋討伐昏君的正義之師，被甲士推得踉蹌跌倒，正是其咎由自取；二是自欺欺人，明知天下大亂，卻不問世事，以自我封閉來保持內心平靜，但官民們都不肯給他們超然，不時傳來令其煩惱的消息，想要去華山吃些野果樹葉打發殘年，也被武王的「歸馬於華山之陽」與小窮奇的「敬老」剪徑踏壞了夢境；三是虛偽做作，既要與世無爭，又禁不住牢騷滿腹，言稱「不食周粟」，但仍以薇活命，一旦被他人點破，生計難以維持，上天派母鹿來給他們餵奶，一向以仁義自詡的賢人卻打起了鹿肉的主意，於是，老天爺發怒，餓死就成了他們的必然結局。「通體矛盾」的揭示，消解了流傳幾千年的孤竹君二子的賢者神話。

《出關》則把幽默的筆鋒指向了道家鼻祖老子，一方面，借關尹喜之口批評他「真是『心高於天，命薄於紙』，想『無不為』，就只好『無為』」，借眾人之反應來婉諷其表達幽曲、令人費解的「玄之又玄」；而另一方面，對老子也不無稱許之意——老子對孔子拿六經這種「先王的陳跡」當鞋子的迂腐與固執的批評，對人情世故的洞察入微。老子之高雅與小吏們之傖俗，關尹喜對人才、學問的尊重與對老子的哂笑，孔子的「知其不可為而為之」與老子的「無為而無不為」，對照之中饒有深意。篇末關尹喜把老子的書稿「放在堆著充公的鹽，胡麻，布，大豆，餑餑等類的架子上」，更是絕妙的一筆，老子之玄言有用還是無用，引人深思。個中的複雜意蘊，恐怕作者創作之初與稍後寫《〈出關〉的「關」》時也未必十分清晰。《起死》把澄清傳統文化精神的目光指向了道家的另一位重要代表莊子。作品的情節源於《莊子・至樂》裡的一個寓言，原典借助骷髏拒絕使其復生的提議，表達莊子的「齊生死」觀。魯迅就此重構生發，創作了一齣動作性很強的喜劇：復活的赤裸漢子執著地向莊子索討衣服、包裹和傘子，直至要搶奪莊子的道袍。莊子極為受窘，叫來巡士、亮明身份才得以脫身。作品的主旨已不再是「齊生死」觀念的展現，而是對「彼亦一是非，此亦一是非」的「唯無是非觀」的諷刺。三十年代上半期，由於民族危機加劇，社會氛圍沉重，老莊得以流行，用作排解苦悶的工具。在文化積澱深層，魯迅何嘗沒有老莊的印痕，但在當時，他不能不起而抨擊「唯無是非觀」了，因為當務之急是要明辨是非，行動起來，拯救民族危亡。

《故事新編》是一部具有開創意義的奇書。歷史小說或是博考文獻，言之有據，或是只取一點因由，隨意點染，《故事新編》裡兩種方法兼而有之，對古代的神話、傳說與歷史廣泛涉獵，上天入地，縱橫馳騁，取古代之事，投射以現代眼光。取材上的最為奇特之處，是在古代題材中加入一點現代細節、插曲和話語。譬如：《補天》裡那個偏站在女媧的兩腿之間向上看的道學家；《奔月》裡的「若以老人自居，是思想的墮落」等語；《理水》裡學者對禹的煩瑣考證，水利局的設置，學者所說的「榆葉裡面是含有維他命 W 的；海苔裡有碘質，可醫療髫病，兩樣都極合於衛生」等語，以及「OK」、「古貌林」等英語；《出關》裡「來篤話啥西，俺實直頭聽弗懂」等南腔北調的方言。最初《補天》裡道學家的介入，是緣於作者在創作過程中讀到一篇道學家攻擊新體情詩的文章，強烈的反感逼促他要對道學家刺上一刺，如果說這還屬於偶然之筆的話，那麼，在作者對此不滿、決計捨棄「油滑」之後，為何在後來的創作中並未真正捨棄，反而不時點染幾處，成為一種別致的特色呢？從文學淵源來看，可以追溯到中國戲劇傳統。元雜劇中的許多歷史劇，無論是以歷史事蹟為主，還是以個人事蹟為主，都有不少丑角的插科打諢，有的見之於上場詩、自報家門，有的見之於插話旁白，有的見之於獨白、對白或唱曲，有的巧用諧音或歇後語，有的肆意誇張，有的託於俗事，有的借用胡語，科諢的內容或自嘲、或滑稽、或鞭撻、或荒謬，插科打諢之中往往寄寓著微言大義[8]。這一喜劇傳統在魯迅家鄉紹興的地方戲曲裡多有表現，諸如「二丑藝術」等等。魯迅博覽群書，又熟悉紹興地方戲曲，這一傳統自然會給他以潛移默化的影響[9]。從創作個性來看，魯迅富於幽默才情與創新意識，雜文寫作又極大

8　參照郭偉廷：《元雜劇的插科打諢藝術》，中國社會科學出版社，2002 年版，第 97-109 頁。

9　參照王瑤：《〈故事新編〉散論》，收《中國現代文學史論集》，北京大學出版社，1998 年版，第 64-117 頁；林非：《中國現代小說史上的魯迅》，陝西：人民教育出版社 1996 年版，第 108-125、230-307 頁。

地拓展了其文學空間，古今雜糅、莊諧交織在他來說實乃水到渠成之事，古代題材小說中引入現代生活細節，正表現出他的幽默功力與創新精神。從精神個性與時代氛圍來看，魯迅不是超然物外的「文化山」上的「學者」，而是深切關注現實的戰士，他寫歷史小說，不是發思古之幽情，而是為了挖「壞種」的「祖墳」，弘揚民族精神。指歸所需，文無定格，古今錯雜的神來之筆也就自然而然了。現代細節與話語的插入，不僅增強了諷刺與反諷的功能，而且產生了諧謔與幽默的效果，從而調節了作品的氛圍，豐富了審美色調。

魯迅向來勇於創新，不因襲他人，也不重複自己。早在《吶喊》問世後不久，茅盾就稱讚說：「在中國新文壇上，魯迅君常常是創造『新形式』的先鋒；《吶喊》裡的十多篇小說幾乎一篇有一篇新形式，而這些新形式又莫不給青年作者以極大的影響，必然有多數人跟上去試驗。」《狂人日記》「奇文中冷雋的句子，挺峭的文調，對照著那含蓄半吐的意義，和淡淡的象徵主義的色彩，便構成了異樣的風格，使人一見就感著不可言喻的悲哀的愉快」[10]，《孔乙己》的簡潔幽深，笑中含淚，《藥》的多重結構，《阿 Q 正傳》的繁複色調等，又非追蹤者所能達到。《彷徨》技巧更為圓熟，刻畫愈加深切，《祝福》的蒙太奇結構，《傷逝》二律悖反意緒的水乳交融的表達，《離婚》的雙重反諷等，顯示出令人歎為觀止的藝術獨創性。《故事新編》裡的 8 篇作品，體式、語調、風格等也各有不同：有的取獨幕劇形式，動作緊張，步步緊逼，尷尬中現出人物的自

10 雁冰：《讀〈吶喊〉》。

相矛盾；有的像一幅人物速寫，雖寥寥數筆，卻神情畢肖；有的似一部交響曲，意境深邃，氣勢恢弘；有的通篇質樸無華，或者兼有頓挫跌宕；有的輝煌壯麗，酣暢淋漓……魯迅不愧為中國現代小說的巨擘，筆鋒所向，總能開拓出一片新的天地。

第三節　雜文天地：荊棘上的花朵

在中國現代文學史上，魯迅不是雜文創作的揭竿為旗者，然而，就雜文意識的自覺性、雜文空間的深廣性與藝術的創新性來說，他卻是毋庸置疑的中軍大纛。五四時期，魯迅發表的第一篇雜文是載於 1918 年 8 月《新青年》第 5 卷第 2 號上的《我之節烈觀》，而後始終不輟，直至逝世前二日所作未完的《因太炎先生而想起的二三事》。魯迅的雜文集，按出版的時間順序有《熱風》、《墳》、《華蓋集》、《華蓋集續編》、《而已集》、《三閑集》、《二心集》、《南腔北調集》、《偽自由書》、《準風月談》、《花邊文學》、《且介亭雜文》、《且介亭雜文二集》、《且介亭雜文末編》，《集外集》、《集外集拾遺》、《集外集拾遺補編》等集子中也收有雜文遺編。

魯迅是懷著思想啟蒙與社會批判的激情開始雜文創作的，當有人勸他集中精力創作小說而不要撰寫雜文時，他在《華蓋集・題記》中回答道：「要做這樣的東西的時候，恐怕也還要做這樣的東西，我以為如果藝術之宮裡有這麼麻煩的禁令，倒不如不進去；還是站在沙漠上，看看飛沙走石，樂則大笑，悲則大叫，憤則大罵，即使被沙礫打得遍身粗糙，頭破血流，而時時撫摩自己的凝血，覺得若有花紋，也未必不及跟著中國的文士們去陪莎士比亞吃黃油麵包之有趣。」1927 年以後，除了收入《故事新編》中的部分小說之外，魯迅的創作成就主要體現在雜文方面。論敵越是貶低與攻訐雜文，魯迅的雜文意識就越是走向自覺。他不僅把雜文當作貼近現實的社會批評與文化批評的利器，而且越來越把雜文視為文學創作，主張雜文在發揮匕首投槍作用的同時，也應生動、移人情，「也能給人愉快和休息」（《南腔北調集・小品文的危機》），預見雜文也將像小說與戲劇一樣「要侵入高尚的文學樓臺去」，且「日見其斑斕」（《徐懋庸作〈打雜集〉序》）。魯迅的雜文觀實際上繼承了源遠流長的中國文學傳統。中國文學史上，從《尚書》到先秦諸子、史傳文學、魏晉唐宋元明清直至近代散文，其歷史與詩歌同樣悠久；即使以狹義的雜文而論，從三國阮籍、嵇康放膽的清言，到晚唐羅隱、皮日休、陸龜蒙充滿了抗爭與憤激之談的小品，再到明末三袁頹放中仍有不平與諷刺、攻擊與破壞的「性靈」文章，直到章太炎的論戰文章等自不必說，還可以上溯到先秦諸子裡的寓言、論辯。現代意義上的詩歌、散文、小說、戲劇的四大體裁分類是受西方影響而確立的，較之近古以前排斥小說、戲劇的文學觀念的確是歷史的進步，但是，卻也存在著把詩歌、散文狹窄化的傾向，詩歌排斥舊體詩詞，散文偏重於敘事、抒情散文，而對偏重於議論的雜文及碑銘、聯語等傳統文體則有所輕視。魯迅自幼在古典文學的浸潤中長大，其文學觀當屬於大文學觀，對於魯迅來說，雜文這種帶刺的玫瑰自然屬於文學園地。所以，儘管魯迅對雜文有過多種稱謂，如雜感、雜文、短評、小品、論文等，甚至有時說到自己的創作時，也順應當時一般的見解，只提及小說、散文與散文詩，但實際上，他在創作時，是把雜文當作文學作品來精心打造的。

魯迅的雜文創作始於新文化運動高漲之際，思想啟蒙的總任務決定了其初期題材大抵是文化批評。傳統的節烈觀，禮教下的親子關係，「國粹家」的嘴臉，「軟刀子」的權術，「寇盜式」與「奴才式」的破壞心理，「暴君的臣民」，「人肉的筵宴」，「瞞和騙」，「愛國的自大家」，「寡婦主義者」、衛道士的批評等，在犀利的解剖刀下一一現出原形。1925 年的五卅慘案與翌年的三一八慘案使他激憤陡增，寫下了《忽然想到‧十》、《無花的薔薇之二》、《「死地」》、《可慘與可笑》、《紀念劉和珍君》等篇，帶有強烈的社會批評色彩。隨著四一二政變、九一八事變等一系列慘變相繼發生，社會批判份量日益加重。《答有恆先生》痛感國民黨右翼發動清黨、血腥屠殺的殘忍：「血的遊戲已經開頭，而角色又是青年，並且有得意之色。我現在已經看不出這出戲的收場。」《鏟共大觀》、《為了忘卻的紀念》、《寫於深夜裡》與《扣絲雜感》、《準風月談‧後記》、《「友邦驚詫」論》、《論「赴難」和「逃難」》、《學生和玉佛》等篇，鋒芒直指當局對內統制文化、鎮壓異己、對外妥協退讓的醜惡嘴臉。

對時事政治的評騭，作為魯迅廣泛的社會批評的一部分，為後人錄下了「五四」至三十年代上半期中國社會的風雲變幻；同時，魯迅也不放過對形形色色的社會眾生相的揭露與抨擊。其中有光怪陸離的社會現象：淒慘的如母子四人一同服毒自殺；可氣的如無辜的工人被外國巡捕踢入河中淹死，卻說成「自行失足落水」；荒唐可笑的如「父母官」令公安局派隊——剪掉行人的長衣下截，為的是「厲行節約」；再如法事與歌劇同臺表演，燒香拜龍，作法求雨，賞鑑「胖女」，禁殺烏龜，演習佾舞，主張男女分途，主席手令女子褲長最短須過膝四寸，不得露腿赤足；還有「妙筆生花」的新聞報導——毒蛇化鱉、鄉婦產蛇、冤鬼索命，如此等等。魯迅也給三教九流描繪出諷刺性的漫畫：對八千袋「大內檔案」「念茲在茲」的教育總長，念經拜佛的考試院長，挾著「△」小說的作家，仗洋主子耍威風的傭人，通儒、顯宦兼作良醫、尤擅女科的官僚，挾家資以求父母、懸百金欲盡孝心的「兒子」，被十里洋場染俗了的媚眼少女，讓習慣意識禁錮得呆鈍了的兒童，蠻橫兇狠的「三道頭」，趨炎附勢的西崽，好吃懶做的白相人，橫衝直撞的無賴等等。

婦女問題是關係到個性解放與社會解放的重要課題。從《我之節烈觀》起，魯迅就對婦女問題十分關注。《憂「天乳」》從北京一女中主任不許剪髮的女生報考，引起關於辮子的感慨，進而想到近年青年尤其是女性的遭劫，不禁對「天乳」有了憂慮，生怕有一天還要增加「天乳犯」。《論秦理齋夫人事》、《阮玲玉之死》控訴了舊的習慣勢力對婦女的戕害。《女人未必多說謊》對「女人講謊話要比男人來得多」的謬誤嚴加駁斥，文末徵引一首為女性鳴不平的古詩：「君王城上豎降旗，妾在深宮那得知？二十萬人齊解甲，更無一個是男兒！」然後情不自禁地贊道：「快哉快哉！」魯迅對女性命運的深切關注正是五四精神的繼承與發揚。

作為新文學與左翼文學的主將，魯迅經歷了多次文壇論爭。有的論爭發生在新文學與國粹派、文化激進主義與文化漸進主義之間，有的論爭則發生在新文學與左翼文學內部。魯迅的大量雜文為論爭而作，因而留下了種種論爭的投影。論爭的原因既有文化立場的衝突、文化身份的差異，也有性格氣質的矛盾、成熟與幼稚的反差，此外，還有不經意的誤解及個人意氣。從中大致可以看出由文學革命到左翼文學二十年間的新文學歷史進程，領略到歷史演進的錯綜複雜。

對國民性問題的關注，始終是魯迅雜文的重要視點，即使後期思想中融入了階級論與集體主義，亦不例外，而且目光愈加深邃。《太平歌訣》從孫中山墓行將竣工時南京市民中流傳的三種歌謠，窺見市民對於革命者的隔膜。《中國的奇想》批判「狂賭救國，縱欲成仙，袖手殺敵，造謠買田」的瞞與騙老例。《宣傳與做戲》、《說面子》戳穿了所謂面子的本來面目：「這『面子』是『圓機活法』，善於變化，於是就和『不要臉』混起來了。」《由中國女人的腳，推定中國人之非中庸，又由此推定孔夫子有胃病》嘲諷了向來被當作正統的中庸精神，指出，對於統治者來說，中庸不過是個手段，需要時可以「謙虛到『侵略者要進來，讓他進來』」，不需要時則「除惡務盡」，還要「食肉寢皮」。《禁用和自造》從兩廣當局為「挽回權利」，禁止學生使用自來水筆、鉛筆等進口文具，改用毛筆的電訊說開去，並與日本毛筆幾乎絕跡的情形相照，鞭撻了國民性中根深蒂固的愚昧與保守。《洋服的沒落》譏刺了從背後給西服灑鏹水之類的盲目排外。《黃禍》、《外國也有》抨擊了阿 Q 式的自我陶醉的精神勝利法。《〈如此廣州〉讀後感》、《偶感》痛感中國人迷信之廣、之深、之頑固，告訴人們：「此弊不去，中國是無藥可救的」。《習慣與改革》從政府通令凡商家帳目、民間契紙及一切簽據一律禁用陰曆所引起的一系列反應生發開去，指出：「體質和精神都已硬化的人民，對於極小的一點改革，也無不加以阻撓，表面上好像恐怕於自己不便，其實是恐怕於自己不利，但所設的口實，卻往往見得極其公正而且堂皇。」「倘不深入民眾的大層中，於他們的風俗習慣，加以研究，解剖，分別好壞，立存廢的標準，而於存於廢，都慎選施行的方法，則無論怎樣的改革，都將為習慣的岩石所壓碎，或者只在表面上浮游一些時。」

作為偉大的思想家，魯迅的深刻之處在於沒有僅僅停留在對國民性弱點的抨擊上面，而是進一步挖掘其歷史根源。《隨感錄六十五・暴君的臣民》說：「暴君治下的臣民，大抵比暴君更暴；暴君的暴政，時常還不能饜足暴君治下的臣民的欲望。」《偶成》在列舉了一例駭人聽聞的土匪酷刑之後，指出其根源在於「奴隸們受慣了『酷刑』的教育，他只知道於人應該用酷刑」。《沙》針對「中國人好像一盤散沙，無法可想」的感歎，指出其實這是冤枉了大部分中國人的，緊接著，又將認識推進了一層：「他們的像沙，是被統治者『治』成功的」。《運命》探索了從北魏到唐末的儒道互補對命運思想發展的影響，後一篇同題雜文則道出了歷史上命運觀的蒼白無力，從而使對命運思想的批判加強了深度與力度。也許與年齡愈長、閱歷愈深有關，抑或文禁森嚴須用筆幽曲的緣故，魯迅晚年比五四時期更喜歡作歷史的反顧，寫下了幾篇份量頗重的歷史題材雜文。《買〈小學大全〉記》，通過尹嘉銓向乾隆皇帝為父請謚與從祀孔廟而引發文字獄、處絞立決的事件，抨擊皇權及其文化統制的專橫與惡辣。《病後雜談》、《病後雜談之餘》從記述張獻忠禍蜀的《蜀碧》等書裡的活剝皮，談及中國歷史上的種種剝皮法以及施於男子的宮刑、施於女子的幽閉等酷刑，「大明一朝，以剝皮始，以剝皮終」，殘酷的虐殺始終不變，又談到文字獄，以及文人「曲終奏雅」的瞞與騙。歷史的回溯是為了抨擊當局的專制統治、追尋奴性的根源，以使整個社會與民族精神健康發展。

即便是在風雨如磐的暗夜，魯迅雜文也未盡如鴟鴞，叫出世道的「不吉」，有時也像布穀，熱切地呼喚著一定會到來的春天。《看司徒喬君的畫》在論及司徒喬畫的爽朗、熱烈的色調時，滿懷豪情地預見：「中國全土必須溝通。倘將來不至於割據，則青年的背著歷史而竭力拂去黃埃的中國彩色，我想，首先是這樣的。」《宣傳與做戲》在強烈地批判了自欺欺人的國民性弱點之後，還是充滿希望地說：「但恐怕不久天也就要亮了」。

現代雜文從濫觴到興盛又到衰歇，是一個歷史過程。魯迅雜文創作時間跨度長，也經歷了一個由單純到繁複、由清新到老辣的發展歷程，風格隨著歷史的演進與環境的差異而有所變化。《熱風》慷慨激昂，發揚踔厲，質直而熱切的風格恰是時代氛圍的投影。《華蓋集》、《華蓋集續編》以及《墳》中的大部分文章，則呈現出迂曲而激烈的格調。後期風格愈見汪洋恣肆。《而已集》裡，前期的亢奮變成震驚，質直的抨擊化為深沉而焦灼的反思，因而形成了一種凝重而冷峻的氛圍。《三閑集》多屬文化批評，論辯從容，文筆舒展，別具一種風姿。進入三十年代，無論思想還是藝術，都充分顯示出成熟的姿態。《二心集》所收雜文最初大多刊於左翼刊物，直言不諱，氣勢淩厲，筆墨酣暢，呈曉暢而潑辣之風。《南腔北調集》文體上多方嘗試，手法上老練自如，思想上常有鞭辟入裡的深刻之見，形成了閎放而深厚的特色。《偽自由書》語言精警短俏，雖隱晦曲折，但鋒芒咄咄逼人，顯示出尖銳而峭拔之勢。《準風月談》多用曲筆、反語，隱晦而辛辣。《花邊文學》所收雜文大多揮灑自如，信馬由韁，風格淡遠而幽深。《且介亭雜文》、《且介亭雜文二集》、《且介亭雜文末編》，情深意切的懷人文章增多，《病後雜談》、《「文人相輕」》七論等系列雜文氣勢磅礴，筆力遒勁，近於遺囑的雜文《死》蒼樸豁達、鐵骨錚錚，整體上顯示出蒼勁而雄渾的格調。前期總的說來是明朗、熱烈、單純，後期總的說來則是隱曲、深沉、豐厚。

魯迅雜文常常是鋒芒閃爍，機鋒四出，不僅犀利、強勁，而且具有耐人回味的審美魅力，每每令論敵難有招架之功，更無還手之力。讀者能夠感受到雄辯的邏輯力量，可認真尋去，未必尋得見一條明晰的邏輯線索。其奧秘在於這些雜文的思維方式不是思辨的邏輯，而是感悟的邏輯。這是一種富於民族特色的思維方式，也是典型的雜文思維方式。它從具體的審視對象（現實、歷史或文本）出發，進行理性的審視，但未等理性的環節組成思辨邏輯的長索，就又憑悟性把對象提了上來，使理性與悟性、主體與對象錯雜交織，構成一個水乳交融的生命體。「我」不時出現在文本中，既是評論者，又是感受者，使作品富於現場感，增強了可感性與說服力。文脈跳躍性大，從此事物到彼事物過度突兀，思維過程往往省略，直接提出結論，因而資訊量大。正因為悟性作橋樑，所以思維天地廣闊，每每借題發揮，舉譬連類，抨擊面寬。

與感悟性思維方式密切相關的，是其富於形象性的表達方式，理性的力量常常寓於生動的形象之中。有的是整體象徵，如《現代史》通篇說的是「變戲法」：一種是猴子耍槍，狗熊玩把戲，另一種是空匣出白鴿，鼻孔冒煙火……待到錢到了手，變戲法的收拾起傢伙，看客們暈頭暈腦地走散——如此循環往復。表面上對現實不著一字，實際上卻道出了一部活生生的現代史。更多的是擇自生活或別出心裁的形象，如「二丑」，「乏走狗」，奴才相，流氓相，媚態的貓，得了中庸之道似的叭兒狗，「凶獸樣的羊」，「羊樣的凶獸」，掛著鈴鐸的羊，倚徙於華洋之間的西崽，吸人血之前還要「哼哼發一篇議論」的蚊子，「舐一點油汗」、還要「拉上一點蠅屎」的蒼蠅等。形象的表述不僅增加了生動性，擴大了藝術空間，而且帶來了隱曲性，有益於雜文在荊天棘地中的頑強生存。

魯迅雜文之所以可以毫無愧色地邁進文學殿堂，重要的一點是因為它周身流動著感情的血液。也許只有在新文化運動高潮的激蕩下，他才會有《隨感錄・四十》那樣真率的高聲吶喊，叫出胸中的積鬱，訴說對未來的憧憬。大多數篇章，尤其是到了後期，感情的表現是那樣深沉。《夜頌》等篇，情寓景中，情景交融，令人想起舒伯特小夜曲裡的夜鶯歌聲，只是這裡兼有夜露的沉重。《白莽作〈孩兒塔〉序》裡說：「一個人如果還有友情，那麼，收存亡友的遺文真如捏著一團火，常要覺得寢食不安，給它企圖流布的。」深情拳拳，熾烈灼人。《紀念劉和珍君》、《為了忘卻的紀念》、《憶韋素園君》、《憶劉半農君》、《關於太炎先生二三事》等文章，或是對故人的懷念，或是對烈士的痛悼，或是對先師的崇敬，筆端凝聚著感人肺腑的深情。《無花的薔薇之二》、《關於中國的兩三件事》、《三月的租界》、《寫於深夜裡》等，難以壓抑的憤懣如同火山岩漿一般噴發出來。論及不幸者命運的篇章，如《論秦理齋夫人事》等，在憤怒於社會冷酷的同時，對弱者充滿了溫煦的憐憫。大量描摹社會眾生相與剖析國民性弱點的雜文，無論是嬉笑怒罵的諷刺，還是深邃冷雋的幽默，都蘊涵著濃郁深沉的感情，讓人回味無窮。

自幼博覽群書，雜學旁收，使得魯迅雜文猶如一個知識寶庫。知識之淵博，不僅令年輕一代嘆服不已，就是在同代文學宿將之中也堪稱翹楚。古今中外，天文地理，經史子集，野史筆記，神話傳說，歌謠戲曲，山川湖海，草木蟲魚，多有涉獵。涉及的學科有文學史、歷史學、民俗學、人類學、地質學、生理學、心理學、哲學、經濟學、天文學、宗教、美學、美術、教育學等，提到的國家、民族及外國地名約一百四十多個，各種典實（包括引語、掌故、名物、人物、事件等）約一萬五千餘種。知識的運用不時有塵封史料的細心鉤沉或別出心裁的新翻楊柳，給人以耳目一新之感。譬如說到封建統治者的暴殄天性，通常只說及施於男子的宮刑，而魯迅則從浩瀚的古籍中發現了對女性的「幽閉」。《病後雜談》中說道：「向來不大有人提起那方法，但總之，是決非將她關起來，或者將它縫起來。近時好像被我查出一點大概來了，那辦法的兇惡，妥當，而又合乎解剖學，真使我不得不吃驚」。由於中國古代文學傳統的影響，同時也由雜文文體特點所決定，用典是雜文的普遍情形。魯迅的獨特之處不僅在於知識之博、之新，而且還表現在它的用之得當，不像有些作家那樣為知識而知識，有賣弄與玩賞之嫌。《新藥》引述了古書中壯漢醫宮女的寓言，用來比喻投靠當局的吳稚暉，十足畫出了一幅被主子用而棄之的「藥渣」的醜態，真可以說是入木三分，恰如其分。知識之淵博、新穎與妙用，使趣味性與嚴肅性熔為一爐，平添邏輯力量與藝術魅力。

既然繼承了傳統的大文學觀，決意要使雜文在現代文學的新格局中佔有一席之地，魯迅在雜文文體上進行了多種嘗試，除了一般意義上的隨感、雜談、小品之外，通信、日記、序跋、啟事、小引、後記、雜記、時論、寓言、回憶、演講、歌謠、按語、書評、箚記、學術論文、文藝短論、人物速寫、祭祝文、墓誌銘、「立此存照」等，都被貫穿其中的雜文式思維、機鋒、鋒芒及各種藝術手段賦予了雜文性質。藝術手法與技巧，也是多方汲取，錘煉創新，越到後來越嫺熟老成、靈活多變。機智、反語、諷刺、幽默，嬉笑怒罵，皆成文章；考訂、徵引、敘事、抒情、立論、駁詰，應有盡有，蔚為大觀；比喻、類比、排比，暗示、省略、嫌疑、誇張、甚至荒誕，各種修辭手段，運用自如。其語言總體上凝練、雋永、幽默、廓落，具體說來又是隨物賦形，千姿百態。章法結構筆隨意到，舒卷自如：有的嚴謹簡練，層次井然，首尾呼應，無懈可擊；有的好似信筆寫來，漫無主旨，援古例今，談天說地，形散而神聚，始終一線貫穿，不離中心；有的即興發揮，短語成篇，言簡意賅，成箴言、警句、雋語；有的不拘成法，獨闢蹊徑。

魯迅雜文理深情真，妙趣橫生，在文學園地顯得那樣清新別致，從思想藝術上說又是那樣老辣蒼勁。它是初春的野草，給原野披上喜人的新綠，它是勁健的秋風，橫掃一切枯枝敗葉；它是巍峨的豐碑，局部精雕細刻，整體宏偉壯麗；它是氣勢磅礴的交響曲，既給前進者以精神鼓舞，又帶來審美怡悅；雜文能夠堂而皇之地進入現代文學殿堂，魯迅立下了柱石之功。

第四節　《野草》與《朝花夕拾》的詩意情韻

魯迅從「五四」初期就開始了散文詩的創作，1919 年 8 月 20 日到 9 月 9 日在《國民公報》副刊「新文藝」欄目上，發表《自言自語》一組七篇。後來，他還寫過《戰士和蒼蠅》、《夏三蟲》、《夜頌》、《半夏小集》等散文詩。上述作品均收入雜文集。1924 年至 1926 年，魯迅在《語絲》周刊發表總題為「野草」的散文詩二十三篇，加上 1927 年 4 月 26 日所作《題辭》，1927 年 7 月由北京北新書局初版，這就是魯迅的唯一一部散文詩集：《野草》。

《野草》是一部瑰奇之作，用作者《〈野草〉英文譯本序》裡的話說，「大半是廢弛的地獄邊沿的慘白色小花」。它是地獄種種慘相怪態的見證，也是對地獄的蔑視與詛咒，更是求索者的心靈軌跡，它蘊蓄著彷徨歧路的焦灼、反抗絕望的慘烈、埋葬地獄的希望與美好境界的憧憬。

《題辭》可以看作理解整部《野草》的總綱。創作《野草》的 1924 年到 1926 年，魯迅目睹了怎樣的黑暗啊。第二次直奉戰爭狼煙四起，北洋皖系軍閥首領段祺瑞在日本帝國主義的支持下，再次掌握執政府權柄。段祺瑞對外依傍強權，維護帝國主義利益，對內以軍權維持現狀，鎮壓異己，禁錮輿論，三一八慘案就是其暴政的血腥罪證。舊勢力盤根錯節，復古浪潮一波未平一波又起，魯迅因支持女師大學生的正義鬥爭，竟被非法免除教育部僉事職。待到控告勝訴不久，魯迅又因名列於所傳北洋軍閥政府通緝名單而四處避難。這怎能不使他產生地獄煎熬的感覺呢？1927 年，繼上海四一二政變之後，廣州又發生了四一五事變，國民黨右派大肆逮捕並屠殺共產黨人及革命群眾，魯迅所熟悉並留下良好印象的共產黨員畢磊等人慘遭毒手。時任中山大學教務主任的魯迅奮力營救無效，於 4 月 21 日憤而辭職。正是在這種心境下，他編定這部散文詩集，要「以這一叢野草，在明與暗，生與死，過去與未來之際，獻於友與仇，人與獸，愛者與不愛者之前作證」，要噴發出胸中的岩漿，燒毀地獄，哪怕野草與之同歸於盡也在所不辭。4 月 26 日深夜，魯迅坐在白雲樓上，從視窗望出去，樓下有荷槍實彈的員警站崗放哨，天地籠罩在黑暗之中，他浮想聯翩，心潮澎湃，可是，萬語千言，在這沉沉暗夜又如何能夠盡情表達？於是，《題辭》開篇就說：「當我沉默著的時候，我覺得充實；我將開口，同時感到空虛。」彷徨與絕望的折磨都已成為過去，回首往事卻感到欣慰，因為自己曾經是那樣執著地探究。雖然只留下「一叢野草」，但自己還是加倍珍愛，因為它的生是地獄的見證，它的死將與地獄同歸於盡。為了地獄的早日埋葬，他「希望這野草的死亡與朽腐，火速到來」。這是多麼寬廣的胸襟，多麼豪邁的氣概！

魯迅早在留學期間，就以「我以我血薦軒轅」的詩句表達了他的愛國情懷與社會責任感，從那時起，他的喜悅和煩憂、吶喊和沉默，總是與民族的命運息息相關。五四新文化運動退潮後，新的路與新的戰友在哪裡，他開始了執著的思索與尋求。

從《過客》裡的主人公身上，可以看到作者的身影：他從自己還能記得的時候起，就在這麼不停地走，有聲音在前面催促他，召喚他，前面是墳，是鮮花，都不在意，前行能否找到那聲音之所在，也不去理會，只是不願回到那到處是名目與地主、驅逐與牢籠、假笑與眼淚的來處，只是不停地向前走，為了能夠前行，他甚至謝絕同情與佈施。他那困頓而倔強的狀態、陰沉而執著的眼光多麼令人感佩。《死火》以瑰奇的夢展示出崇高的精神境界：死火，雖死猶生，炎形仍在，色彩依然，一旦溫熱將其驚醒，立刻生命復甦，紅焰流動。是走出冰谷，行將燒完，還是就此留下，將要凍滅？它寧可走出去燒完，也決不留下來凍滅，這義無反顧的獻身精神，正如佛家語所謂「大火聚」，烈焰叢集，照徹雲天。《死火》寫於 1925 年 4 月 23 日，從 3 月 11 日以來，魯迅收到正在每週聽他講課的北京女子師範大學國文系學生許廣平的來信八封，復信七封，從其內容與筆調可以看出兩人的感情確實正在逐漸超越單純的師生關係，當然，愛情的相互確認尚需時日，但這篇散文詩裡的「死火」的復甦與躍出冰谷，在道路探尋的意義中，未始不隱含著愛情覺醒的意蘊。等到愛情得到確認之後，魯迅寫下《臘葉》，對許廣平對他的真摯愛護——「願使這將墜的被蝕而斑斕的顏色，暫得保存，不即與群葉一同飄散」——表示由衷的感謝。

在《野草》濃郁的象徵色彩中，包蘊著廣袤的意義空間，其中，作者人格的力量顯得格外的突出。在寫得最早的《秋夜》中，高高在上的夜空同地上的野花草、棗樹及飛舞的小青蟲構成兩極對立的世界。夜空奇怪而高，星眼充滿了冷意與蠱惑，將繁霜灑向大地，將寒冷的夜氣壓向大地。然而，野花草仍然頑強地做著蝶飛蜂鳴的春之夢，尤其可佩的是那桀驁不馴的棗樹：它雖已葉子落盡，且受過傷害，但知道小粉紅花的夢，一面用低掗的幾枝護定自己的皮傷，一面用最直最長的幾枝，默默地鐵似的直刺著奇怪而高的天空。在野花草與棗樹上面，寄寓著作者的美麗希冀與硬骨頭人格。《希望》懷念自己「用這希望的盾，抗拒那空虛中的暗夜的襲來」的青春年華，給青年以激勵，也作為自勉。《雪》在江南與北方雪景的對比中蘊涵著對青春生機的留戀與孤獨抗爭的韌性精神。《好的故事》則以夢幻的形式寄託了對未來的希望。

魯迅向來嚴於解剖自己，《風箏》以虔誠懺悔與無從寬恕的沉重心情追憶了少年時代的一段往事。他在批判舊世界的同時，從來沒有放棄過澄清自身靈魂的努力。《影的告別》裡的影，是黑暗與虛空的所有者，它不願跟隨它所依傍者上窮碧落下黃泉似地去求索，不願去將來的黃金世界，甚至不願彷徨於明暗之間，它索性要在黑暗裡沉沒了。它的絮語告白了作者心靈中的陰影，然而正是通過這樣一番寒氣凜冽的告別詞，表明了作者向以為只有「黑暗與虛無」才是「實有」的心靈陰影進行絕望抗爭的無畏勇氣與必勝信念。影的告別，其實是抒情主人公向影訣別。《墓碣文》更是以色彩強烈、極具張力的文辭表現出心靈搏擊的慘烈與否定陰魂的決絕。似乎可以說，魯迅在思想上的求索與感情上的解放有著微妙的關係，到創作《墓碣文》的 1925 年 6 月 17 日，魯迅與許廣平的感情已經進展到相當深入的程度。4 月 12 日她與同學一道去魯迅家中拜謁過之後，來信的文風更加俏皮潑辣，魯迅也節節「敗退」，師生關係逐步讓位於平等的愛情。愛情的滋潤減弱了魯迅的孤獨感與空虛感。《墓碣文》可以看作寒氣逼人的自我解剖的終結，此後的散文詩，固然仍有自況與自剖，但主要鋒芒已指向了外部世界。

其實，《野草》從一開始，就不僅僅是自我的審視，同時也一如既往地展開了對黑暗社會與文化弊端的激烈批判。《失掉的好地獄》不僅揭露出地獄在魔鬼統治下的慘狀，而且預見了地獄的新統治者「那威稜且在魔鬼以上」的真面目。地獄不埋葬，無論是誰取得統治權，遭難的都是可憐的「鬼魂們」。這一認識已經超越了一般的社會批判層次，達到了歷史哲學的高度。三一八慘案後，魯迅寫下《淡淡的血痕中》，呼喚「叛逆的猛士出於人間」，「洞見一切已改和現有的廢墟和荒墳，記得一切深廣和久遠的苦痛，正視一切重疊淤積的凝血，深知一切已死，方生，將生和未生」，在這樣的猛士眼中，天地必然為之變色。《野草》也有廣闊的文化批評視野。《我的失戀》諷刺當時盛行一時的矯情做作的失戀詩；《求乞者》對安於命運的麻木的乞憐表示憎惡，對居高臨下而又無濟於事的佈施表示懷疑；《復仇》是對患有「圍觀癖」的空虛無聊者的抨擊；《復仇（其二）》則對扼殺並侮辱、譏誚先驅者的愚眾表示強烈的憤慨；《立論》與《聰明人和傻子和奴才》，譏刺了國民性中的圓滑、敷衍的中庸主義哲學與馴順麻木、一味忍從的奴才根性；《狗的駁詰》意在揭穿「正人君子」的假面；《這樣的戰士》在謳歌勇於舉起投槍的戰士的同時，指斥了戴著假面替軍閥效力的文人，也揭出了「無物之陣」的真相；《死後》批判了冷漠與卑鄙；《頹敗線的顫動》則抨擊了忘恩負義的人性弱點。這些社會批評與文化批評同作者的小說與雜文正有異曲同工之妙。

《野草》豐富而深邃的意義蘊涵在奇異而精緻的藝術形式之中，從體式來看，有詩體，有戲劇體，有對話體，有雜感體，有的還富於小說色彩；從切入角度來看，有現實生活的直接介入，有夢境的展開，有內心獨白，有經典故事的借取，有人與動物的對話，有通篇的景物描寫，有往事的追憶，有虛擬的戲劇性場景；從美學風格來看，有輕快戲謔的詼諧，有辛辣犀利的譏刺，有機智俏皮的反諷，有沉痛抑鬱的悲劇；從感情色調與抒情方式來看，有的蒼涼陰鬱如同一幅高原冬日圖，有的幽雅婉轉好似一支江南小夜曲，有的跌宕頓挫彷彿荒山野路，有的氣勢洶湧恰似暴風驟雨。作者學養豐厚，悟性極高，從中國古典文學汲取意象、意境等精髓，從外國文學吸收新異的養分，以富於獨創性的藝術追求創造出一篇篇別出心裁的藝術珍品。由於環境所迫，難於直說，有些篇章文字較為晦澀；心境的幽曲深邃，愈增表現的含蓄曲折。作者所取的象徵主義手法恰好與此相應，給人留下了廣闊無垠的聯想空間與咀嚼不盡的深味餘韻。儘管在《野草》之前，中國現代文壇已有散文詩集問世，但無論是從意蘊的豐富性與深邃性來說，還是從藝術的獨創性與先鋒性來看，《野草》無疑是中國現代文學史上最重要的一部散文詩集。

《朝花夕拾》，收入魯迅 1926 年所作回憶性的散文十篇，加上 1927 年寫下的《小引》、《後記》，1928 年 9 月由北京未名社初版。除此之外，魯迅尚有《紀念劉和珍君》、《為了忘卻的紀念》、《阿金》、《我的第一個師父》、《關於太炎先生二三事》等多篇散文，分別收入他的幾部雜文集。他自己編定的散文集則只有《朝花夕拾》一種。

五四新文化運動以來，魯迅一直處在進擊的亢奮或探尋的焦慮之中，總是征馬未下鞍的匆迫與勞頓。1926 年，難得有一份恬靜的心情來回顧自己的往事。這一則是為了支持他參與創辦並編輯的《莽原》雜誌，二則恐怕與他的感情生活有著一定的關聯。1925 年春夏之際，許廣平闖進了魯迅的感情生活，魯迅原擬陪著母親給他娶來的妻子「做一世犧牲」的想法發生了動搖，莊稼收穫的秋天，魯迅與許廣平的愛情生活也看到了金燦燦的果實。在此前後，在社會生活中，魯迅旗幟鮮明地支持女師大風潮中堅持正義的學生，與所謂「正人君子」激烈論辯，同非法免除其教育部僉事職的教育總長頑強抗爭；在內心生活中，他同傳統道德賦予的內疚感進行痛苦的掙扎、搏擊，以至宿疾肺病復發，大病一場。等到社會鬥爭與內心鬥爭均以勝利告終，他不能不產生一種如釋重負的輕鬆感覺，於是，他情不自禁地回想起自己早年的生活歷程了。

這組回憶性的散文最初在《莽原》上發表時，總題為《舊事重提》，結集出版時才改為《朝花夕拾》。陶元慶為初版本設計的封面裝幀是：桔黃底色上面，一位古裝白袍女子憐愛地抱回一根花枝，雖然花有殘落，但枝頭猶存花朵，遠處的花枝繁茂與近景的殘枝猶憐，形成一種反差，溫馨裡隱含著幾分蒼涼。這一裝幀設計可以說與集子裡的散文格調頗為切合。雖然已非帶露折花，但記憶深層的童年一旦重新喚回，仍能讓人聞見幾許朝花晨露的芬芳與清澄。作者兒時正月十四夜裡不肯輕易便睡，等候民間傳說中的老鼠成婚的認真；未能重病一場、了卻「扮犯人」願望的遺憾；失去所愛的隱鼠的哀痛與空虛；得到渴求的《山海經》的驚喜與感念；百草園裡尋找人形何首烏的急切與對「美女蛇」的擔心；三味書屋裡悄悄捉蒼蠅餵螞蟻與偷偷畫畫兒的樂趣，等等，稚嫩、純真的童心栩栩如生，自然、活潑的童趣躍然紙上，讓人跟著作者一道回到童年時代，重溫童年的快樂與憂傷，更讓人看到在這位深邃的思想家身上，跳動著一顆多麼可貴的童心。

作者回憶的是個人往事，但其中疊印著歷史的軌跡，氤氳著時代的氛圍。三味書屋反映出舊式教育的枯燥與古板，南京學堂透露出戊戌變法前後中國社會文化出現的轉機以及轉型期新舊雜處的複雜局面，仙臺的遭際折射出貧弱的中國在世界上的可憐地位，范愛農的悲劇說明了辛亥革命後舊勢力仍然十分強大的社會實情，此外，散文所記述與描寫的民間傳說與民俗活動也給我們傳達出豐富的文化資訊。

散文由於其主觀色彩濃郁的本質特徵，更易於見出作者的個性。魯迅是鐵骨錚錚的戰士，《朝花夕拾》就可以見出橫掃腐惡的戰士英姿；魯迅是深邃的思想家，往事的回憶中便投射著現代理性的目光；魯迅是富於喜劇才華的雜文家，散文裡也不時閃射出雜文的諷刺鋒芒。《狗・貓・鼠》寫的本來是作者的動物緣，但行文之中，機鋒四出，有的是針對自己的論辯對象——常以主張「公理」、「正義」自詡的「不好惹」的「名人名教授」，有的是譏刺舊式婚禮的繁文縟節，有的是抨擊傳統社會官兵不肯掃清土匪的弊端。《五猖會》描寫的是屬於地方民俗的迎神賽會，但也順勢諷刺了主張男女之大防的封建禮教，還對不懂兒童天性、只顧用「功課」催人、壓人的父親提出了婉轉的批評。《〈二十四孝圖〉》更是以辛辣而俏皮的筆觸，指向了虛偽而殘忍的封建孝道。作者旁徵博引，筆鋒迴旋，活畫出「老萊娛親」的矯情詐偽、可惡可笑，指出道學家「正如將『肉麻當作有趣』一般，以不情為倫紀，誣衊了古人，教壞了後人」。作者又以自己當年看到「郭巨埋兒」時的擔憂與恐懼以及同老邁祖母在心理上的對立，抨擊了封建道德以犧牲幼者為代價的殘忍性與荒謬性；接著，筆鋒順勢一轉，指向了現代社會：「整飭倫紀的文電是常有的，卻很少見紳士赤條條地躺在冰上面，將軍跳下汽車去負米。」《父親的病》以主要的筆墨刻畫出騙人錢財、誤人性命的庸醫形象，鋒芒也涉及一些沒有科學根據而偽託於中醫名目的荒謬觀念，文末還對民間向臨終者呼喊叫魂徒然增加其痛苦的陋習提出了質疑乃至抗議。《藤野先生》在描繪出藤野先生的博大胸襟與嚴正品格的同時，也暴露了某些日本學生的狹隘、傲慢的「島國根性」。即使是說明性的《後記》，也不失時機地對古今道學家刺上幾筆。

《朝花夕拾》筆意縱橫，思緒跌宕，其意域遠遠超出了一般的個人經歷的回憶。與此相應，筆法靈動，不拘一格。《狗・貓・鼠》像是雜談，但從中段才出現的幼年回憶卻寫得那樣生動細緻、情趣盎然。《阿長與〈山海經〉》像一幅樸素的人物素描，筆墨不多但曲折有致，一部《山海經》點活了長媽媽的愛心，在此前後，孩子眼裡的長媽媽構成了有趣的對比與映襯，幼年的記憶與成年的追思相互交融，準確地勾勒出人物的性格、做派乃至命運。《〈二十四孝圖〉》以憤激的抨擊起筆，以俏皮的反諷結尾，全篇流貫著論辯的語調。《五猖會》像是筆法簡潔的場景速寫，寥寥數筆即傳達出家長意志對兒童天性的壓抑。《無常》則如濃墨重彩的楊柳青年畫，鮮豔的色彩中見出濃郁的民俗民情。魯迅在《怎麼寫》中說：「散文的體裁，其實是大可以隨便的，有破綻也不妨。」《朝花夕拾》可以說就是這一文體觀的體現，從具體手法到整體結構都表現出高度的自由性。從語境來看，有獨語式的幽幽傾訴，也有與讀者的款款對話，還有面向論敵的激烈論辯；從手法來看，散文通常的敘事、描寫、抒情自不必說，還有廣博的徵引，巧妙的插曲；從美學色調來看，有辛辣犀利的諷刺，也有溫婉詼諧的幽默，還有抑鬱悲憤的悲劇。語境的轉換，手法的使用，色調的調配，體式的選擇，結構的開合，文章的長短，等等，全無一定之規，但體隨意走，隨物賦形，或散或聚，各成一體。正如宋人蘇軾所說：「如行雲流水，初無定質，但常行於所當行，常止於所不可不止，文理自然，姿態橫生。」

第五節　融通古今中外，書寫現代經典

在現代文學史上，魯迅的創作量不算很大，但其深邃的精神內涵與卓絕的藝術獨創性卻是首屈一指的。正如郁達夫所說：「如問中國自有新文學運動以來，誰最偉大？誰最能代表這個時代？我將毫不躊躇地回答：是魯迅。魯迅的小說，比之中國幾千年來所有這方面的傑作，更高一籌。至於他的隨筆雜感，更提供了前不見古人，而後人又絕不能追隨的風格，首先其特色為觀察之深刻，談鋒之犀利，文筆之簡潔，比喻之巧妙，又因其飄溢幾分幽默的氣氛，就難怪讀者會感到一種即使喝毒酒也不怕死似的凄厲的風味。當我們見到局部時，他見到的卻

是全面。當我們熱中去掌握現實時，他已把握了古今與未來。要全面瞭解中國的民族精神，除了讀《魯迅全集》以外，別無捷徑。」[11]魯迅的創作最早顯示出文學革命的實績，並且給予現當代文學的發展以多方面的啟迪。阿 Q、祥林嫂等形象成為後世典型塑造的永恆楷模；農村題材的描寫開啟了現代鄉土文學的先河，蹇先艾、許欽文、王魯彥、臺靜農、黎錦明、沙汀、周文、蕭紅等人的鄉土文學創作都曾受過魯迅的恩澤；現代歷史小說、詩化小說、散文體小說、散文詩等文體的發展也都可以從魯迅這裡尋找到源頭；魯迅雜文更是以博大精深的內涵與爐火純青的藝術標誌著現代雜文的高峰。中國文學成功地實現了從傳統向現代的轉型，並與世界文學接軌，魯迅當記頭功。

魯迅的文學貢獻並不止於創作，外國文學的翻譯與介紹同樣成果輝煌。若以公開發表而論，魯迅的文學生涯當從 1903 年的翻譯開始，當年 6 月發表譯述小說《斯巴達之魂》（前部分）與譯作《哀塵》（雨果），直到逝世前還在翻譯果戈理《死魂靈》第二部殘篇。據統計，終其 33 年的翻譯生涯，共翻譯 15 個國家 110 人的 244 種作品，共約 350 萬字[12]，涉及小說、戲劇、童話、詩歌與散文詩、雜文、文藝理論及科學著述等。結集出版的有《月界旅行》、《地底旅行》、《一個青年的夢》、《愛羅先珂童話集》、《工人綏惠略夫》、《桃色的雲》、《苦

---

11 郁達夫：《魯迅的偉大》，原載日本《改造》第 19 卷第 3 號，1937 年 3 月 1 日，思一譯。

12 參照李萬鈞：《魯迅與世界文學》，俞元桂、黎舟、李萬鈞著：《魯迅與中外文學遺產論稿》，海峽文藝出版社，1985 年版，第 201 頁；福建教育出版社 2008 年版《魯迅譯文全集》版權頁標明 3656 千字。

悶的象徵》、《出了象牙之塔》、《思想・山水・人物》、《小約翰》、《現代新興文學的諸問題》、《壁下譯叢》、《藝術論》（盧那察爾斯基）、《文藝與批評》、《文藝政策》、《藝術論》（普列漢諾夫）、《十月》、《毀滅》、《山民牧唱》、《壞孩子和別的奇聞》、《表》、《俄羅斯的童話》、《近代美術史潮論》、《死魂靈》等，合譯有《域外小說集》、《現代小說譯叢》、《現代日本小說集》、《近代世界短篇小說集》、《一天的工作》等，校閱許遐譯《小彼得》、賀非譯《靜靜的頓河》（第一卷）、韓侍桁譯《鐵甲列車 Nr.-69》、孫用譯《勇敢的約翰》、李蘭譯《夏娃日記》等多種，還寫了大量翻譯的譯序、後記、附記等評介文章，為現代翻譯文學建有篳路藍縷之功。魯迅在譯介中傾注了無量的心血，也寄予了打開門窗看世界的急切渴求、飽經風霜之後的未泯童心、尋求社會理想與文藝新途的熱切期望。愛羅先珂童話、《苦悶的象徵》與《毀滅》等譯作以及關於直譯方法的探索，給文藝創作、文學翻譯、文學閱讀乃至社會生活帶來深遠的影響。正是基於創作與翻譯等多方面的卓越建樹，蔡元培在 1938 年版《〈魯迅先生全集〉序》裡才有魯迅「為新文學開山」的讚譽。

魯迅不僅是傑出的文學家，而且是偉大的思想家。早在留學時期，他就在《文化偏至論》中提出了「外之既不後於世界之思潮，內之仍弗失固有之血脈，取今復古，別立新宗」的文化建設思路，這不僅在當時具有先鋒性與超越性，而且至今不失其真理價值。要「不後於世界之思潮」，就必須「運用腦髓，放出眼光」，「沉著，勇猛，有辨別，不自私」地「拿來」（《拿來主義》）。於是，他以普羅米修士盜火的犧牲精神翻譯介紹外國文學，為新文學、新文化輸入新鮮的養分；同時，他自己也認真吸收並予以創造性的轉化。在文學上，果戈理、陀思妥耶夫斯基的病態心理刻畫，契訶夫含淚的笑，夏目漱石的幽默，安特列夫象徵主義的陰冷，高爾基的新寫實主義，尼采箴言式的《查拉圖斯特拉如是說》、屠格涅夫與夏目漱石的散文詩，有島武郎東西方熔為一爐的文體風格，芥川龍之介的歷史小說，愛羅先珂、望・藹覃的童話，廚川白村、鶴見佑輔的隨筆等，都已如汩汩清泉滋潤著魯迅的文學創作。在思想上，尼采、易卜生的個人主義，托爾斯泰的人道主義，夏目漱石關於西方文化與民族文化衝撞之下的思考，有島武郎關於人道主義與個人主義協調的探索，馬克思主義的階級觀念、群眾觀念與未來社會的構想等，都已融入魯迅的思想結構；在魯迅這裡，諸多源頭固然有相互排斥之處，但更多的是互補融會，即使在接受了馬克思主義之後，也仍然堅守著人道主義的博大溫煦情懷與個人主義的獨立自主精神。1930 年 9 月，友人為魯迅 50 歲舉辦祝賀活動時，劉半農送一副聯：「托尼思想，魏晉文章」，眾人皆稱恰切，魯迅予以默認[13]。

清峻、通脫的「魏晉文章」確為魯迅所青睞，但魯迅所認同並承傳的傳統文化「固有之血脈」顯然遠不止於「魏晉文章」。新文化運動標新立異的時代氛圍，魯迅激越吶喊的戰鬥姿態，雜文特有的表述方式，使人們往往容易注意魯迅否定傳統文化的一面，而忽略其肯定與繼承傳統文化的另一面，甚至因而產生種種誤解。然而，實際上，魯迅對於多源頭、多流派、源源

13 參照孫伏園：《魯迅先生逝世五周年雜感二則》，收《魯迅先生二三事——前期弟子憶魯迅》，河北教育出版社，2000 年版，第 75 頁。

不絕的傳統文化，從來沒有在學理的意義上全面否定過，而是站在現代的立場予以重新審視、重新評價。《狂人日記》的主人公從寫著「仁義道德」的歷史上看出「滿本都寫著兩個字是『吃人』」，《燈下漫筆》直言「所謂中國的文明者，其實不過是安排給闊人享用的人肉的筵宴」，其他雜文裡也不乏此類說法。顯然，這些都不是嚴謹的邏輯推論，而是用帶有誇張色彩的象徵筆法，抓住扼殺個性發展、維護等級制度的傳統文化的症候，尤其是封建禮教的虛偽性與殘忍性，痛下針砭，施以猛藥。這種極而言之的表述方式，既是文學的本色，也是文化劇變時期歷史的必然。要打破幾千年的文化權威，重構精神文明秩序，非以矯枉過正的批判開路不行。魯迅的批判姿態在五四時期乃至三十年代頗具代表性。而當涉及到中國文化的具體評價與學理分析時，魯迅的言論則與這種決絕的態度迥然有別；其自身的精神結構與社會實踐，更是富於中國文化特色。在留日時期的《文化偏至論》與《摩羅詩力說》等文中，魯迅為中國悠久的文明史而驕傲。新文化運動高潮期，他為中國小說作史，並在北京大學等校開課，在此基礎上，於 1923 年、1924 年相繼出版《中國小說史略》上下冊。在這部開創性的小說史著作中，他充分肯定《金瓶梅》「描寫世情，盡其情偽」，《聊齋志異》文筆簡潔，「描寫委曲」，「使花妖狐魅，多具人情」，《儒林外史》「秉持公心，指擿時弊，機鋒所向，尤在士林；其文又慼而能諧，婉而多諷」，「燭幽索隱，物無遁形」，《紅樓夢》「敘述皆存本真，聞見悉所親歷，正因寫實，轉成新鮮」。1926、1927 年在廈門大學、中山大學講授中國文學史時，魯迅對《尚書》、《詩經》等多有褒詞，讚《離騷》「逸響偉辭，卓絕一世」，譽《莊子》為文「汪洋辟闔，儀態萬方」，稱《史記》為「史家之絕唱，無韻之離騷」（《漢文學史綱要》）。他還在《看鏡有感》中稱讚漢唐兩朝的閎放雄大的氣魄。關於儒家，他著重批判其對於等級制度的認同、墨守陳規的保守及其對愚民政策的參與，而對「知其不可為而為之」的韌性精神與實踐品格，則十分認同。關於佛教，魯迅著重批評它與現實生活隔膜的一面及其被俗化之後的扭曲變形，但他曾經對佛學經典下過很大的工夫，佛家的生死觀滲透進其精神結構，佛家的智慧、情懷以及佛教藝術的養分融入其小說、散文詩與雜文之中。關於道家，他批評過老子的「不攖人心」，但也肯定其大智若愚的聰慧與看似世故的謀略以及對於孔子守舊的評騭；他不滿於莊子的「此亦一是非，彼亦一是非」，但又承認「就是思想上，也何嘗不中些莊周韓非的毒，時而很隨便，時而很峻急。」（《寫在〈墳〉後面》）這裡所謂的中毒並不都是負效應。老子的辨證思想及論辯技巧，莊子的諷刺現實，抒發憤懣，善用寓言，天馬行空般的自由精神與審美創造等，都給魯迅以切實的滋養。關於民間文化，他一面批評其中羼雜的奴性與迷信等，另一面則對女吊式的剛烈之氣明確表示讚美之意。除了著述《中國小說史略》與《漢文學史綱要》（未完稿）等文學史著作之外，他還輯校《古小說鉤沉》、《唐宋傳奇集》、《小說舊聞鈔》、《會稽郡故書雜集》、謝承《後漢書》、《嵇康集》、《嶺表錄異》等著作，搜羅漢碑帖、六朝墓誌目錄、六朝造像目錄，推動《引玉集》、《木刻紀程》、《北平箋譜》的出版。這些工作不僅出於魯迅的個人興趣，從其堅持多年的韌性努力與嚴謹態度來看，更是文化承傳的自覺實踐。

傳統文學給魯迅提供了內在的創作資源。如果沒有傳統文學的長期浸潤，魯迅不可能那麼快就推出中國小說史的開山之作，也不可能那麼得心應手地駕馭小說文體寫出現代第一篇白話小說《狂人日記》，以及一發而不可收的一系列作品。只是傳統文學之於魯迅可謂爛熟於心，以至於自身幾乎意識不到傳統對他的作用。實際上，在魯迅的創作中傳統的血脈清晰可見，譬如：狂人、孔乙己、陳士成讓人想到《儒林外史》裡在科舉制度下窘迫與變態的周進、范進和魯小姐；《狂人日記》的「吃人」意象讓人想到正史野史中的吃人記載與文學中軟刀子殺人不見血的無數悲劇；《藥》裡清明節的場面與《目連戲》裡《曹氏清明》的場面類似；《阿Q正傳》的結構與《目連戲》的結構——（一）鬼的生涯的陳述、（二）審判、（三）團圓——頗有相似之處，阿Q求食偷蘿蔔等場景也能看出對《目連戲》的化用[14]；魯迅冷峻的幽默深得《儒林外史》「慼而能諧，婉而多諷」[15]的韻致；《不周山》（後改題為《補天》）、《奔月》、《鑄劍》等收入《故事新編》的小說更是直接取材於歷史與傳說；《野草》裡的佛家故事具有濃郁的中國色彩；《朝花夕拾》洋溢著民間藝術的諧趣；舊體詩中交織著屈原式的沉鬱和李商隱式的清麗；而在其雜文世界中，對傳統文學（包括經、史、子、集、民間文學、野史筆記等）的正面徵引與剖析批判更是隨處可見。

14　參照丸尾常喜著，秦弓譯：《「人」與「鬼」的糾葛——魯迅小說論析》，人民文學出版社，1995年12月版。

15　《中國小說史略》，《魯迅全集》第9卷，人民文學出版社，1981年版，第220頁。

魯迅激烈地批判傳統，但事實上他沒有也不可能與傳統實行所謂的決裂，他的文學世界與精神品格，清晰地疊印著從先秦到晚清的文化傳統，批判與創新又為文化傳統的發展增加了新的活力。

與西方柏拉圖、羅素等思辨型的思想家相比，魯迅屬於感悟性與實踐性突出的思想家，他那豐富而深邃的思想見之於小說、散文、散文詩、雜文、學術、書信、日記與譯介之中。魯迅對政治時有精闢的見解，對歷史亦有透徹的洞察，但他關注最多的還是精神文明的主體——人。《文化偏至論》中提出的「取今復古，別立新宗」的文化建設思路，其指歸即在於「人生意義，致之深邃，則國人之自覺至，個性張，沙聚之邦，由是轉為人國」。在他看來，欲自立於世界民族之林，「其首在立人，人立而後凡事舉；若其道術，乃必尊個性而張精神」。「立人」思想貫穿魯迅的整個文學生涯，成為其文學活動的出發點與落腳點。他對國民性弱點痛心疾首，持之以恆地剖析懦弱、奴從、諂媚、卑怯、懶惰、貪婪、敷衍、偷生、面子、作戲、無特操、瞞與騙、盲目自大、自欺欺人、調和折中、懼強淩弱、自輕自賤的精神勝利法等種種弊端[16]，並從至高無上的皇權專制、層層制馭的等級制度、扼殺個性與人性的禮教與家庭專制以及風俗習慣等多方面探尋其成因。凡是壓抑與戕害人性、束縛與扭曲個性的，他都施之以猛烈的抨擊，絕不留情；凡是有利於人性健康生長與個性自由發展的，他都待之以極大的熱情，毫不吝嗇。之所以如此，正是基於對國民性革故鼎新

---

16 關於魯迅對國民性弱點的剖析，參照林非：《魯迅和中國文化》，學苑出版社，2000 年版，第 287-311 頁。

的美好期待。他厭惡、痛恨、鞭撻奴才、幫兇、幫閒等丑類，同時也相信雖然「自欺」籠罩了一切，而且正日見其明顯，但仍「有並不失掉自信力的中國人在」，「我們從古以來，就有埋頭苦幹的人，有拼命硬幹的人，有為民請命的人，有捨身求法的人……雖是等於為帝王將相作家譜的所謂『正史』，也往往掩不住他們的光耀，這就是中國的脊樑」。（《中國人失掉自信力了嗎？》）

中國文化在春秋戰國時期建立起宏大的格局與堅實的基礎之後，不斷吸取異域文化，到 19 世紀已經積累了十分豐富的優秀遺產，但也淤積了相當多的糟粕，成為束縛國人的枷鎖。鴉片戰爭以來，隨著列強的步步緊逼，中國這一老大封建帝國——從落後的生產力到封建專制制度再到文化體系，顯露出非大刀闊斧地變革不能維繫生存的種種罅隙。中華民族在創痛與屈辱中痛定思痛，尋求救亡圖存之路。洋務運動，戊戌維新，辛亥革命，經歷了一連串的成功與挫折之後，現代啟蒙主義者繼承晚清啟蒙先驅的遺緒，發動了五四新文化運動，開啟了中國文化的新紀元。五四一代敞開胸襟引進西方文化，高屋建瓴地整理、批判與澄清中國傳統文化，給中國文化注入了勃勃生機。正是沿著「五四」開闢的道路，經過幾代人的努力，基本實現了從傳統到現代的文化轉型，形成了繼承民族傳統、融會異域文化、可以同世界平等對話的 20 世紀中國文化。魯迅正是 20 世紀中國文化轉型期最傑出的代表。在他那裡，我們可以看到對中國歷史的深刻洞察，也可以看到對現實問題的密切關注，可以看到對傳統文化最深刻的剖析，也可以看到對西方文化最機智的借鑑，可以看到對人民的深沉關愛，也可以看到對國民性的犀利解剖。魯迅對西方文化負面性的認識，對於我們今天全面認識西方世界仍是清醒的提示；魯迅的文化建設思路與「立人」思想，對於我們今天的精神文明建設仍是深刻的啟迪；魯迅思想在中國現代化建設的思想資源庫中佔有重要的地位，魯迅的文學傑作即使放在世界文學寶庫中也毫不遜色。魯迅犀利的思想鋒芒、深邃的歷史洞察力與卓異的藝術獨創性，並未隨著時光的流逝而削減，反而愈見其光彩奪目。其思想與文學中古與今、中與外、情與理、自我與社會、理想與現實等多種衝突也正是文化轉型期的典型反映。魯迅是可以和孔子、老子、莊子、屈原、司馬遷、李白、杜甫、蘇東坡、陸游、朱熹、李贄、黃宗羲、曹雪芹、吳敬梓、梁啟超等一併代表中國文化傳統的偉人，是中華民族從傳統社會向現代社會邁進並發展中的永恆話題，隨著歷史進程的發展，魯迅將會愈來愈顯示出其偉大的意義。

第六章　《女神》的民族色彩

第一節　從聞一多對《女神》的批評談起

郭沫若的《女神》表現出狂飆突進的五四時代精神，這一點自 1921 年 8 月《女神》面世至今，一直是人們的共識。聞一多早在 1923 年 6 月 3 日出刊的《創造周報》第 4 號上就發表《〈女神〉之時代精神》，對其具體表現——「動」的精神、反抗精神、科學精神、全人類的聯繫、絕望與消極之中的掙扎奮進的神聖熱情等——予以分析與肯定。但是，對於《女神》的民族色彩，則認識不足，甚至存在著誤解。在這方面，聞一多同樣具有代表性。他在《〈女神〉之地方色彩》[1]中批評說，新詩在打破陳陳相因的舊詩格局時，「一變而矯枉過正，到了如今，一味的時髦是鶩，似乎又把『此地』兩字忘到蹤影不見了。現在的新詩中有的是『德謨克拉西』，有的是泰果爾，亞坡羅，有的是『心弦』『洗禮』等洋名詞。但是，我們的中國在那裡？我們四千年的華冑在那裡？那裡是我們的大江，黃河，昆侖，泰山，洞庭，西子？又那裡是我們的《三百篇》，《楚騷》，李，杜，蘇，陸？」在這方面，《女神》雖然「還不算罪大惡極，但多半的時候在他的抒情的諸作裡他並不強似別人。《女神》中所用的典故，西方的比中國的多多了」。「《女神》不獨形式十分

1　《創造周報》第 5 號，1923 年 6 月 10 日。

歐化，而且精神也十分歐化了。」究其原因，他認為，一是詩人寫詩的環境是在「盲從歐化的日本，他的環境當然差不多是西洋的環境，而且他讀的書又是西洋書」；二是「《女神》之作者對於中國文化之隔膜」，對於中國文化不能真正瞭解，深表同情。

聞一多的尖銳批評對後來的《女神》評價產生了不小的影響，人們在肯定《女神》的時代精神的同時，往往要批評其缺少民族色彩，所徵引的論據之一就是前引聞一多評論。然而，今天看來，聞一多的批評並非不可質疑，《女神》的「地方色彩」、即民族色彩究竟怎樣，是一個應該重新探討的問題，這不僅關乎《女神》思想藝術構成的認知是否準確，而且涉及五四新文學與傳統的關係如何把握，且讓我們回到《女神》文本。

第二節　民族文化表徵

《女神》初版於 1921 年 8 月，收入 1916 年至 1921 年所作詩歌 56 篇，加上序詩，共 57 篇。乍看起來，嵌入中文詩中的外文辭彙與新鮮的外國事象頗為顯眼，容易給人以歐化的印象；但實際上，中國文化色彩十分濃郁，且更為內在，這從以下四個方面即可見出。

一、事象典故

言及中國事象典故的詩篇有 25 篇，共涉及中國事典 70 多個。就其類型而言，大致可以分為五種：

(一) 古代傳說，龍、天狗、鮫人、共工怒觸不周山等均屬此類，無可爭議。關於鳳凰，聞一多認為「《鳳凰涅槃》底鳳凰是天方國底『菲尼克司』，並非中華的鳳凰。」這恐怕難以服人。《鳳凰涅槃》只是借取了「天方國」古代神鳥「菲尼克司」「滿五百歲後，集香木自焚，再從死灰中更生，鮮美異常，不再死」的框架，而涅槃的主角，詩人在小引裡則說得清清楚楚：「此鳥即吾國所謂鳳凰也：雄為鳳，雌為凰。」為了說明「嫁接式」藝術構思的合理性，還徵引《孔演圖》關於「鳳凰火精，生丹穴」和《廣雅》關於「鳳鳴曰即即，雌鳴曰足足」的記載。詩中的描寫也都符合中國文化中鳳凰的體認，如岩鷹、孔雀、鴟梟、家鴿、鸚鵡、白鶴詛咒說「鳳凰！鳳凰！／你們枉為這禽中的靈長！」在中國古代傳說中，鳳凰為百鳥之王，常用來象徵祥瑞。鳳凰在中國文化中打下了深刻烙印，《書·益稷》有「簫韶九成，鳳凰來儀」；《詩經》、《左傳》、《論語》、《孟子》、《墨子》、《呂氏春秋》、《史記》、《山海經》《爾雅》、《說文》、《本草綱目》等古典文獻中多有記載、釋義或運用；樂府琴曲有《鳳求凰》，詞牌有《鳳棲梧》、《鳳凰臺上憶吹簫》；動植物多有以鳳凰命名者，如鳳蝶、鳳尾魚、鳳尾蘭、鳳尾草、鳳尾竹、鳳尾松、鳳凰木；鳳凰山更是遍佈全國各地，如遼寧丹東、大連、黑龍江五常、山東煙臺、福建莆田、漳州、湖北秭歸、湖南鳳凰、浙江杭州、樂清、寧波、廣東潮州、廣州、珠海、深圳、內蒙古呼倫貝爾、重慶、河北宣化、安徽滁州、陝西延安、甘肅成縣、四川西充、欒至、臺灣南投、香港等地均有。「天方國」的古代神鳥「菲尼克司」是火中更生，而中國的鳳凰則本身就是火，《鳳凰涅槃》裡鳳凰和鳴道：「火便是凰！／鳳便是火！」「火便是你！／火便是我！」而更生後的和諧也正是中國文化精神的體現[2]。

(二) 古代人物（傳說人物與歷史人物），如顓頊、共工、女媧、屈原、女須、鯀、禹、娥皇、女英、楚懷王、鄭袖、聶嫈、聶政、嚴仲子、老子、莊子、伊尹、墨子、盜蹠、叔齊、伯夷、蘇武等。

(三) 古代典籍，如《左傳・襄公二十七年》，《呂氏春秋・孝行覽・本味》，《老子》，《莊子》：《胠篋》、《秋水》、《列禦寇》，《墨子》，《詩經》：《小雅・棠棣》、《唐風・綢繆》，《列子・湯問篇》，《山海經》：《西次三經》、《大荒西經》、《南次三經》、《海外東經》，《楚辭》：《九歌・東君》、《遠遊》、《九章・悲回風》、《卜居》，《離騷》，《孟子・滕文公》，《史記・屈原賈生列傳》，《漢書》：《楊雄傳》、《李廣蘇建傳》，《水經注・湘水》，《說文》，《廣雅・釋鳥》，《演孔圖》，曹植《七啟》，左思《吳都賦》，古樂曲名《陽關三疊》，佛家語「妄指無明」等。

---

2 「和諧」的認識參照李怡：《跨越時空的自由——郭沫若研究論集》，東方出版社，2008 年 4 月版，第 13 頁。

(四) 天文地理，如長庚、三星、天狼星、君山、九嶷山、首陽山、至樂山，揚子江、黃河，青衣江，萬里長城、陽關、趙公祠、雷峰塔、三潭印月等。

(五) 歷史事件，如合縱連橫、弭兵之會等。

《女神》的中國事象典故，就其藝術功能而言，有的是作為主題展開的背景，如《女神之再生》；有的是作為結構全篇的骨架，如《湘累》、《棠棣之花》；有的是基礎意象，如《天狗》、《鳳凰涅槃》；有的是文學溯源，如《新陽關三疊》……無論何種功能，都是信手拈來，運用自如，毫無滯澀之感。就其承載的精神意蘊來看，也是豐富多樣：有的是對歷史的澄清，如對爭權奪利而不惜踐踏百姓者的批判；有的是引為精神的源泉，如屈原的清醒與愛國，聶嫈、聶政的勇於反抗暴政，首陽山叔齊、伯夷的氣節，莊子的超越灑脫；有的是感情的寄託，如蘇武的寂寞等。《女神》涉及外國事象典故的數目同涉及中國事象典故的數目不相上下，而就其對於詩歌意境的生成與詩意表現的深度之影響而言，較中國事典還要略遜一籌。說「《女神》中所用的典故，西方的比中國的多多了」，並以此來斷定《女神》「地方色彩」淡薄顯然不符合實際。

二、傳統內蘊

有的作品表面上沒有中國事典，但內裡卻蘊涵著中國文學的血脈。《梅花樹下醉歌》對梅花的摯愛，多篇詩中對月亮的癡情，繼承了悠久的文學傳統。《太陽禮贊》對太陽的宗教般的熱情與執著，抒情主人公對太陽的想像與祈望，見得出《九歌・東君》的脈息。《鳳凰涅槃》關於「宇宙呀！宇宙！／你為甚麼存在？／你自從哪兒來?／你坐在哪兒在？……」與《天問》「曰遂古之初，誰傳道之？上下未形，何由考之？冥昭瞢闇，誰能極之？馮翼惟像，何以識之？」何其相似。[3]《無煙煤》第四節「雲衣燦爛的夕陽／照過街坊上的屋頂來笑向著我，／好像是在說……」的詩句，承傳了「青雲衣兮白霓裳」（屈原《九歌・東君》）、「雲想衣裳花想容」（李白《清平調》）、「古國神游／多情應笑我／早生華髮」（蘇軾《念奴嬌・赤壁懷古》）等詩的意象與意境。《鳴蟬》：「聲聲不息的鳴蟬呀！／秋喲！時浪的波音喲！／一聲聲長此逝了……」也很容易讓人想到中國古代詠蟬的詩篇，如南朝梁褚雲《賦得蟬》：「天寒響屢嘶，日暮聲愈促。繁吟如故盡，長韻還相續。」唐朝白居易《宴散》：「殘暑蟬催盡，新秋雁帶來。」王維《輞川閒居贈裴秀才迪》：「寒山轉蒼翠，秋水日潺湲。倚仗柴門外，臨風聽暮蟬。」

三、詩歌體式

《女神》不僅是思想解放、個性解放之時代精神的號角，而且堪稱五四時期詩體解放的代表。詩人對外國詩歌的形式與手法廣收博取，為我所用，《女神》裡有惠特曼式的豪放不羈的自由詩，有泰戈爾式的清新單純的小詩，有歌德、席勒式的宏大與綿密融會的詩劇。同時，詩人也自覺不自覺地從傳統汲

3 參照李怡：《〈女神〉與屈騷》，收《跨越時空的自由——郭沫若研究論集》，東方出版社，2008 年，第 6-7 頁。

取營養，如《別離》的詞形，《西湖紀遊・三潭印月》的小令風味，《春愁》句式的整齊與詞語的古典，《新陽關三疊》擬《陽關三疊》古曲體式而有所創新，句式長短略有變化，每節的開頭兩行與最後一行，複沓中有細微的差異，意象連綿，意蘊遞進，頗具音樂感與抒情性。從藝術風格來看，《女神》有屈原式的汪洋恣肆，也有陶淵明、王維式的自然沖淡，還有李白式的雄奇弘放，靈活多變。

四、方言色彩

如果說在新詩中比較容易與外語對譯的現代語彙尚不足以表徵民族色彩的話，那麼，樂山方言則可以另當別論。已有學者指出，郭沫若 18 歲以前未離開過樂山、22 歲以前未離開過四川的生活經歷，使得家鄉方言給他以深刻的影響，《女神》中具有相當濃郁的樂山方言色彩。如：

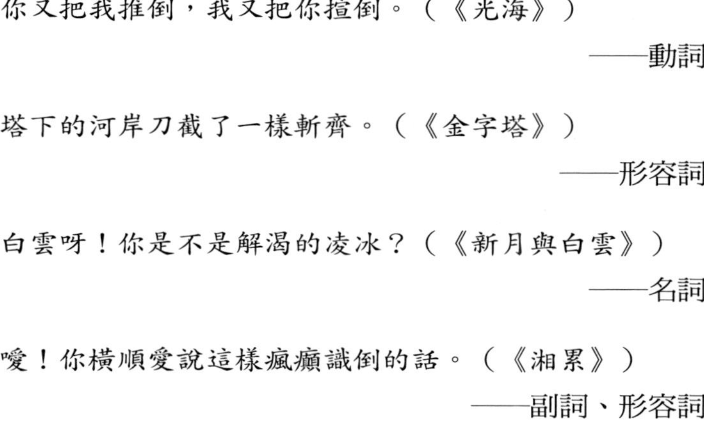

你又把我推倒，我又把你揎倒。（《光海》）

——動詞

塔下的河岸刀截了一樣斬齊。（《金字塔》）

——形容詞

白雲呀！你是不是解渴的凌冰？（《新月與白雲》）

——名詞

嗳！你橫順愛說這樣瘋癲識倒的話。（《湘累》）

——副詞、形容詞

另外，富於樂山方言色彩的語氣詞，如「喲」、「呀」等；加以語綴的方言構詞，如「月兒」、「心臟兒」、「歌兒」、「淚珠兒」、「翅兒」、「人兒」、「口簫兒」、「山泉兒」、「山路兒」、「血潮兒」、「靈魂兒」、「形骸兒」、「舟子」、「妹子」等；代詞的省略用法，如「在個孟春的黃昏時分」（《電火光中》）等；動詞後置句式，如「你自從哪兒來？／你坐在哪兒在？」（《鳳凰涅槃》），「怕在這宇宙之中，／有甚麼浩劫要再！」新造的太陽「還在海水之中沐浴著在！」（《女神之再生》）以重複表示強調，如「一切的一切」（《鳳凰涅槃》）[4]；這些方言語彙和句式的大量運用，自然可以看作民族色彩的表現。

第三節　動因追溯

《女神》之所以能在欣賞西方文明的同時，情不自禁地流露出對中國文化優秀傳統的熱愛與倚重，正是緣自郭沫若深厚的「童子功」。早在發蒙以前，母親就教他背誦了好些唐宋人的詩詞。四歲半在家塾發蒙，先生安排他們讀《三字經》、《詩品》、《唐詩》、《千家詩》，之後是《詩經》、《書經》、《易經》、《周禮》、《春秋》、《古文觀止》。庚子過後，讀《東萊博議》、《史鑑節要》、《地球韻言》及一些新式教科書。他在四十年代回顧說，「在小學堂裡新的東西沒有受到

4　參照顏同林：《方言與中國現代新詩》，中國社會科學出版社，2008 年 9 月版，第 77-86 頁。

什麼教益，但舊的東西如國文、講經、地方掌故之類，卻引起了我很大的興趣。」「向青衣北岸的凌雲山和烏尤山去遊覽，遠望磅礴連綿的峨眉山，近接波濤洶湧的大渡河，在那澄清的空氣中令人有追步蘇東坡之感。在凌雲山上有蘇東坡的讀書樓，有他的塑像、刻像和題字，也還有好些遺跡，如洗硯池，載酒時遊處之類。」[5]後來的留學生活拓展了視野，收穫的不僅有異域的新穎知識和別樣體驗，還有在外國文化的參照下對傳統文化的重新認識與資源啟動，「和國外的泛神論思想一接近，便又把少年時分所喜歡的《莊子》再發現了。我在中學的時候便喜歡讀《莊子》，但只喜歡文章的汪洋恣肆，那裡面所包含的思想，是很茫昧的。待到一和國外的思想參證起來，便真是到了『一旦豁然而貫通』的程度。」[6]對於郭沫若來說，精神與藝術均極為契合的當屬屈原。1920 年「所做的《湘累》，實際上就是『夫子自道』。那裡面的屈原所說的話，完全是自己的實感。」[7]郭沫若對屈原的熱愛持續終生。1921 年 1 月 15 日在上海《時事新報・學燈》致李石岑信中，認為「我國雖無『散文詩』之成文，然如屈原《卜居》、《漁父》諸文以及莊子《南華經》中多少文字，是可以稱為『散文詩』的。」信中說到中國古代「真正的詩人」，第一個提到的就是屈原。1926 年賦詩《過汨羅江感懷》憑弔屈原，1935 年起，作《屈原》、《屈原研究》等多種學術論著，1941 年 1 月創作五幕歷史劇《屈原》，

---

5 《學生時代》，桂林《野草》月刊第 4 卷第 3 期，1942 年 6 月。

6 《創造十年》，現代書局 1932 年初版；本文據《郭沫若全集》第 12 卷，人民文學出版社，1982 年版，第 65 頁。

7 同註 6，第 79 頁。

同年 8 月作《題傅抱石畫八首》其一《題屈原畫像》：「屈原是吾師，惜哉憔悴死。三戶可亡秦，奈何不奮起？籲嗟懷與襄，父子皆萎靡，有國半華夏，篳路所經紀，既隳前代功，終遺後人恥。……向使王者明，屈子不讒毀，致民堯舜民，仁義為範軌。中國安有秦？遑論魏晉氏。嗚呼一人亡，暴政留汙史，既見鹿為馬，常驚朱變紫，百代悲此人，所悲亦自己。華夏今再生，屈子芳無比，幸已有其一，不望有二矣。」其二《中國有詩人》再次吟誦道：「中國有詩人，當推屈與陶。同遭陽九厄，剛柔異其操。一如雲中龍，夭矯遊天郊。一如九皋鶴，清唳澈晴朝。一如萬馬來，堂堂江海潮。一如微風發，離離黍麥苗。一悲舉世醉，獨醒賦離騷。一憐魯酒薄，陶然友簞瓢。一築水中室，毅魄難可招。一隨化俱盡，情話說漁樵。……」五十年代初，推出《屈原賦今譯》。1978 年病重住院期間，他還集《離騷》句擬對聯。

郭沫若對中國文化的濃厚熱情，遠不止於莊子、屈原。還是在《女神》創作期間的 1920 年 1 月 18 日，他在給宗白華的信中說，「我常希望我們中國再生出個纂集《國風》的人物——或者由多數的人物組織成一個機關——把我國各省各道各縣各村底民風，俗謠，採集攏來，採其精粹的編集成一部《新國風》；我想定可為『民眾藝術底宣傳』『新文化建設底運動』之一助。我想我們要宣傳民眾藝術，要建設新文化，不先以國民情調為基點，只圖介紹些外人言論，或發表些小己底玄思，終竟是鑿枘不相容的。」同信中，把李白的《日出入行》「用新體款式寫了出來」，不僅視之為「簡直成了一首絕妙的新體詩」，而且從中看出「頗含些科學的精神」[8]。後來，他用白話翻譯《詩經・國風》中的 40 首，輯為《卷耳集》，1923 年由泰東圖書局推出。他還於 1921 年 5 月 2 日寫出《〈西廂記〉藝術上的批判與其作者的性格》，收入較《女神》遲一個月由上海泰東圖書局出版的新式標點本《西廂》。

無論是《女神》本身，還是在此前後的文學觀念與文化實踐，都表明郭沫若對中國文化的熱愛與瞭解是何等之深，而並非如聞一多《〈女神〉之地方色彩》所批評的那樣，「《女神》底作者，這樣看來，定不是對於我國文化真能瞭解，深表同情者。……他並不是不愛中國，而他確是不愛中國底文化。」那麼，為什麼聞一多會做出有悖於實際的批評呢？

首先，與郭聞二人對中國文化之態度的差別有關。這一點從兩個人同時發表在《創造周報》第 5 號上的兩篇文章中即可看出。聞一多在《〈女神〉之地方色彩》中認為，為了糾正缺乏「地方色彩」、即民族色彩的弊端，「一樁，當恢復我們對於舊文學底信仰，因為我們不能開天闢地（事實與理論上是萬不可能的），我們只能夠並且應當在舊的基礎上建設新的房屋。二樁，我們更應瞭解我們東方底文化。東方的文化是絕對美的，是韻雅的。東方的文化而且又是人類所有的最徹底的文化。哦！我們不要被叫囂獷野的西人嚇倒了！」聞一多的態度帶有中西對立的絕對化色彩，對於中國乃至東方文化懷抱近乎宗教信仰般的熱情。而郭沫若在《論中德文化書》中則說，「要救我們幾千年來貪懶好閑的沉痼，以及目前利欲薰蒸的混沌，我們要

8　1920 年 2 月 1 日上海《時事新報・學燈》，又刊同年 3 月 15 日《少年中國》第 1 卷第 9 期。

喚醒我們固有的文化精神，而吸吮歐西的純粹科學的甘乳」。「我國的古代精神表現得最真切、最純粹的總當得在周秦之際」，是「肯定現世以圖自我的展開，是動的，入世的，進取的。這顯示出理性的辨證分析態度，在郭沫若這裡，「歐西的純粹科學的甘乳」同中國文化不是「根本地背道而馳」的，傾心於前者並非意味著對於後者沒有「十分的同情與瞭解」，恰恰相反，二者可以相融互補。

文化態度的差異，或許由於郭沫若比聞一多年長七歲，閱歷更廣，對中國文化與西方文化有較為全面瞭解的緣故；同時，也不能不追溯及二人的鄉土文化背景及其影響下的文化性格。

本來，巴蜀文化與荊楚文化有不少相通之處。先有雄起於四川的保路運動，繼而武漢新軍首舉義旗，引領出轟轟烈烈的辛亥革命，才結束了兩千多年的帝制，創造出五族共和的民國。但兩地文化畢竟有所不同。巴蜀文化屬於長江上游文化，巴蜀文化性格如同在崇山峻嶺間奔騰咆哮的長江一樣，熱情奔放，敏感迅捷，激揚發散。在沫水（大渡河）與若水（雅河）懷抱中度過對於性格形成來說至關重要的童年的郭沫若，終其一生，總是領潮流之先，無論文學創作與文學翻譯，還是社團活動與刊物出版，抑或文學史、社會史、思想史、考古、甲骨文等諸多領域的學術研究，多有開創之功。而聞一多童年的文化背景——荊楚文化，屬於長江中游文化，隨著江水的趨於和緩舒展，文化性格在保留長江上游帶來的一部分激烈的同時，也變得相對內斂、執著起來。民國期間，文學革命時期同新文學對壘的國故派代表人物黃侃選擇武漢大學落腳，武漢大學一度成為文化守成主義的堡壘，並非偶然。聞一多受此文化背景影響，加之小時得過重病，喜靜不喜動，文化選擇審慎，偏於守成一脈，持有濃厚的古典興趣。聞一多 1912 年入清華，1919 年新文學漸呈高潮時他還在熱中於讀古詩，《清華學報》編輯會議上有人提倡白話文學，他覺得「無可如何」。自己照樣寫五言古詩、七言古詩。直到 1920 年 7 月，他才有第一首新詩《西岸》在《清華周刊》發表。而此時，郭沫若新詩創作的第一個噴發期已接近尾聲。性格執著，不輕易變，一旦變化了，便勇往直前；但有時難免矯枉過正，有偏執武斷之嫌。聞一多先前對新詩不甚理會，而一旦確認新詩為正確方向之後，又一度變得激進起來。1921 年 3 月 11 日，他在《清華周刊》第 211 期上署名風葉發表《敬告落伍的詩家》，開篇徵引胡適語「告人此路不通行，可使腳力莫枉費。」文中說：「我誠誠懇懇地奉勸那些落伍的詩家，你們要鬧玩兒，便罷，若要真做詩，只有新詩這條道走，趕快醒來，急起直追，還不算晚呢。若是定要執迷不悟，你們就刊起《國故》來也可，立起『南社』來也可，就是做起試帖來也無不可，只千萬要做得搜藏一點，顧顧大家的面子。有人在那邊鼓著嘴笑我們腐敗呢！」個中有其自身感受，但未免絕對了一點，與一年以前判若兩人。儘管立志創作新詩，然而古典興趣在其 1923 年 9 月印行的《紅燭》裡面仍有不少流露。比較而言，《紅燭》的民族色彩偏於文化性，而少歷史性，偏於審美性，而少精神性。後來，聞一多主張並身體力行新格律詩的創作，便是這一特色的進一步發展。《女神》則是文化性與歷史性齊備，民族精神的聯繫與審美形式及其韻味上的傳承兼勝。聞一多 1922 年 7 月赴美國留學，置身於西方文化的海洋之中，本來就有孤舟漂泊的寂寞痛苦，加之西方中心論的盛行，美國人的盲目自大，使這位年輕的留學生感受到巨大的精神壓力，特別需要民族文化的安慰。此時此地，如此性格、如此心境的聞一多來看《女神》，便覺得外文詞與洋事象格外刺眼，遂有前面所引的偏激的評斷。

實際上，聞一多對《女神》也有褒揚的一面。除了前面提到的《〈女神〉之時代精神》之外，他在《〈冬夜〉評論》[9]裡認同傅斯年的看法，批評《冬夜》「中國式的詞調同意象是怎樣的粗率簡單，或是怎樣的不敷新文學的用」，稱許郭沫若的富於想像力、「濃麗繁密而且具體的意象」，用郭沫若《無煙煤》裡的「雲衣燦爛的夕陽／照過街坊上的屋頂來笑向著我」意象的豐盈，來比照俞平伯《僅有的伴侶》等詩篇的「松淺平泛」；他還稱讚《新陽關三疊》為好詩，肯定《「密桑索羅普」之夜歌》吸收了「曲折精密層出不窮的歐化的句法」。儘管如此，聞一多還是認定《女神》缺乏「地方色彩」，給予苛刻的批評。究其原因，除了前面分析的文化性格的差異等因素之外，恐怕也有年輕人急於「闖天下」的策略考慮。五四文學革命之初，新文學陣營集體向林紓與桐城派發難；創造社異軍突起時，向胡適挑戰，對文學研究會叫板；現在，年輕的詩人聞一多要向世間展示自己的英姿，也禁不住要把鋒芒指向詩壇最為耀眼的明星詩人郭沫若了。

聞一多當時畢竟年輕，為了批評竟有幾分強詞奪理，在他看來，因為郭沫若的精神「是西方的精神」，所以「他所謳歌的東方人物如屈原，聶政，聶嫈，都帶幾分西方人底色彩。他

9 收聞一多、梁實秋合著：《冬夜草兒評論》，清華文學社，1922 年 11 月 1 日版。

愛莊子是為他的泛神論，而非為他的全套的出世哲學。他所愛的老子恐怕只是托爾斯泰所愛的老子。墨子底學說本來很富於西方的成分，難怪他也不反對。」在新文學創作出現歐化傾向時，強調繼承文化傳統，加強民族色彩，這一提醒無疑是合情合理、應該肯定的；但是，《〈女神〉之地方色彩》一文，不僅脫離了批評對象的實際，而且割裂了繼承本土傳統與汲取異域營養的辨證關係。這一批評的偏謬，反映出新文學在發展進程中要正確地把握民族傳統的繼承與外國文化的借鑑之關係，是如何的艱難，又是怎樣的重要。好在郭沫若與創造社同人，對這位前不久在《創造》季刊第 2 卷第 1 號（1923 年 5 月上旬）上發表新詩《李白之死》與對郭沫若翻譯的批評《莪默伽亞謨之絕句》、在《創造周報》第 4 號（1923 年 6 月 3 日）發表《〈女神〉之時代精神》的年輕詩人頗有好感，即使這一次送來苛刻的批評，也引為直言的諍友，視為願與創造社共同「打破社會因襲，主張藝術獨立」，「造成中國未來之國民文學」[10]的同道，因而在《創造周報》上為之提供版面。這一則見出創造社對新人的寬容；二則從一個側面反映出文壇的冷漠，《女神》問世近兩年竟少有分量重一點的評論，異軍突起的創造社多麼希望引起文壇乃至社會的關注！

聞一多的批評及其對後世文學史敘述的影響，給我們提供了深刻的教訓：文學批評，應該從文本與作者及其背景出發，而不應先入為主，不應為批評而批評；文學史敘述對待曾有的批評，尤其是鋒芒尖銳的批評，要加以分析，要儘量回到作家

---

10 郁達夫：《純文學季刊〈創造〉出版預告》，《時事新報》第一版，1921 年 9 月 29 日。

與文本及其背景中去，這樣才能真正接近與準確把握文學史原生態。

後 記

在 20 世紀八十年代以前的大陸知識體系中，中國現代文學史幾乎等同於新文學史，而新文學始於五四文學革命，談及五四文學，總是充滿了新舊交鋒的火藥味。隨著思想解放的展開，海內外交流的擴大，既有知識體系逐漸現出罅隙，人們發現新與舊固然有矛盾、衝突的一面，但同時也有交織、融會的一面。我有幸趕上了思想解放的時代，切身體驗到這一重新發現帶來的驚異，可以深入品味歷史演進之中的無限玄機。

拙著再次承蒙宋如珊教授編入「大陸學者叢書」，幸運地得到宋政坤總經理的鼎力支持，在我來說，自然是不勝感激！對秀威公司為拙著出版發行費神盡力的諸位，一併致以衷心的謝忱！

張中良

2009 年 5 月 13 日於北京

國家圖書館出版品預行編目

五四文學：新與舊 / 張中良著. -- 一版. --
臺北市 : 秀威資訊科技, 2010.07
面； 公分. -- (語言文學類 ; CG0019)
BOD 版
ISBN 978-986-221-488-6(平裝)

1. 五四新文學運動

820.9082 99008770

語言文學類 CG0019

五四文學：新與舊

作　　者 / 張中良
發 行 人 / 宋政坤
主　　編 / 宋如珊
執行編輯 / 林泰宏
圖文排版 / 陳宛鈴
封面設計 / 蕭玉蘋
數位轉譯 / 徐真玉　沈裕閔
圖書銷售 / 林怡君
法律顧問 / 毛國樑　律師
印製經銷 / 秀威資訊科技股份有限公司
台北市內湖區瑞光路 583 巷 25 號 1 樓
電話：02-2657-9211　　傳真：02-2657-9106
E-mail：service@showwe.com.tw
經 銷 商 / 紅螞蟻圖書有限公司
台北市內湖區舊宗路二段 121 巷 28、32 號 4 樓
電話：02-2795-3656　　傳真：02-2795-4100
http://www.e-redant.com

2010 年 7 月 BOD 一版
定價：360 元

大陸學者叢書

9. 詩性敘事與敘事的詩——中國現代敘事詩史簡編
   王　榮・著　　定價：400元
10. 流動的瞬間——晚清與五四文學關係論
   楊聯芬・著　　定價：270元
11. 中國新詩的傳統與現代
   李　怡・著　　定價：460元
12. 魯迅日記箋釋（一九二五年）
   董大中・著　　定價：500元

13. 文學之用——從啓蒙到革命
   黃開發・著　　定價：440元
14. 大陸當代文學史　上編（1950-1970年代）
   洪子誠・著　　定價：430元
15. 大陸當代文學史　下編（1980-1990年代）
   洪子誠・著　　定價：400元
16. 投岩麝退香——論1946-1948年間平津地區「新寫作」文學思潮
   段美喬・著　　定價：320元

讀　者　回　函　卡

感謝您購買本書，為提升服務品質，煩請填寫以下問卷，收到您的寶貴意見後，我們會仔細收藏記錄並回贈紀念品，謝謝！

1.您購買的書名：____________________________

2.您從何得知本書的消息？

□網路書店　□部落格　□資料庫搜尋　□書訊　□電子報　□書店

□平面媒體　□ 朋友推薦　□網站推薦　□其他__________

3.您對本書的評價：(請填代號　1.非常滿意 2.滿意 3.尚可 4.再改進)

封面設計____　版面編排____　內容____　文/譯筆____　價格____

4.讀完書後您覺得：

□很有收獲　□有收獲　□收獲不多　□沒收獲

5.您會推薦本書給朋友嗎？

□會　□不會，為什麼？____________________________________

6.其他寶貴的意見：______________________________________

____

____

____

讀者基本資料

姓名：___________________　年齡：_____　性別：□女　□男

聯絡電話：_______________　E-mail：___________________

地址：____

學歷：□高中(含)以下　□高中　□專科學校　□大學

□研究所(含)以上　□其他______________

職業：□製造業　□金融業　□資訊業　□軍警　□傳播業　□自由業

□服務業　□公務員　□教職　□學生　□其他__________

請貼
郵票

To：114

台北市內湖區瑞光路 583 巷 25 號 1 樓

秀威資訊科技股份有限公司　　　收

寄件人姓名：

寄件人地址：□□□

(請沿線對摺寄回,謝謝!)

秀威與 BOD

BOD（Books On Demand）是數位出版的大趨勢，秀威資訊率先運用 POD 數位印刷設備來生產書籍，並提供作者全程數位出版服務，致使書籍產銷零庫存，知識傳承不絕版，目前已開闢以下書系：

一、BOD 學術著作—專業論述的閱讀延伸
二、BOD 個人著作—分享生命的心路歷程
三、BOD 旅遊著作—個人深度旅遊文學創作
四、BOD 大陸學者—大陸專業學者學術出版
五、POD 獨家經銷—數位產製的代發行書籍

BOD 秀威網路書店：www.showwe.com.tw
政府出版品網路書店：www.*gov*books.com.tw

永不絕版的故事・自己寫・永不休止的音符・自己唱